小学館文庫

廃妃は紅き月夜に舞う

耀帝後宮異史

小学館

登場人物

劉《りゅう》 美凰《みおう》……先帝の皇后となるも婚礼の日に起きた政変によって廃妃となる。名は嫋《じょう》。祲華《しんか》という力を持ち鬼道を操る。外見年齢は十六歳、実年齢は二十六。

司馬天凱《しばてんがい》……復位した新帝。名は炯《けい》。天凱はあざな。美凰を皇太后として皇宮に戻した。晟烏鏡《せいうきょう》を身に宿す。

司馬白遠《しばはくえん》……天凱の異母兄で栄周《えいしゅう》王。名は恒《こう》。白遠はあざな。

高牙《こうが》……美凰の明器（使い魔）。妖虎。

如霞《じょか》……美凰の明器。蛇精《じゃせい》。

星羽《せいう》……美凰の明器。童子の溺鬼《できき》。

圭鹿鳴《けいろくめい》……紅衣内侍省の次官、内侍監《ないじかん》。

過貪狼《かたんろう》……紫衣内侍省次官で、皇帝付き首席宦官。吝嗇家。

丘 文泰《きゅうぶんたい》……禁台《えいだい》長官、禁大夫《えいたいふ》。

阮雷之《げんらいし》……禁台の次官である禁中丞《えいちゅうじょう》。

袁勇成《えんゆうせい》……宗正寺《そうせいじ》の次官である宗正少卿《そうせいしょうけい》。

孔 綾貴《こうりょうき》……皇城司《こうじょうし》の次官である皇城副使《こうじょうふくし》。

宋麗詩《そうれいし》……五夫人のひとり、祥妃《しょうひ》。宋祥妃と呼ばれる。

葉眉珠《ようびしゅ》……皇太后付き筆頭女官。

司馬義流《しばぎりゅう》……先帝・司馬雪峰の異母弟で天凱と白遠の叔父。

金飛燕《きんひえん》……戯蝶巷《ぎちょうこう》にある妓楼・酔玉楼《すいぎょくろう》の名妓。

司馬雪峰《しばせつほう》……名は莞《かん》。雪峰はあざな。廟号は敬宗《けいそう》。美凰の夫だった先帝。

劉 彩麟《りゅうさいりん》……名は嬰《えい》。彩麟はあざな。太后として権力をほしいままにした毒婦。通称、凶后。美凰を溺愛していた。

後宮は寿鳳宮《じゅほうきゅう》。龍と鳳凰《ほうおう》の意匠で埋め尽くされた絢爛華麗《けんらんかれい》な殿舎《でんしゃ》の寝間で、皇太后・劉美凰《りゅうみおう》は皇太后付き筆頭女官・葉眉珠《ようびしゅ》に髪を梳《と》いてもらっていた。

「天凱《てんがい》は淡白すぎるのではないか？」

銀燭《ぎんしょく》の明かりを頼りに目で文字をなぞり、美凰は眉をひそめた。

読んでいるのは夜伽《よとぎ》の記録である双燕録《そうえんろく》だ。龍床《りゅうしょう》に侍《はべ》った后妃《こうひ》の姓名や夜伽が行われた日時は言うにおよばず、閨中《けいちゅう》で交わされた会話の内容や秘戯《ひぎ》の手順にいたるまで細大もらさず書き記されている。本来は皇后が毎日確認するのだが、現在皇后は空位で、なおかつ妃嬪《ひひん》筆頭たる貴妃も空位なので、今上・司馬《しば》天凱の叔母であり皇太后である美凰が確認することになっている。

「どれもこれもあまりにそっけない。妃嬪たちはぞんざいにあつかわれているわけではないし、天凱は十分に彼女たちを気遣っているふうだが、皇帝と妃嬪の床入りだというのに風情がないというか、情感にとぼしいというか……。変な言いかただが、身が入っていない気がする。不承不承に義務を果たしているというような……」

頁《ページ》をめくる手をとめ、美凰は八花鏡《はっかきょう》に映りこむ眉珠に視線を投げた。

「男というのは、女人に対して閨《ねや》ではこうもそっけないものなのか？」

「主上《しゅじょう》は政務に忙殺されていらっしゃいますから、やむを得ないことかと」

鏡越しに眉珠は困ったような笑みをかえした。

「忙しいのはわかる。疲れているのもな。だが、こうも身が入らないのでは困るぞ。世継ぎをもうけることは皇帝の義務なのだから」

四月はじめに亡き銭貴妃《せんきひ》が皇胤《こういん》を宿し、つづけて幾人かの妃嬪が身ごもった。ところが、それらは怪異による懐妊だった。天凱に駆鬼《おにばらい》を依頼された美凰が怪異の根源であった妖鬼《ようき》を祓《はら》い、通常の夜伽が再開されて半月ほど経《た》つが、龍床に召された妃嬪は三名のみ。それも美凰が強く薦めたために、天凱がしぶしぶ召したのである。天凱本人は「蝗害《こうがい》の一件で負った怪我《けが》がいまだ癒えない。療養に専念したい」と渋っていた。美凰が彼の身体《からだ》を調べて、傷はとっくに癒えているとわかったが、それでも天凱はのらくらと言い訳をして夜伽を避けようとした。

「なぜ妃嬪を召したがらぬのだろう。壮健な若い男は女人を好むものだ。すくなくとも医書にはそう書いてある。男の情欲は適度に発散させねば健康を害すると。天凱には情欲がないのか？　ありえぬ。そっけないとはいえ、妃嬪に夜伽をさせているのだから、やろうと思えばできるのだ。問題はその意欲が極端にとぼしいことだ」

美凰は顎先に手を当てて考えこんだ。

「眉珠、そなたのご夫君はどうであった？ 天凱のようにあっさりしていたか？」

「えっ……わたくしの夫ですか。夫は武人でしたので、それなりに……」

「それなりに、なんだ？」

美凰が鏡越しに見やると、眉珠は赤くなって口ごもった。

「武術をたしなむ男なら、あっちのほうも頑健だったんだろうさ」

にやにやしながら言ったのはしどけなく寝転がった美女である。肉置《ししお》きの豊かな肢体を衫襦《ひとえ》で包み、あふれんばかりの乳房を見せつけるように格天井に身体を横たえている。その妖艶な姿はまさに女盛りといったところだが、彼女の女盛りはかれこれ千年つづいている。美凰が陰界《いんかい》にまつわる力〝禋華《しんか》〟を用いて使役する妖鬼――明器《めいき》のひとりで、如霞《じょか》という名の蛇精《じゃせい》である。

「あっちのほう？ なんだ、それは」

「やだねえ、陽根《ようこん》のことに決まってるじゃないか。日ごろから弓馬の鍛錬を欠かさない男は筋骨隆々だろ。体軀《たいく》が立派な男は宝具《おたから》も立派なのさ」

「宝具とやらが立派な男は房事への意欲も強いのか？」

「もちろんそうさ。たくましい陽物には力がみなぎってるからね」

男の精気を吸いとって生きてきた如霞が断言するのだから、間違いなさそうだ。

「つまり、天凱も房事への意欲が強いはずだということか。ならばなぜ、妃嬪たちに対してこんなにそっけないのだろうか」

「好みじゃねえんだろ」

空中で胡坐《あぐら》をかいて柿を食べている青年、高牙《こうが》が面倒くさそうに言った。黄金《きん》を象《ぞう》嵌《がん》したような瞳に濃い妖気がただよっているのは彼が人間ではないからだ。その本性は三百歳を超える漆黒の妖虎で、やはり美凰の明器である。

「女ならだれでもいいって見境のねえやつもいるが、選《よ》り好《この》みするやつだっているぜ」

「後宮にはいろんな美姫《びき》がいるのだぞ。よほど特殊な趣味でない限り、だれかが好みに当てはまるはずだ」

「特殊な趣味なんじゃねーの。好みの女がよぼよぼの婆《ばあ》さんとか、自分よりでかい女とか、凶暴な女とかさ。後宮にはいねーだろ、そういうのは」

「後宮にいない種類の女人か。それならありうるな」

納得はしたものの、困ったものだと首をひねる。

「できれば天凱の好みに合う女人を薦めたいが、後宮とは世継ぎを生み育てる場所だ。その条件からはずれる女人を入宮させるわけにもいかぬ。どうしたものか」

「美凰じゃだめなの？」

美凰の膝の上に座っている童子がこちらを見あげてきた。丸っこい瞳を可愛《かわい》らしくぱちぱちさせるさまは四つか五つのいとけない男児そのものだが、五十年前に死んだ溺鬼《できき》である。名を星羽《せいう》といい、如霞や高牙とおなじく美凰の明器だ。

「昔、美凰と主上は結婚の約束をしてたんでしょう？　それなら昔の約束どおり美凰が主上と結婚すればいいじゃない。美凰と主上は仲良しだからうまくいくよ」

「私はだめだ。皇太后だから」

「皇太后は主上と結婚できないの？　なんで？」

星羽が無邪気に首をかしげる。美凰はその小さな頭を撫《な》でた。

「私は先帝に嫁いだ。夫婦として過ごしたのは一日にも満たなかったが……それでも夫婦にはちがいない。先帝は天凱の叔父だから、天凱は先帝の甥《おい》だ。先帝の妻だった私は、天凱の叔母ということになる。血のつながりはないが、宗室の系譜では私たちは身内だ。大昔から身内同士で結婚してはいけないことになっている。叔母は甥に嫁げないし、甥も叔母を娶《めと》ってはいけない。そういう決まりなんだ」

「決まりを変えちゃうことはできないの？」

「できない。決まりは守らねばならぬ。たとえ皇帝でも」

大耀《だいよう》帝国は晟烏鏡《せいうきょう》と呼ばれる神威の鏡鑑《かがみ》で守られている。晟烏鏡は持ち主たる天子の肉体に宿り、彼の心のありさまを映す。皇帝が聖徳を失い、悪徳に囚《とら》われれば、晟烏鏡の鏡面に曇りが生じ、さらにはそれが罅《ひび》となる。皇帝が改悛《かいしゅん》すれば曇りや罅は消えるが、邪悪な心をあらためず、罪をかさねつづければ晟烏鏡は粉々に砕け散ってしまう。これを滅鏡《めっきょう》といい、滅鏡した皇帝は十三日以内に崩御する。

近親相姦《きんしんそうかん》──すなわち内乱《ないらん》は失徳《しっとく》の最たるものだ。天下万民のためにも、後世に悪名を残さないためにも、絶対に避けなければならない。

「ふーん。いろいろ面倒くさいんだね、皇帝って」

星羽は釈然としないふうに首をひねっている。

「決まりなんかなければいいのにね」

そうだな、と相づちを打って、美凰は違和感をおぼえた。決まりがなければ、なんだというのだろう？　そこになんの可能性があるというのか。

──私には関係のないことだ。

規則がどうであれ、美凰が天凱に嫁ぐことなど、ありえないのだから。

夜の足音が聞こえる雀色時《すずめいろどき》。菊の香を運ぶ金風《きんぷう》に背中を押されながら、紫衣内侍《しいないじ》省《しょう》次席内侍監《ないじかん》・過貪狼《かたんろう》は後宮の回廊を歩いていた。

──あの坊肆《まち》はあいかわらずだな。

百千の妓楼《ぎろう》がたちならぶ戯蝶巷《ぎちょうこう》。むせかえるような脂粉のにおいに包まれる紅灯《こうとう》の巷《ちまた》に出かけてきたところである。むろん女道楽のためではない。そんなことに銀子を浪費するなど、倹約と蓄財が生きがいの貪狼に言わせれば愚劣のきわみだ。

わざわざ時間を割いて戯蝶巷に出向いたのは、母の墓参りのためだ。

貪狼の生みの母は胡姫《こき》である。具体的にどこの生まれだったのかは知らない。西域《さいいき》の小国の公主《こうしゅ》だったのに賊《ぞく》にさらわれて耀《よう》に連れてこられただの、宰相の娘として何不自由なく暮らしていたが悪人に騙《だま》されて妓楼に売られただの、国王に嫁ぐ道すがら耀軍に襲われ捕虜にされただの、母の出自に関する風説は数限りなくある。その出どころは母自身で、泥酔してくどくどしく身の上話をするたびに来歴が変わった。おそらく、いや、確実にどれも鬼話《でたらめ》だ。王室につらなる高貴な血筋や貴人の伴侶にふさわしい教養が母にそなわっていたとは思えない。母が持っていたのは、きらめく白銀の髪と、宝玉のような碧眼《へきがん》と、抜きん出た美貌だけであり、婀娜《あだ》っぽい流し目と素肌もあらわな衣装で踊る煽情的《せんじょうてき》な胡旋舞《こせんぶ》で人気を博していたにすぎない。

最上級ではないがそこそこ名のとおった妓楼に身を置いていた母は、楼《みせ》いちばんの売《う》れっ妓《こ》だった。大勢の嫖客《ひょうかく》が母を目当てに足しげく通ってきたが、母が夢中になったのは若い書生だった。ふたりは結婚を約束し、ほどなく母は身ごもった。

妓楼でもっとも忌み嫌われているものは懐妊を置いてほかにはない。嫖客は一夜の逢瀬《おうせ》を求めて花街に通ってくる。子宝を授かるという行為はあまりに所帯じみていて、男たちの欲望を具現化した仙境の甘い夢にそぐわない。要するに腹を大きくせり出した女が視界に入るだけで興ざめだというのだ。また子を産むことにより体形がくずれれば妓女《ぎじょ》の値打ちが下がってしまう。妓楼にとって妓女は大事な売り物だから、色香がそこなわれかねない懐妊は唾棄すべきものとされている。

当然のなりゆきとして、母は堕胎を命じられた。たいていの妓女はすんなり応じる。商売ができなくなって困るのは妓女自身なのだ。しかし、母は断固として産むと言い張った。さもなければわが子ともども死ぬと騒ぎたてたので、売れっ妓を失いたくない妓楼がしぶしぶ折れて出産を許した。かくて生まれた赤子が貪狼だ。

貪狼が恋しい書生の胤《たね》だと、母は本気で信じていた。すくなくともこのときは。

母は貪狼を猫可愛がりしていたらしいが、長続きはしなかった。噂《うわさ》が流れたのだ。科挙に及第し、晴れて進士《しんし》になった書生が母と結んだ二世の契りを忘れて、名門の令嬢を娶ったと。はじめのうち母は信じなかったが、書生の婚礼から一月後の祝宴で胡旋舞を披露することになり、噂が真実であることを目の当たりにした。

恋人の裏切りを知った母は激昂《げきこう》し、暴言を吐いて祝宴を台無しにしたうえ、妓楼に駆け戻って襁褓《むつき》にくるまれていた貪狼を近くの水路に投げ捨てた。

そのまま死んでいればよかったかもしれないと、ときおり思うことがある。だが、貪狼は命拾いした。川べりにいた女が流れてきた赤子を拾いあげたのだ。

その女は妓楼の下婢《げじょ》で、幼少時にわずらった病のせいで容貌が醜かったために色を売ることができず、下働きをしていた。子ども好きで面倒見がよい下婢は母親に放擲《ほうてき》された貪狼を憐《あわ》れみ、仮母《おかみ》に頼みこんで妓楼で育てることを許してもらった。

貪狼にとっての〝母〟とは、育ての親である下婢のことだ。下婢が腹を痛めたわが子のように可愛がってくれたので、貪狼は実の母のごとく彼女を慕った。否、実の母だと思っていたのだ。周囲の者から「下婢はおまえの生みの母ではない」と言われても信じなかった。下婢が自分に向けてくれる慈愛に満ちたまなざしは肉親のそれだった。長ずるにつれて胡人《こじん》風の容姿が目立つようになり、下婢とのあいだに血縁はないらしいと自覚せざるを得なくなったが、そのことは問題ではなかった。

貪狼を悩ませたのは、生母譲りの派手な外見のせいで嫖客から由ありげな目つきで見られるようになったことだ。

酒席で酌をさせられたり、なれなれしく身体にふれられたりすることもあった。当時、貪狼は番頭の使い走りとして働いていたので、嫖客の視界に入ることが多かったから、龍陽之癖《そのみち》の相手として品定めされる羽目になったわけだ。

男娼《だんしょう》にならないかと方々から誘われた。それがなにを意味するかはとうに承知していた――嫖客のなかには寵愛《ちょうあい》する孌童《れんどう》をともなって登楼《とうろう》する者もいる――ので、誘われるたびに嫌悪感でいっぱいになったが、孌童たちが銀子をたんまりもらっているのをうらやましいと思わないでもなかった。番頭の使い走りでは十年かかっても手に入れられない大金を、孌童たちはいともたやすく稼いでいた。銀子を貯《た》めれば民居《いえ》を買うことができる。妓楼を出て、養い親とふたりで暮らすこともできる。

下婢は働き者だったが、朝から晩までこき使われるせいで疲労困憊《ひろうこんぱい》していた。食事や衣服は最低限の粗末なもので、平べったい寝床では疲れを癒すどころか腰を痛めるだけだった。このままでは下婢は長生きできないと貪狼は危惧した。早く妓楼から連れ出さなければ。ささやかなものでいいから親子で暮らす民居が欲しい。その計画を打ちあけると、下婢はまなじりを裂いて貪狼を睨《にら》みつけた。

「もしおまえが色を売るようになったら、おまえとは親子の縁を切るよ。もう母でも子でもない。二度とあたしを母さんと呼ばないでおくれ」

やさしい養母のすさまじい怒気に恐れをなした貪狼は民居を買うことをあきらめ、下婢が望むように番頭の仕事をおぼえることに専念した。

十二の冬のことだった。下婢が重い病にかかり、床に臥《ふ》してしまった。薬餌を買う金がなく、病状は悪くなる一方。もとより使い走りに給金は出ない。ごくまれにわずかな心づけをもらえるだけだ。ひねもす働いてもたいした稼ぎにはならず、雀の涙ほどの貯《たくわ》えは病人の食事代を払えと仮母に迫られてむしり取られていた。

無一文となった貪狼にはもはや実の母を頼るしか道がなかった。

母はいちばんの売れっ妓の座を若い胡姫に譲っていたが、胡旋舞の妙手としてあちこちの宴席に呼ばれ、たっぷり稼いでいた。実の子である貪狼が懇願すれば、女親らしく哀れをもよおして、すこしくらいは都合してくれるだろうと思った。

なんと愚かなことであろうか。屑物《くずもの》のごとく自分を捨てた女に情けを求めるとは。

「おまえにくれてやる銀子なんかびた一文もないよ」

ひざまずいて哀願する貪狼に、母は冷ややかな言葉を放った。

「あたしの銀子はあたしがこの肌身を売って稼いだものだ。身を削って作った金をおまえなんかにくれてやる義理はない。そんなに銀子が欲しいなら、人様のお恵みを乞わずに自分の身体で稼ぐんだね。おまえの器量なら高く売れるだろうよ」

野良犬のように追いはらわれ、貪狼は途方に暮れた。まとまった金が欲しければ色を売るのがいちばん手っ取り早い。だがそれは、下婢に禁じられている。ならば妓楼の外に出て日銭仕事をするしかないが、そんな迂遠《うえん》な方法では金が貯まる前に下婢の命が絶えてしまう。逡巡《しゅんじゅん》したすえ、貪狼は肚《はら》をくくった。

たった一晩の稼ぎで十分だった。医者を呼び、薬餌と滋養のある食べ物を買うことができた。懸命な看病のかいあって下婢は回復したが、薬代の出どころを怪しんだ。盗んできたのではないかと疑ったのだ。貪狼は実の母から借りたと嘘《うそ》をついたが、そのつたない虚言はすぐに暴かれた。

礼を言いに行った下婢に、母が真相を暴露したからだ。

「あの小鬼《がき》を色の道に入れておやり。大儲《おおもう》けできるよ。さすがはあたしの血をわけた息子だ。客をその気にさせるのはお手の物さ」

下婢は血相を変えて貪狼を問いつめ、それが事実だと知るや否や、目に入れても痛くないほど可愛がってきた養い子をしたたか殴りつけた。

「色をひさぐことがどういうことなのか、わかっているのかい？　単に一晩、身体を客に貸すことじゃないんだよ。客はおまえの肌身のみならず、心までおもちゃにしてるんだ。おまえの身体を物みたいにあつかっておまえの魂に傷をつけてるんだ。色をひさぐということはね、はした金とひきかえに心を切り売りすることなんだよ」

長年、妓楼に身を置いてきた下婢は、色を売って世をわたる者たちがどうやって一瞬の栄華を貪り、どうやって破滅していくか、さんざん見てきた。だからこそ、わが子同然の貪狼には彼らとおなじ惨苦を味わってほしくなかったのだ。

「金をもらって喜んでいられるのは最初のうちだけさ。自分がなにを失ったのか、じきに思い知るよ。稼げば稼ぐほど、おまえは貧しくなるよ。切り刻んで売り飛ばした心は元どおりにならない。どんなに銀子を積んでも取りもどせないんだ。死ぬまで後悔する羽目になるよ。売ってはいけないものを売ってしまったとね」

貪狼は下婢のためにしたことだと弁明したが、下婢は聞く耳を持たなかった。

「あたしはもう、おまえの母さんじゃない。おまえなんか赤の他人だよ」

口論の翌日、川べりで下婢の亡骸《なきがら》が見つかった。自害だった。情け深い彼女のことだから、自分が生きていると養い子の負担になってしまうと考えたのだろう。

実の母親同然の存在を失い、貪狼は自暴自棄になった。もはや金を稼ぐ目的も生きる意味もないのに、下婢が蛇蝎《だかつ》のごとく嫌っていたやりかたで荒稼ぎした。心身を切り売りして得た銀子は酒色や博戯《はくぎ》に費やした。むなしい日々だった。生きているのか死んでいるのか、自分でもわからなくなるほどに。

そんな生活が五年ほどつづき、貪狼はある若い妓女と出会った。彼女は妓女の娘で、童女のころから技芸を仕込まれ、容色が衰えて稼げなくなった母親に強要されてこの道に入ったという。つとめがつらくてたまらないと彼女はいつも泣いていた。

「朝が来るたび、まだ生きていることに絶望するの。こんな賤《いや》しい身体でいつまで生きなきゃいけないのって……」

入水《じゅすい》しようとした彼女を川に飛びこんで助けたのは徳義心のせいではなかった。下婢の死に顔が頭をよぎったからだ。後先考えずとった行動に後押しされて距離が縮まり、互いの境遇が似通っていることも手伝って、さながら天命に導かれたかのごとく惹《ひ》かれ合った。青い恋はたちどころに燃えあがり、ふたりは結婚を夢見るようになった。むろん互いに自由の身ではない。妓女は母親の借金を背負わされており、貪狼は向こう見ずな遊蕩《ゆうとう》の結果、いくつもの証文をとられていた。

このままでは十年経っても夫婦にはなれない。世を儚《はかな》んだ妓女は心中したがったが、貪狼はふたりで花街から逃げ出そうと持ちかけた。逃亡するには先立つ物が要る。この日を境に遊興と縁を切り、貪狼はこつこつ稼ぎを貯めていった。ようやくある程度の金高になって、いよいよ計画を実現できるというとき、事件が起こった。金の隠し場所から銀子が消えていたのだ。そこは貪狼と妓女しか知らないはずなのに。

不安が胸にきざし、貪狼は急いで彼女がつとめている妓楼へ行った。そこではじめて知った。妓女が馴染《なじ》み客《きゃく》と逃亡したと。貪狼が懸命に貯めた銀子を盗んで。

「馬鹿だねえ、なにを驚いてるんだい」

恋人に裏切られて呆然《ぼうぜん》とする貪狼を、母はせせら笑った。

「夫婦約束をしただって？　男娼の分際で？　笑わせるんじゃないよ。結婚なんてのはね、肌身を売ってない一人前の男がやることさ。狒々爺《ひひじじい》に身体をさしだして食い扶《ぶ》持《ち》を稼ぐ賤しい男と所帯を持ちたがる女なんざ、どこを探したっているもんか。あの小娘、おまえなんかと付き合うとはおつむが弱いんだろうと思ってたけど、ちゃんと考えがあったんだね。最初からおまえの稼ぎが目当てだったのさ。なかなか知恵がまわる子だよ。男娼から銀子を盗んで好きな男と駆け落ちするとはね！」

高らかな嗤笑《ししょう》が貪狼の耳を容赦なく切り裂いた。

「この世に男娼ほどみじめなものはないよ。恥ずかしいと思わないのかい？　大の男に生まれて色を売るしか能がないなんてさ」

　怒りに任せて罵声を放つことすらできなかった。図星だったからだ。貪狼は選ばれなかった。彼女は買う男と買われる男を天秤《てんびん》にかけ、前者を選んだ。無理もないことだ。世間ではそちらのほうが後者より上等な存在とされているのだから。

　いまになって下婢の戒めが骨身にしみた。彼女の言ったとおりだ。売ってはならないものを売ってしまった。取りかえしのつかない過ちを犯した。その報いがこれだ。おなじ苦界で生きている妓女にすら蔑まれる存在になりさがってしまったのだ。なまじ夢を見たのが悪かった。いつの日か人並みの幸せを得られると希望を抱いたのがいけなかった。望む資格などなかったのに。

　男娼という身分を脱ぎ捨てたい。そんな思いが胸に生じた。花街から逃げたい。春をひさがずに生きられる場所に行きたい。

　さりとて志だけで現状は変えられない。妓女に銀子を持ち逃げされたせいで貪狼は無一文に逆戻りしていた。手もとには多額の借金が残っている。花街から脱出するには、まず借金を清算しなければ。

　そこで馴染みの上級宦官《かんがん》に取り入って、弟子にしてくれるよう頼みこんだ。宦官の弟子になるということは、浄身《じょうしん》（去勢）するということだ。それが後戻りできない道であることはわかっていたが、証文の束から逃れるには上級宦官に借金を肩代わりしてもらうのが最善の策だった。男の嫖客に狙いをさだめなかったのは、彼に買い取られても単なる囲い者になるだけだからだ。その点、宦官なら実力と運気次第で出世も見込める。金持ちの慰み者として一生を棒にふるより、よほど意義のある生きかたができると踏んだ。

宦官になればいままでの垢《あか》じみた生活を一新できるのではないかという乳臭児《にゅうしゅうじ》らしい幼稚な期待は、皇宮の門をくぐってから数日と経たないうちにもろくも崩れ去った。派手な容姿のせいか、男娼という前身のせいか、宦官になっても求められる仕事はたいして変わらなかった。失意に沈まなかったのは、慣れていたからだ。肌身を世過ぎの道具として使うことに。

金を稼ぐ。それが貪狼の生きる意味だった。どんな手段で得たものであっても金は金だ。金に良心や徳義はない。人ではないから貪狼を裏切ることもない。

天凱に仕えるようになってからは、男娼まがいの仕事はしなくなったが、それでも失ったものは戻らない。罪悪感のせいか、貪狼はおりにふれて花街へ行き下婢の墓参りをする。母も死んだと聞いたが、墓の場所は知らない。墓などないのかもしれないが、興味がないので尋ねることもない。貪狼にとっては下婢だけが母親だった。そしてその唯一の母親を、貪狼は心底から失望させてしまったのだ。

墓参りから帰るといつも物憂い心地がする。とうに薄れたはずのうしろめたさが胸を濁らせる。ならば行かなければいいのに、ふらりと足を向けてしまう。心のどこかで期待しているのかもしれない。いつか下婢が赦《ゆる》してくれるのではないかと。とうの昔に九泉《きゅうせん》へ下った彼女に赦しを乞うのは無益なことだと知りながら。

ふと視線をあげると、秋の色彩を帯びはじめた回廊の向こうから長身の宦官がこちらに歩いてくるのが見えた。紅衣内侍省《こういないじしょう》次席内侍監《ないじかん》・圭鹿鳴《けいろくめい》。かつて前途洋々たる新進士《しんしんし》であった名門出身の鹿鳴は圭角《けいかく》のある人物として知られている。貪狼がにこやかにあいさつしてもそっけなく答礼するだけだ。貪狼の出自を蔑んでいるのだろうか。彼はだれに対しても冷淡な態度だから、考えすぎかもしれない。

「お待ちください、圭内侍監」

立ち去ろうとした鹿鳴を呼び止め、貪狼は文《ふみ》をさしだした。

「こちらをあずかってまいりました。圭内侍監に渡してほしいと」

「どなたからでしょうか？」

「酔玉楼《すいぎょくろう》の名妓《めいぎ》、金飛燕《きんひえん》どのです」

「名妓？　なぜそんなかたが私に文を？」

「さあ、そこまでは。私は届け物を頼まれただけですから」

釈然としないふうに鹿鳴は文を受けとった。

貪狼が金飛燕に会ったのは、濃艶な脂粉の香りに包まれる青楼《せいろう》ではなく、線香のにおいがただよう墓地である。彼女も墓参りに来ていた。もっともその前から彼女の妓《ぎ》名《めい》は聞きおよんでいた。花街に出入りする者で金飛燕の名を知らぬ者はいない。飛燕は亡き姉のために紙銭《しせん》を焚《た》いていた。姉と言っても実の姉ではなく、先輩妓女のことだ。駆け出しのころ世話になったらしい。

通り雨に降られて木陰で雨宿りしているあいだ、話をした。彼女が貪狼の身分を知り、鹿鳴に文を届けてくれないかとおずおずと申し出たとき、理由をつけて断ることもできた。ふだんの貪狼なら迷わずそうしただろう。断らないとしても約束どおり届けてやる義理もない。口先だけで引き受けて、文など捨て置くこともできた。

だが、貪狼はこうして鹿鳴に文を手渡した。

――変わらないものがほんとうにあるのだろうか。

生まれ育った紅灯の巷でいやというほど裏切りを見てきた貪狼には信じられない。時を経てもなお、かき消されずに燃えつづける想《おも》いがあるなど。

同時に、あってほしいとも思う。もし金石のごとくかたい契りが存在するなら、数限りない汚穢《おわい》にまみれたこの世にも見るべきものがあるということだ。

天子が起居する宮城《きゅうじょう》、昊極宮《こうきょくきゅう》。その中心に位置する昊極殿《こうきょくでん》の書房《しょさい》にて、皇帝は日中、政務をとる。

「戯蝶巷《ぎちょうこう》の様子がおかしい？」

天凱が朱筆を持ったまま尋ねると、禁台長官《えいだい》――禁大夫《えいたいふ》・丘文泰《きゅうぶんたい》はうなずいた。

「陰の気が強すぎるのです。先日、調査にまいりましたが、とくべつ変わったことはなく、なにが原因なのかわかりません。にもかかわらず、異常なほどの強い陰の気を感じます」

いち早く感づいたのは悪所《あくしょ》通いが趣味の禁台次官――禁中丞《えいちゅうじょう》・阮雷之《げんらいし》だ。

「戯蝶巷の坊門《ぼうもん》をくぐったとたん、怨念のにおいがぷんぷんにおってきますぜ。場所柄、怨念のにおいは強いほうですがね、それにしたって度を越してますぜ」

異常を感じたのは二月ほど前からだと雷之は言った。

「死者が増えているのか？」

「とりたてて言うほどではないですね。戯蝶巷は人の入れ替わりが激しく、行方知れずになる者も多いので、正確な数字は出せませんが」

花街のことだからとほうっておくのも問題だ。陰陽の均衡が保たれているからこそ、天下は平穏になる。均衡の乱れは――局地的な乱れであっても――大局に影響しかねない。とくに戯蝶巷は京師《みやこ》・冏都《けいと》一にぎやかな歓楽街なので、放置しておけばますます陰の気が強まり、冏都全体に悪影響がおよぶことも考えられる。

「一度、主上《しゅじょう》にお出ましいただけないでしょうか。死者は増えていないのに陰の気が強まっているとなると、われわれ禁台では手に負えない案件かもしれません」

禁台は皇帝直属の覡衆《かんなぎしゅう》である。蒐官《しゅうかん》と呼ばれる去勢された男子のみで構成され、天下に蠢《うごめ》く百鬼《ひゃっき》を狩り、千禍《せんか》を祓《はら》うことを職掌とする。

文泰と雷之はまだ三十の坂を越えていないが、その身に宿した霊力はたいていの妖物を察知し、追跡し、駆鬼《おにばらい》することができるほど強力だ。十分な力をそなえている彼らが見破れない怪異なら、難物なのだろう。

――凶后《きょうこう》のゆくえはいまだ不明だ。

鬼道《きどう》を操り、政を壟断《ろうだん》し、官民を虫けらのごとく殺戮《さつりく》した凶后・劉瓔《りゅうえい》。天凱の叔父にあたる先帝敬宗《けいそう》に迫られて自刃し、遺体を寸刻みにされて封印されてもなお、現世《うつしよ》にとどまっている希代の悪女は、ときには囧都に鬼病《きびょう》をばらまき、ときには後宮に明器を侵入させて怪異を生じさせた。禁台に足取りを追わせているが、いまもってあの禍々《まがまが》しさの残滓《ざんし》すらつかめていない。戯蝶巷にただよう陰の気が正体不明だというなら、真っ先に疑うべきは凶后だろう。凶后が潜伏しているのならば、静観してはいられない。みずから足を運んで、陰の気の出どころを探らなければ。

「わかった。今夜にでも行ってみよう。まずは……」

書房に銀髪の宦官が入ってきた。紫衣内侍省《しいないじしょう》次席内侍監《ないじかん》・過貪狼《かたんろう》だ。三度の飯よりも収賄が好きだと公言して憚《はばか》らない蓄財家の側仕《そばづか》えは流れるような所作で揖礼《ゆうれい》し、胡散臭《うさんくさ》さ満点の笑みを浮かべた。

「宋祥妃《そうしょうひ》がお目通りを願い出ていらっしゃいます。甜点心《おかし》をお持ちになったそうですが、おとおししてよろしいですか」

「あとにしてくれ。忙しいんだ」

「追いかえしていいんですね？　ほんとにいいんですね？　絶対後悔しませんね？」

「なぜそう念押しするんだ。とおさねばならない理由でもあるのか」

「いいえ、べつに。主上が追いかえせとおっしゃるならそうします」

妙に引っかかる言いかたをするので気になる。天凱は貪狼を呼び止め、「とおせ」と命じた。やがて群青色の襦裙《じゅくん》に身を包んだ女人が女官を連れて入ってくる。

六夫人《りくふじん》の最下位、祥妃を賜っている宋氏。軍政をつかさどる枢密院《すうみついん》の長《おさ》、枢密使《すうみつし》の嫡女である彼女は天凱の寵妃《ちょうひ》でないばかりか、龍床《りゅうしょう》に侍ったことすらない。筆と帳面を持ち歩き、物見高い目をきらきらさせて稗史《はいし》のネタ探しをしている変わり者で、取材と称して天凱を追いかけまわすので、正直なところあまりかかわりたくない相手なのだが……。

「おや、蒐官どのがいらっしゃいますよ。密談の最中だったみたいですね」

宋祥妃は食盒《おかもち》を持ってついてくる女官にこそこそ耳打ちした。

「だからやめておこうと言ったのだ。公務の邪魔になるのなら……」

「邪魔じゃないですよ。皇太后さまがお見えになれば主上はお喜びになります」

「皇太后さま？」

天凱は思わず朱筆を置いた。

「叔母上もご一緒なのか？　どちらに？」

「こちらですよ」

宋祥妃がとなりに立つ女官をさし示す。すっきりとした筒袖の上襦《じょうじゅ》に胸の高さまで引きあげた長裙《ちょうくん》を合わせ、簡素な双髻《そうけい》に銀簪《ぎんしん》と絹花を飾った小柄な女官だ。年のころは十六、七。夜明珠《やめいしゅ》のような瞳には愛想のかけらもないが、薄化粧をほどこした月のかんばせは巫山神女《ふざんしんにょ》のそれかと疑われるほど麗しい。

何度かまばたきをして、ようやく彼女の正体がわかった。

「どうしたんだ、美凰。女官の恰好《かっこう》などして……」

「皇太后の服装だと目立つのだ。また変な噂を流されても困るからな」

言い訳じみた口ぶりで答え、食盒を持ちあげてみせる。

「暇つぶしに甜点心を作ったんだが、作りすぎたので持ってきた。食べたければ食べればよいし、食べたくなければ食べなければよい」

「あなたが作ったものなら、喜んでいただこう」

天凱が二つ返事をすると、美凰は軽やかな足どりでやってきた。玉案《つくえ》に食盒を置き、ふたを開けて黄釉緑彩《おうゆうりょくさい》の器を取り出す。

「胡麻《ごま》の酥餅《そへい》か。なつかしいな」

「そうだろう。童子のころ、そなたはこればかり食べていた」

幼帝時代、皇宮の生活が性に合わず、宮廷料理が口に合わなくて食事をしなくなった天凱のために、美凰が厨師《ちゅうし》に命じて市井の菓子を作らせた。天凱はその味をいたく気に入って食事代わりに食べていたので、美凰によく叱られたものだ。

――十一年前、廃位されて皇宮を去る俺に持たせてくれたのもこの菓子だったな。

辺境へ向かう軒車《くるま》に揺られながら、美凰が持たせてくれた胡麻の酥餅を食べようとして、結局ひと口もかじることができないまま箱に戻したことをおぼえている。食べられなかったのだ。食べてしまえば、彼女とのつながりが消えてしまいそうで。

ひとつ手に取って食べてみる。ひと口かじれば、さっくりとした生地からしっとりとした黒胡麻餡《あん》が顔を出す。その甘さは記憶のなかのそれよりも強く感じられた。

「あなたが作ったもののほうが甘いな」

「そうか？　砂糖が多すぎたかな」

美凰は酥餅を食べ、「ちょうどよいはずだが」と首をひねった。

――あなたがほんとうに女官だったら。

ふとそんなことを考えてしまう。女官は妃《きさき》にならないのが慣例とはいえ、それは禁忌というほどではない。一度でも寵を受ければ妃嬪に立てられる。妃嬪になれば、頻繁に会っても内乱だなんだと変な噂を流されることもない。皇帝と妃嬪が仲睦《なかむつ》まじくするのは自然なことなのだから。

空物語であることはわかっている。美凰は女官ではないし、これからも女官になることはない。彼女が天凱の寵を受けることはありえないし、天凱の后妃になってくれることも未来永劫《みらいえいごう》ない。それでも白昼夢じみた空想にふけってしまうのは、彼女の女官姿が思いのほか堂に入っているせいだろうか。

「ところで天凱、そなたは夜伽の回数がすくなすぎる」

どうやら甜点心は口実で、本題は小言のようだ。天凱は苦笑した。

「もっと増やすべきだ。毎日とはいかなくても三日に一度くらいはできるだろう？」

「三日に一度か……」

「どうしてもと言うなら五日に一度でもよい。その場合は一晩に三人くらい召すべきだ。もちろん三人いっぺんに召すのではなく、ひとりずつだが。いや待て、三人いっぺんのほうが能率的だな。妃嬪たちに無理強いはできぬので了承をとらねばならぬが、もしそれでもよいと言ってくれる妃嬪がいるなら——」

「一晩に三人だと？　あなたは俺をなんだと思っているんだ」

天凱が頭を抱えると、美凰は柳眉を逆立てた。

「そなたが不精だから妥協案を出しているのだ。ひとりずつ数日おきに召すのが面倒なら、数人まとめて一晩で相手にするほうが手間がはぶけるだろう。如霞が言うには、そなたなら一晩に四、五人でも大丈夫だそうだ。この手のことに如霞は鼻がきくのでまちがいない。とはいえ、四、五人はすこし多い気がするので、私の裁量で三人に減らしてみた。そなたが希望するなら四人でも五人でもよいが、どうする？」

「……この話はまたにしないか」

だめだ、と美凰は天凱の肩を叩《たた》く。

「そなたはのらくらと逃げてばかりいる。子をもうけるのは天子のつとめなのだぞ。目下、後宮には御子《おこ》がおらぬ。皇族の数が減っているゆえ、子作りは急務だ。宗室の子孫繁栄なくして天下の繁栄はない。早急に世継ぎをもうけなければ」

近ごろ、美凰は顔を合わせるたびに妃嬪を召せと言ってくる。幽閉されていた羈袄《きよう》宮《きゅう》が落雷により炎上し、皇太后として後宮にとどまることになったので彼女なりに仕事をしているつもりなのだろうが、夜伽に口出しされるのは苦痛だ。

――美凰の名が書かれた禁花扇《きんかせん》はない。

だれを龍床に召すかは、禁花扇という札で決まる。夕餉時《ゆうげどき》、紅衣内侍省《こういないじしょう》の首席内侍監が禁花扇を持ってお伺いを立てに来る。召したい后妃の名が書かれた禁花扇を裏返すと、夜伽の支度がととのえられ、その晩は彼女と過ごすことになる。

あまたの禁花扇のなかに美凰の名が書かれたものはない。先帝の皇后である皇太后はけっして今上の龍床に侍らないからだ。そんなことは彼女を皇太后として皇宮に迎えたときから承知しているのに、宦官がさしだす盆の上に美凰の禁花扇がないことを確認するたび、落胆せずにはいられない。

──もし、美凰の禁花扇があったら……。

詮無い思いとともに苦い感情がこみあげてくる。ありえない話だ。美凰との縁はとうに切れているのだから。けれど、もし美凰の名が記された禁花扇を見せられたら、ほかの禁花扇は視界から弾《はじ》き飛ばされてしまうだろう。

「皇太后として心配してくれる気持ちはありがたいのだが、あいにく夜伽に時間を割く余裕がないんだ。戯蝶巷を調べに行かねばならぬ」

「戯蝶巷？」

「陰の気が強まっているんですが、原因不明なんですよ。凶后が潜伏している恐れもあるので、主上にお出ましいただこうかと」

小首をかしげた美凰に、文泰がかいつまんで状況を説明する。

「私が行こう」

事情を聞くなり、美凰はぽんと手を叩いた。

「雑事は私が引き受ける。天凱、そなたは公務と子作りに専念せよ」

「戯蝶巷は歓楽街だぞ。女のあなたが出向くべき場所じゃない」

「なるほど、そなたは戯蝶巷に行きたいのか。目当ての妓女でもいるのか？」

「いや、そういう話ではなく……」

隠さずともよい、と美凰は訳知り顔でうなずく。

「そなたが夜伽に積極的でないのは、後宮が窮屈すぎるからだろう。後宮は古くさいしきたりや厳格な規則に縛られているし、妃嬪たちは行儀よくふるまうよう教育されているから、市井育ちのそなたにはさぞや堅苦しく思われるのであろうな。されど、いったん天子になったからには、廓遊《くるわあそ》びはあきらめてもらわねばならぬ。皇上《みかど》は悪所通いなどしてはならない。花柳病を得るかもしれぬし、治安の悪い場所ゆえ、厄介な事件にまきこまれるかもしれぬ。用心しなければ。それに後宮外での懐妊は皇胤《こういん》とは認められぬので、あとあと面倒なことになるぞ。美女を愛《め》でたいなら後宮で事足りる。よそで遊ぼうなどとは考えぬことだ」

分別くさい口ぶりで押し切られ、美凰に仕事を横取りされてしまう。

――これでしばらくは夜伽のことを忘れてくれるだろうか。

願わくは、思い出さないでほしい。求めてやまない女人に、彼女以外のだれかを薦められることほど恨めしいものはないのだから。

京師《みやこ》・冏都《けいと》の西南部に位置する戯蝶巷《ぎちょうこう》。勾欄《げきじょう》が甍《いらか》を競う繁星巷《はんせいこう》と隣接するこの坊肆《まち》にはところせましと妓楼がひしめき合い、軒につるされた紅灯は夕間暮れから白々明けまで煌々《こうこう》と輝き、坊肆全体が夜通しつづく宴《うたげ》に溺れているかのようだ。

「すごい人出だな」

坊門をくぐるなり、美凰の視界に黒山の人だかりが飛びこんできた。花街だから男ばかりかと思えば、ちらほらと女人もまじっている。

男娼を目当てに来た女客だろうかと人いきれに閉口しつつ尋ねると、となりを歩く栄周王《えいしゅうおう》・司馬白遠《しばはくえん》は笑って否定した。

「男娼を買うのはほとんど男だよ。ご婦人の嫖客《ひょうかく》なんてなかなかお目にかからないな。ふだんなら女客が戯蝶巷に来ることはまれだけど、今夜はとくべつだから」

「とくべつ？」

太りじしの男にぶつかられてふらついた美凰を、白遠が抱きとめてくれた。

「昼間、花案《かあん》が……といっても君は知らないだろうね。花案というのは、妓女のための科挙みたいなものさ。戯蝶巷きっての名妓たちが美貌や技芸を競い、名望のある嫖客たちが審査して番付をつくるんだ。順位が決まれば、嫦娥《じょうが》に扮《ふん》した優勝者が豪華な行列をひきつれて坊肆じゅうを練り歩く。華やかな行事だから、市井ではとても人気があるんだよ。花街とは縁のないご婦人がたが見物に来るくらいにね」

へえ、と生返事をしながら人込みをかきわけて進む。芬々《ふんぷん》たる薫物《たきもの》や脂粉のにおいが鼻をついてめまいがする。男も女もいやに着飾っている。きらびやかな錦の衣や金銀珠玉をちりばめた宝飾品が紅灯のしずくを弾いてまぶしいほどだ。

「行列を見物に来たというより、自分たちが行列の一員になるみたいだな」

「男客は名妓たちの前で恰好をつけたいのさ。みすぼらしい身なりで見物していれば、登楼《とうろう》したときに冷たくあしらわれるからね。女客は名妓たちに対抗心を燃やしているんだろう。華麗な行列の前で質素な身なりをしていれば、矜持《きようじ》が傷つくのさ」

「矜持が心配なら見物に来なければよかろうに」

「ご婦人がたは着飾って出かけるのが好きだからね。君も襦裙《じゆくん》を着てくればよかったのに。そんな恰好じゃなくて」

美凰が檳榔子《びんろうじ》染めの褠衣《こうい》（筒袖の長衣）に長褲《ちようこ》という蒐官服に身を包んでいるせいか、白遠はがっかりしたふうに眉尻をさげた。

「物見遊山ではなく調査に来たのだからこれでいいんだ。私のことより、そなたのなりはなんだ？　派手すぎて目がちかちかするのだが」

光沢のある孔雀藍《くじやくらん》の生地に芙蓉《ふよう》と鵲《かささぎ》を織り出し、緻密に絡み合う文様の隙間に銀糸でゆるやかに流れる天漢《あまのがわ》をあらわした円領《まるえり》の大袖袍《おおそでほう》。幞頭《ぼくとう》はかぶらず、琅玕《ろうかん》が象嵌された小冠《しようかん》をつけた髻《たぶさ》。手にした金碧山水《きんぺきさんすい》の扇子もそうだが、不健全な星空のごとく妖しくきらめきわたる紅灯の下で見ると、気おくれするほど麗々しい。

「私は物見遊山を兼ねているからね。こちらのほうが群衆に馴染むだろう？」

白遠は扇子をひらひらさせて笑う。その姿は花街を遊び歩く富家の道楽息子にしか見えない。彼が天凱の異母兄、すなわち皇兄であるとはだれも見抜けないだろう。

「馴染みすぎだ。さては戯蝶巷の常連だな？　いつもこんなところで遊んでいるのだろう。羽目をはずすなとは言わぬが、そなたも立場をわきまえて――」

「ほら、元君《げんくん》のお出ましだよ」

白遠が人だかりの向こうを指さす。飾り立てられた輿《こし》が人波の上をすべるように進んでいく。豪奢《ごうしゃ》な屋根をいただく輿には花冠《かかん》をかぶった美姫が乗っていた。

「太陰《たいいん》元君、つまり嫦娥さ。今年の元君は酔玉楼《すいぎょくろう》の金飛燕《きんひえん》だ。といっても、昨年も一昨年も彼女が元君だったらしいけどね。ここ十年、彼女が優勝してると聞いたよ。年々輝きを増す色香もさることながら、舞の腕前がずば抜けているんだ。彼女の舞はまさに天女のそれで、ほかの妓女たちは引き立て役になってしまうんだよ」

あざやかな茘枝色《れいしいろ》の襦裙をまとい、ほっそりとした首に真珠の瓔珞《ようらく》をかけた金飛燕は絹団扇《きぬうちわ》を優雅に動かしながら群衆に微笑をふりまいている。

「やけにくわしいな。ひょっとしてそなた、金飛燕とやらに入れあげているのか？」

「そこまでじゃないけど、昼間は彼女の舞を見に来たよ。いや、すばらしかったね。

あれほどの舞は宮中でもなかなか見られないよ」

白遠がしきりと褒めるので、美凰はふうんと相づちを打った。すばらしい舞い手と聞いて興味がわく。美凰も舞のたしなみはある。令嬢時代に熱心に学んだのだ。

――雪峰《せっぽう》さまに見ていただきたい一心だった。

のちの夫になる先帝敬宗《けいそう》・司馬雪峰に一目《ひとめ》惚《ぼ》れしたとき、美凰は十四の少女だった。舞の稽古は物心つくころから好きだったが、初恋を自覚してからは雪峰に褒めてもらいたくて寝食を忘れて打ちこんだ。

精魂をかたむけて稽古に励んだのに、伯母である凶后《きょうこう》の求めに応じて宴席で舞を披露したときには、彼の視線が気になりすぎてふりをまちがえてしまった。それでも雪峰は「天女のようだね」と手放しに褒めてくれた。恋しい人からの賛辞を聞くなり、美凰は有頂天になった。恋情をささやかれたみたいに。

――愚かなことだ。空世辞を真に受けるなんて。

凶后は幼帝であった天凱を輔弼《ほひつ》するという名目で垂簾《すいれん》の政を行い、強権をふるって官民を脅かしていた。凶后の姪《めい》として後宮に居座り、伯母の寵愛を一身に受けていた美凰がどれほどつたない舞を披露しても、欠点を指摘する者などいるはずがなかった。だれもが美凰を称賛した。凶后の機嫌をそこねないために。

――天凱だけだったな。下手な舞だったと率直な感想を言ったのは。

宴のあと、天凱は不平そうに口をねじ曲げて「ふらふらしてるだけの変な舞だった」とつっけんどんに言い捨てた。思わずむっとして反論したが、ふりかえってみれば天凱が正しかったのだ。美凰は舞に集中していなかった。雪峰の目に自分がどう映るか、彼はどんなふうに自分を見てくれているのかと、意識は舞の外に在った。

――あのころより下手になっているだろうな。

十年前、美凰が初恋の人である雪峰に嫁ぎ、彼の皇后となったまさにその晩のこと。のちに紅閨《こうけい》の変《へん》と呼ばれることになる明威《めいい》元年春の政変が起こり、美凰は廃妃になった。凶后に庇護《ひご》され、多種多様な贅沢《ぜいたく》に彩られていた生活は一変した。住まいは後宮一の金殿玉楼《きんでんぎょくろう》から囚都のはずれにそびえるうらぶれた離宮になり、食卓からは山海の珍味が消え去り、金襴緞子《きんらんどんす》でいっぱいだった無数の衣装櫃《いしょうびつ》はことごとく処分されて、つぎはぎだらけの衣を着るしかなくなった。悪衣悪食を強いられていれば、歌舞などの遊芸をたしなむ余裕は持てない。かれこれ十年は稽古をしていないのだ。もとよりさほどでもなかった腕前は目も当てられないほど衰えているだろう。

――べつにいいのだ。どうせ見てくれる人もいないのだから。

だれも見たくはないはずだ。天下におびただしい惨事をもたらした凶后の血をひく女の舞など。

考え事をしていたせいか、雑踏にもまれて白遠とはぐれてしまった。あわてて彼のもとに戻ろうとしたが、大柄な男客とぶつかって尻もちをついてしまう。

「大丈夫ですか、皇太……いえ、貞企《ていき》どの」

手をさしのべてくれたのは、美凰とおなじ檳榔子染めの官服を着た長身の青年だった。否、青年といっては語弊がある。胸に縫い取られた饕餮文《とうてつもん》は蒐官のもの。蒐官はみな宦官なので、美凰を立ちあがらせてくれた彼——禜大夫《えいたいふ》・丘文泰《きゅうぶんたい》も男ではない。なお、貞企とは美凰が蒐官に扮するときに使う偽名である。

「お怪我は……」

尋ねながら、文泰がしまったと言いたげに表情をくもらせた。

——「怪我はないか」という問いほど私に不要なものはないな。

紅閨の変は美凰の生活だけでなく、肉体も激変させた。凶后に連座《れんざ》して処刑される瞬間、美凰は己のなかに眠っていた奇《く》しき力を目覚めさせてしまったのだ。死霊を使役し、鬼《ばけもの》を狩る陰界《いんかい》の霊威——禋華《しんか》と呼ばれるその力が、いまにも斬首されようとしていた美凰の恐怖に誘発されて魑魅魍魎《ちみもうりょう》《ようかい》を呼び寄せ、刑場は阿鼻叫喚《あびきょうかん》の巷と化した。事態を収拾するため、雪峰は陽界の霊威たる晟烏鏡《せいうきょう》で禋華を封じた。陰界の力を陽界の力で封じたことにより、美凰は陰陽の理《ことわり》からはずれ、死を忘却した。何度となく手足をもがれ、首を落とされ、身体を引き裂かれても、死ぬことができない。どれほど流血しても肉体はたちまち元に戻ってしまう。

期せずして不死の身となってからというもの、年をとることもなくなった。美凰の身体はいまも十六の少女のままだ。

だから美凰に「怪我はないか」と尋ねることほど滑稽なことはないのだ。美凰はなにも変わらない。どんな傷も痛みだけを残して消えてしまうから。

「私は大丈夫だ。それより白遠は……」

問うているあいだにうしろから立てつづけに小突かれる。われもわれもと名妓たちの行列につめかける男客の群れに押されたのだ。

「ぼーっと突っ立ってると危ねえですぜ」

男客とのあいだに立って彼らから美凰を守ってくれたのも、饕餮文の蒐官服を着た宦官だった。文泰の配下、禁中丞《えいちゅうじょう》・阮雷之《げんらいし》だ。

「脂粉のにおいに酔った野郎どもは周りなんか見ちゃいねえ。うまくよけねえと突き飛ばされちまいますぜ」

男客はわれがちに行列に向かっていく。彼らの勢いときたら、さながら濁流だ。文泰と雷之が盾になって衝撃を防いでくれているからやっと立っていられるが、美凰ひとりなら群衆にもみくちゃにされていただろう。

「どうです？　陰の気の出どころがわかりますか？」

文泰に問われ、美凰は首を横にふった。禁台の報告どおり、坊門をくぐった際にむっとするような陰気を感じた。それは坊肆全体を包むようにただよっているもので、どこから発生しているのか感じとることができない。

――禊華もとくに反応しないな。

胸もとに手をあてる。衣に隠された素肌には宝相華《ほうそうげ》に似た紅蓮《ぐれん》の花模様が浮かびあがっている。これが禊華だ。炎を帯びたようにゆらめく花びらのそばには、金砂子をまぶしたような翅《はね》をひろげた黒い蝴蝶《こちょう》があらわれている。これは三足烏《さんそくう》の羽ばたきから生まれるという景蝶《けいちょう》で、雪峰がほどこした封印の証《あかし》である。景蝶はずいぶん前からほころびており、禊華を完全に封じているわけではない。鬼の気配にはいち早く感づくので、陰の気の源が近くにあるならなにか感じるはずだが。

「陰の気も強いが、人いきれもひどい。いったん行列から離れたほうが……」

いいかもしれない、と言おうとしたときだ。怒号じみた声が耳をつんざいた。

「俺に嫁ぐと約束したじゃないか！」

痩せぎすの青年が飛燕のうしろを行く輿にしがみついて騒いでいる。

「俺は君にすべてを捧《ささ》げたんだぞ！　君が欲しいというものはなんでも買ってやった！　君が会いたいと言えばいつだって登楼した！　君のためにどれだけ銀子を使ったと思っているんだ！　俺に嫁げないなら死ぬと泣きじゃくったくせに、ほかの男に身請けされるなんて……嘘だと言ってくれ、歌蓮《かれん》！　楼《みせ》に強要されたんだろう!?　ほんとうは俺以外の男に嫁ぎたくないんだろう!? 俺を愛しているんだよな!?」

青年は輿に乗っている妓女の袖をつかんで力任せに引っ張った。

「俺たちは愛し合っている! こんなところにはいられない、いますぐふたりで逃げよう! どこかで一緒に暮らすんだ! 金のことなら心配しないでくれ。なんとかするから。俺が守ってやる。夫として君を――」

「やめて、離してよ! ちょっと、この人をなんとかして!」

歌蓮と呼ばれた妓女が悲鳴をあげると、妓楼の用心棒らしき屈強な男たちが人込みをかきわけて青年に近づいた。孔雀緑《くじゃくみどり》の袖にすがりついている青年を棍棒《こんぼう》で殴りつけ、羽交い締めにして輿から引き離す。

「離せ! さわるな! 俺は歌蓮の夫だぞ!!」

叫んで暴れる青年を、用心棒たちは容赦なく殴りつける。地面に倒れこんだ彼の背中に何度も棍棒をふりおろすので、美凰は見ていられなくなって仲裁に入った。

「もういいだろう。それくらいにしてやれ」

用心棒たちをなだめすかして追い払い、うずくまった青年に歩み寄る。助け起こし、怪我の手当てをするために落ちつける場所に行こうと声をかけたときだった。

「歌蓮!!」

青年は美凰を突き飛ばした。奇声をあげながら輿に向かって駆け出す。またしても用心棒に殴りつけられる。美凰は駆け寄ろうとしたが、雷之に止められた。

「どうせ無駄ですぜ。あんなにいかれちまってるんじゃあね」

この坊肆じゃよくあることですぜ、と雷之は冷めた目で行列を見やった。

「金さえ払えば甘い夢を見られるのが花街のいいところですがね、夢は夢でしかねえ。なのに、けっこうな数いやがるんですぜ、夢と現実の区別がつかなくなっちまうやつが。あの野郎、歌蓮とかいう妓女に入れあげてすかんぴんになったんでしょう。金の切れ目が縁の切れ目、文無しにゃ妓女は見向きもしませんぜ。なんといっても向こうは商売ですから、金がねえ男に用はねえんだ。んなことは戯蝶巷の空気を吸えばだれだってわかることなのに、現実を受け入れられねえやつが懲りもせずにああやって醜態をさらしちまうんで。みっともねえったらありゃしねえ。あの手の輩《やから》はぶん殴ってやるほうが親切ってもんですぜ。ぶちのめされて心底みじめな思いをすりゃあ、すこしは目が覚めるでしょうよ」

百花の吐息をまき散らしながら行列はつづいていく。妓女たちは愛嬌《あいきょう》をふりまき、群衆は熱狂する。艶麗な夢の光景は神仙の宴かと見まがうほどだったが、同時にたとしえなく空疎に感じられた。妓女たちのあでやかな微笑も、耳を蕩《とろ》かすような言葉も、婀娜めくしぐさも、すべては嫖客から金を搾り取る策略にすぎない。そこに真実はなく、銀子が見せる束《つか》の間《ま》の幻が男たちを惑わすだけだ。

――あの者はまだ夢から覚めていないのだな。

夢の代償は高くつく。その味が甘ければ甘いほど、後味は苦く尾を引くのだ。


「結局なにもわからなかったな」

死人花《ひがんばな》でかこまれた園路《みち》を歩きながら、美凰はため息をもらした。

ここは祲華《しんか》がつくりだす通路、花影《かえい》である。花影はどこにでも通じる園路なので、路程を短縮できる。文泰たちとともに禜台《えいだい》の軒車《くるま》に同乗して帰ってもよかったのだが、人込みにもまれて思いのほか疲れたので、彼らとは坊門付近で別れて、白遠と一緒に近道をとおって帰ることにした。

「そなたはなにか気づいたか？」

「君にわからないなら、私にはもっとわからないよ」

となりを歩く白遠が苦笑する。その表情に自嘲めいたものを感じて、美凰は無神経な問いを発してしまったことを後悔した。

素鵲鏡《そじゃくきょう》というものがある。これは不完全な晟烏鏡《せいうきょう》で、宗室の男子ならだれでもその身にそなえている奇しき力だ。ただし、力の度合いは十二段階にわかれており、弱い順から、灮巳《こうじ》、灮午《こうご》、灮未《こうみ》、灮申《こうしん》、灮酉《こうゆう》、灮戌《こうじゅつ》、灮亥《こうがい》、灮子《こうし》、灮丑《こうちゅう》、灮寅《こういん》、灮卯《こうぼう》、灮辰《こうじん》という。晟烏鏡の力は新帝となる者が持つ素鵲鏡に影響される。脆弱《ぜいじゃく》な素鵲鏡を持つ者が玉座にのぼれば、非力な晟烏鏡しか得られない。ゆえに兊酉以下の素鵲鏡を持つ者は、新帝候補に選ばれないことになっている。

白遠の素鵲鏡は兊酉。けっして皇位につくことがない皇族であり、その力は兊辰《こうじん》の素鵲鏡を持って生まれた天凱には遠くおよばず、美凰が持つ祲華よりも弱い。

「あ、そういえば、君の宦官を見たよ」

気まずい間を吹き飛ばすように、白遠はあかるく話頭を転じた。

「君の側仕えのひどく不愛想な宦官だよ。なんという名だったかな」

「鹿鳴《ろくめい》のことか」

皇太后付きの宦官はたくさんいるが、〝ひどく不愛想な宦官〟はひとりしかいない。

「そうそう、彼だ。文人風の恰好をしていたけど、圭内侍監《けいないじかん》だったよ」

「馬鹿な。雷之じゃあるまいし、鹿鳴に悪所通いの趣味はないぞ」

「私もそう思うけどね、たしかに彼だったんだ。金飛燕を見ていたようだったよ」

金飛燕を見物に来た鹿鳴を想像しようと試みたが、うまくいかない。宦官が情人を持つことはめずらしくないが、鹿鳴には浮いた話がまったくない。仕事柄、女官とかかわることは多いけれども、職務上の付き合いしかしていないようだ。女人を避けているようなそぶりすら見られるから、花街に出かけていたとは信じがたい。

「鹿鳴ほどの堅物でも名妓には興味があるのだろうか」

「だれだって興味はあるさ。金飛燕は戯蝶巷の女王だからね。色を売る世界で十年ものあいだ頂点を独占しつづけるというのは並大抵のことじゃない。衰えを知らない容色は言わずもがな、優れた技芸や気品ただよう所作には一見の価値があるよ」

「昼間も舞を見に来たと言っていたが、そなたは金飛燕の馴染み客なのか？」

「馴染みというほど深い仲じゃないけど、何度か登楼したことはあるよ。さすがに戯蝶巷随一の名妓ともなれば、気安く会ってくれる相手じゃないけどね」

名妓と呼ばれる高級妓女は床入りまでに煩雑な手順があり、何度も登楼して多額の玉代《ぎょくだい》を支払わなければふたりきりになることすらできないという。

「皇族でもなかなか会ってもらえぬのか？」

「身分は隠しているんだ。皇族であることをかさに着て威張るのは好きじゃないからね。まあ、身分を明かしても待遇はあんまり変わらないと思うよ。名妓は気位が高くてね、相手が皇族だからといって手のひらをかえしたようにご機嫌取りをするわけじゃないんだ。上級妓楼は客筋がいいから貴人の嫖客には慣れているし、そこらの親王が登楼したくらいでは驚きはしないよ。皇上《みかど》が相手ならべつだろうけど」

「皇上か……」

美凰はわれ知らず眉根を寄せた。

「天凱を戯蝶巷に連れていけば陰の気についてなにかわかるかもしれぬが、どうも気乗りせぬ。調査にかこつけて女道楽にふけらぬか心配だ」

「女道楽だって？　天凱が？」

白遠は大げさにのけぞってみせた。

「戯蝶巷に調査に行かねばならないとやけに張り切っていたからな。ごまかしていたが、目当ての妓女がいるのやもしれぬ」

「いやあ、それはないと思うよ。私が知る限り、天凱は花街に興味がないみたいだ。無理やり誘って連れていったことがあるけど、退屈そうにしていたな」

美凰が視線を鋭くしたせいか、「郡王《ぐんおう》時代の話だよ」と白遠はあわててつけくわえる。

「即位してからは花街に立ち入っていないのか？」

「見鬼病《けんきびょう》が流行《はや》っているときに行ったことがあるみたいだけど、あくまで調査のためだね。きれいな妓女に秋波を送られても受け流していたそうだよ」

「ほんとうだろうな？　弟をかばって事実を隠しているのなら――」

「なにも隠してないよ。天凱は女色に関心が薄いんだ。見鬼病の件がなければ、戯蝶巷に近づくこともなかったと思うよ。遊芸の素養もないしね」

白遠が断言するので、美凰は胸をなでおろした。

「ならば、今後も立ち入らせぬほうがよいな。花街は天子にふさわしい場所ではない。

妓女に入れあげて妃嬪たちをないがしろにするようでは困る。ただでさえ天凱はひとり寝ばかりしておるのだ。これ以上、後宮から遠ざからないようにしなければ」

「君は後宮の運営に熱心だね。天凱がぼやいていたよ。君に妃嬪を召せと迫られるのでたまらないと」

「当然であろう。宗室の子孫繁栄のために後宮は在るのだからな。そうだ、そなたも知恵を貸してくれぬか。妃嬪を龍床《りゅうしょう》に送りこみたいのだが、当の天凱がうっとうしがってあれこれ理由をつけて避けるのだ。もうすこし身を入れて房事に励んでもらいたいのだが、なにか妙策はないか？」

「そうだなあ。安直だけど、媚薬《びやく》を盛るってのはどうだい？」

「媚薬はだめだ。天凱の身体に悪い作用があってはいけない。薬に頼らない方法で房事の意欲を焚きつけたいのだ」

難題だねえ、と白遠は微苦笑する。

「まあ、あんまり焦らなくてもいいんじゃないかな。即位してまだ一年目なんだし、ほうっておけばそのうちなんとかなるだろう」

「そのうちではだめだ。目下、皇族を増やすことは急務なのだぞ。のんびりかまえていたら金枝玉葉《きんしぎょくよう》の頭数はどんどん減っていってしまう」

それに私は、と力をこめてつづけた。

「一日も早く天凱の子を見たい。きっと可愛いぞ。天凱はなかなかよい顔立ちをしているので、子にもそれが受け継がれて玉のような赤ん坊が生まれるはずだ。皇子でも公主でもよい。愛くるしい赤子をこの腕に抱きたいものだ」

「なんだか君は、早く孫の顔を見せろと急《せ》かす厄介な姑《しゅうとめ》みたいだね」

白遠が肩を揺らして笑うので、美凰はむっとして渋面になった。

「厄介とは心外だな。愛くるしい赤子を抱きたいというのが私の個人的な願望であることは否めぬが、その根底に在るのは皇家の未来を憂える気持ちだぞ」

「わかっているさ。君は後宮を天凱の子でいっぱいにしたいんだろう」

そのとおりだ、と美凰は威勢よく答えた。

「天凱の後宮には皇子も公主もいないから静かすぎてさびしい。後宮はもっとにぎやかであるべきなのだ。子どもたちの声があちこちで聞こえていなければ」

令嬢時代にはぼんやりと考えていた。自分もいつか子を産み、母親になるのだろうと。そんな未来はとうとう訪れなかった。きっとこれからも来ない。皇太后に再婚は許されない。あらたな夫を得ることは禁忌なのだ。

――もし雪峰さまに嫁がず、天凱の皇后になっていたら、いまごろは……。

天凱が廃されず、皇帝のままだったら、美凰は皇后になっていたはずだ。文字どおりの政略結婚だったから恋情で結ばれた夫婦にはなれなかっただろうが、ふたりで年をかさね、子を持ち、支え合っておだやかに暮らせただろうか。

想像してみようとしたが、うまく絵を描けなかった。天凱が廃されなかったということは、凶后が健在だということ。凶后の暴政の裏で自分が幸せに暮らす未来など思い描くことはできない。それは恐ろしい罪のように思われる。

――〝もし〟なんてないんだ。私には。

凶后の姪として生まれた時点で、美凰には平穏な未来などなかった。その事実を背負って生きていくしかない。


宮中はとかく行事が多い。

群臣や異国の使節が天子に拝謁して新年を寿《ことほ》ぐ元会《げんかい》、土製の牛を鞭《むち》打って豊作を祈願する打春《だしゅん》、綾絹《あやぎぬ》で作った髪飾りを贈答し合う人日《じんじつ》、囧都《けいと》じゅうが灯籠の色に染まる元宵《げんしょう》、若草萌《も》える禁苑《きんえん》で菜を摘む挑菜《ちょうさい》、百花の生誕を祝う花朝《かちょう》、新進士《しんしんし》を祝賀する探花宴《たんかえん》、古《いにしえ》の忠臣をしのんで煮炊きを禁じる寒食《かんしょく》、楡柳《ゆりゅう》の火を賜《たま》い墓祭《ぼさい》を行う清明《せいめい》、茶神を祀《まつ》り新茶をふるまう闘茶《とうちゃ》、咲き競う牡丹《ぼたん》を品評する国色宴《こくしょくえん》……春のおもな行事だけで閉口するほど目白押しだ。

今年の春は囧都に蔓延《まんえん》した見鬼病《けんきびょう》のせいで、夏は綺州《きしゅう》で発生した蝗害《こうがい》のせいで、いくつかの行事は簡略化されたものの、節日にともなう宴は例年どおりもよおされた。

祭祀《さいし》や習俗をそこなわない程度に宴を縮小したいと天凱はかねて考えているのだが、伝統だの格式だの威信だのと高官たちが猛反対するのは容易に想像がつくので、あえて手をつけずにいる。

宴のたびに浪費される国帑《こくど》を見て見ぬふりするのは心苦しいけれども、即位して間もない青二才の皇上《みかど》には廟堂《びょうどう》に居並ぶ大官連中をねじふせる力がない。亜堯《あぎょう》と呼ばれ、もっとも強い晟烏鏡《せいうきょう》を身に宿していても、廟堂を掌握できなければ玉座の飾り物と化してしまう。

天下万民を安んずるため政道を正そうと志すなら、やみくもに大権《たいけん》をふりかざして高官たちと対立するのは得策ではない。万乗《ばんじょう》の君であろうとも、彼らを従えずしてはなにもできないのだ。まずは廟堂の勢力図を読みとり、世故に長《た》けた老狐狸《ふるだぬき》たちと渡り合うすべを学ばなければ。名実ともに皇上の権能を身につけるまでは大勢に従い、費えがかさむ旧弊を踏襲するしかない。

七月七日、乞巧節《きっこうせつ》。宮中では盛大な宴がもよおされた。銀漢《あまのがわ》に届かんばかりの高さ百尺の山棚《やぐら》は五彩の色絹で飾り立てられ、趣向を凝らした乞巧菓子や湯餅《とうへい》などの時節の美食、金箔《きんぱく》を散らした明星酒《みょうじょうしゅ》が貴人たちの舌を楽しませ、七夕を題材にした芝居や歌舞が目や耳を喜ばせる。一年ぶりの逢瀬を果たした二星に祈りをささげる宴は盛況のうちに終わり、天凱は天子が起居する宮城《きゅうじょう》・昊極宮《こうきょくきゅう》に帰った。

自室に戻り榻《ながいす》に腰をおろすと、どっと身体が重くなった。宴席では終始、作り笑いを浮かべていたから気疲れしたらしい。

「酔《よ》い醒《ざ》ましの茶をくれ」

「はいはい、ただいま。これはここに置いておきますよ」

貪狼がひとかかえもある象牙細工の箱を円卓に置いた。

西域《さいいき》風の花と蔓《つる》がからみ合う文様が彫刻されたその箱は、宴席で贈られたものだ。贈り主は恭徳王《きょうとくおう》・司馬義流《しばぎりゅう》。先帝敬宗《けいそう》・司馬雪峰《せっぽう》の異母弟で、天凱と白遠の叔父にあたる。年齢は天凱より八つ上、白遠より二つ上の二十八。生来粗暴な人柄で刃傷沙汰《にんじょうざた》が絶えず、奴婢《ぬひ》を酷虐することははなはだしく、落花狼藉《らっかろうぜき》におよんだことも一度や二度ではない。

凶后時代には凶后におもねっていたので地位を保つことができたが、凶后を憎む先帝には嫌悪されていた。紅閨《こうけい》の変《へん》では土壇場で凶后を裏切って先帝側についたのでかろうじて政変を生きのびたが、先帝の朝廷では冷や飯を食わされていた。

凶后から大権を奪いかえしたものの子宝に恵まれなかった先帝は、己の玉座が脅かされることを恐れ、主だった皇族を見鬼病に見せかけて殺した。犠牲者のなかには義流の名もあった。ところが、彼は死んでいなかった。身代わりを立てて自身の死を偽装し、先帝の目を欺いてひそかに生きながらえていたのだ。

先帝崩御の急報を聞くなり義流は皇宮に舞いもどった。先帝の殺意から逃れるため身を隠していたと得々と打ち明けたのは、高官たちに担ぎあげられることを期待してのことだ。義流の素鵲鏡は兇丑《こうちゅう》。皇弟という身分もあいまって帝位に近い皇族であり、空になった玉座を埋めるため、廟堂に推戴《すいたい》されてもふしぎはなかった。

さりながら、高官たちは義流を擁立せず、僻地《へきち》に封じられていた廃帝の天凱を呼びもどしてふたたび玉座に押しあげた。義流が凶后におもねるため、多くの高官たちを讒訴《ざんそ》して刑場送りにしたことを、彼らの知己や親族は忘れていなかった。

天凱の重祚《ちょうそ》後、義流は親王に再度封じられたが、いまもなお皇位への野心をあきらめていないと噂されている。

腹の底が知れない厄介な叔父であっても、宗室の一員である以上は身位《しんい》相応に遇さなければならない。天凱は数少ない皇族と合わせて、義流も宴に招いた。

騒ぎを起こしはしないかと目を光らせていたが、義流は陽気に酒を飲んで皇族たちと談笑し、女官にちょっかいをかける以外はおとなしくしていた。

天凱にはあいさつをしただけでとくにからんでこなかったが、宴もたけなわになるころ、酔顔に人好きのする笑みを浮かべて近づいてきた。

「俺は奇天烈《きてれつ》な品々を集めるのが趣味で、国内外のめずらしいものを集めているのだが、近ごろ興味深い品を手に入れた。これは西域のからくりで、取っ手を回すと音曲が流れる。音が聞こえているあいだ、面白いものを見られるぞ。ほんの手すさびではあるが、気散じにはなろう。政務の合間にでも試してみろ」

気乗りはしないが、つきかえしては叔父の面子《メンツ》をつぶすことになる。天凱はにこやかに受け取った。

「箱から音曲が流れるなんて西域には変てこなからくりがあるんですね。値打ちはいかほどでしょう。金遣いが荒い恭徳王のことですから、かなりの高値で手に入れたんじゃないですかね。象牙だし、銀八十両……いや、百両はしたかなあ」

貪狼が箱をためつすがめつして値踏みするので、早く茶を持ってきてくれと急かして部屋から追い出した。

ひとりになると、室内に満ちた静けさが身にしみる。宮中の気取った宴は苦手だ。聞くに堪えない空世辞を浴びせられ、つらつらとならべられる美辞麗句に鷹揚《おうよう》な笑みをかえし、始終機嫌よくふるまうのはなかなか骨が折れる。さりとて目の前で皇帝が不機嫌そうにしていれば群臣や妃嬪はいたたまれない心地になるから、笑いたくなくても笑わねばならない。気詰まりだからといって早々に中座することも避けなければ。不興を買ったとみなを青ざめさせるのは本意ではない。

天子とは鋳型でこしらえた人形だ。あらまほしき姿というものが存在し、その条件に合っているか否か、つねに億万の目で品定めされる。眼前の君王がかくあるべしという理想のかたちとわずかでも相違すれば、人びとはたちまち度を失って蜂の巣をついたような騒ぎになってしまう。彼らを不用意に狼狽《ろうばい》させないためには、たとえどれほど苦痛でも、ひな形どおりの言動をするしかないのだ。

――こういうことは美凰のほうが得手《えて》だな。

宴席で美凰は妃嬪たちと歓談していた。当初は凶后同様に美凰を恐れていた妃嬪たちも彼女の人柄にふれ、打ち解けてきたらしい。気疲れしたそぶりもみせず、愉快そうにふるまうことが板についているのは、彼女が少女時代から皇宮に出入りし、宮廷生活に慣れているからだろうか。

妃嬪たちと笑い合う美凰を遠目にながめながら、天凱は苦い想いを嚙《か》みつぶしていた。それはあきらかな羨望だった。美凰ではなく、妃嬪たちへの。

――美凰が皇后だったら……。

だれにはばかることなく、天凱は群臣や皇族の前で彼女に微笑《ほほえ》みかけ、仲睦まじく言葉をかわし、あの細い肩を抱くことさえできるだろう。輿をならべて皇后の居所たる鸞晶宮《らんしょうきゅう》へむかい、よりそって大門をくぐり、銀漢のほとりで一年ぶりの再会を果たした牽牛《けんぎゅう》と織女《しょくじょ》のように甘い夜を過ごすこともできただろう。

しかしながらそれは夢だ。現実ではなにもかもちがう。今夜、天凱は美凰とほとんど言葉もかわさなかった。いや、かわせなかったのだ。

この春、彼女を皇太后として皇宮に迎えてからというもの、天凱と美凰は情を通じているのではないかという不埒《ふらち》な噂が皇宮内外でまことしやかにささやかれている。群臣や皇族の前で親しげに語らえば、連中はふたりの関係を邪推してあることないこと言いふらすだろう。己の世評がどうなろうとかまわないが、美凰の名節《めいせつ》が貶《おとし》められるのには耐えられない。さらなる醜聞を避けるため、宴席ではあいさつ以外で会話する機会を持たないことにしようと、美凰と示し合わせていた。

だから、うらやまずにいられなかったのだ。なんの気なしに美凰のそばに行き、彼女と語り合うことができる妃嬪たちを。

――とんだ笑い話だな。皇帝が妃嬪を妬むなど。

自嘲の笑みをこぼし、肘掛けにもたれて目を閉じる。まぶたの裏には宴のために美しく装っていた美凰の姿が映し出される。

鳳凰文の綺羅《きら》をまとい、高髻《こうけい》に琅玕《ろうかん》をちりばめた金歩揺《きんほよう》をさし、銀漢を写しとったような披帛《ひはく》を腕にかけ、指甲套《つめかざり》をつけた繊手《せんしゅ》で絹団扇を持つ、目がくらむほどあでやかなあの姿。妃嬪たちがどんな襦裙《じゅくん》を着てどんな宝飾品を身につけていたかみじんも思い出せないのに、美凰の装いは繡鞋《くつ》先の細やかな縫い取りから長裙《ちょうくん》に散った花卉《かき》文様、ひたいできらめいていた金箔の花鈿《かでん》から唇をふっくらと際立たせた臙脂《べに》の色までつぶさに記憶している。

なんと不毛な想いであろうか。今夜、天凱が褥《しとね》をともにするのは美凰ではなく妃嬪なのに。すでに禁花扇《きんかせん》を選んでおいたので、選ばれた妃嬪は夜伽の支度をしているころだろう。本音を言えば選びたくなかったが、妃嬪を召さないと美凰に小言を言われるので仕方なく選んだ。

また、これは天子のつとめでもある。美凰が言うように、安定した治世を築くために避けてとおれないものだ。重祚したばかりだからと言い訳して逃げつづけるわけにはいかない。世継ぎなき天子は群臣に軽んじられる。皇子なき後宮は野心を抱く皇族によからぬ考えを起こさせる。廟堂に渦巻く陰謀を退けるには、赫々《かっかく》たる王朝の後継者が必要だ。

大事な責務だということは百も承知だけれども、夜伽には気が進まない。なぜならそれは罪悪感を呼びさます行為だからだ。美凰への裏切りのような。

愚かしいことだ。美凰は天凱の妻でも恋人でもない。妃嬪を龍床に侍らせても彼女を裏切ったことにはならない。当の美凰は天凱が妃嬪と子をなすことを望んでいるのだ。妃嬪が天凱の子を産めば、彼女は喜ぶだろう。屈託《くったく》のない笑顔で赤子を抱いて、ねんごろに妃嬪をねぎらうだろう。その表情にも言葉にも、かけらほども妬ましさはにじまないだろう。彼女はただ祝福するだけだ。心から。

美凰の情け深さも寛容さも好ましいものであるはずなのに、天凱はときおりそれがたまらなくうとましい。美凰はだれも妬まない。怨《うら》みを抱きはしない。天凱がだれを召そうが、だれと子をなそうが、彼女の心はこゆるぎもしないのだ。天凱は彼女の名を思い浮かべるだけで、心が千々に乱れてしまうというのに。

鬱々とした気持ちをふりはらおうとして、天凱は勢いよく立ちあがった。円卓に歩み寄り、象牙細工の箱に手をふれる。精緻な彫刻は素人目にも神品とわかる出来栄えだが、美術品に興味がないので強い印象は受けない。どんな音楽が流れるのかと、箱の外につけられた象牙の取っ手をつかむ。多分に手ごたえを感じながら回せば箱のなかから小さな金属音が漏れ聞こえてきたが、音楽と呼べる代物ではない。

壊れているのだろうかといったん取っ手を離したとき、琴とも琵琶《びわ》ともつかない音色がこぼれはじめた。音曲にうといので曲目はわからないが、鼻歌を歌いたくなる軽快さと、胸が締めつけられる物悲しさが複雑にからみ合って錦繍《きんしゅう》を織りあげていくような、ふしぎなつかしさを孕《はら》んだ調べだった。

ときに弾み、ときに哀調を帯びる音色を聞くともなしに聞いていると、視界の端に色彩がちらついた。怪訝《けげん》に思って視線をあげ、息をのむ。

月明かりがさしこむ格子窓の前に、水袖《すいしゅう》をひるがえして舞う美人がいた。ごく淡い丁香花《ていこうか》色の舞衣《まいぎぬ》に身を包んだ、ここにいるはずのない舞姫。それがこのふしぎな音楽によって生み出された幻だと悟ったときには、舞姫の月のかんばせに目を奪われていた。たおやかな柳葉《りゅうよう》の眉、桃花さながらの可憐《かれん》なまぶた、抜けるような玉の肌、ほころびかけた蕾《つぼみ》を思わせる丹唇《たんしん》。仙女の美貌を写しとったその細面は美凰のものにちがいなかった。

幼帝時代、宴席で美凰の舞を見たとき、「変な舞だった」と憎まれ口を叩いた。悔しかったのだ。美凰が舞のふりをまちがえたのは、雪峰に見られていることを意識しすぎたせいだと気づいたから。あのころの天凱は美凰の未来の夫だったのに、美凰は天凱の視線など気にもとめていなかった。彼女の胸を高鳴らせていたのは六つ年下の少年皇帝ではなく、初恋の相手である年上の皇族だった。雪峰が妬ましくて美凰が憎らしくて、故意に棘《とげ》のある言葉を吐いたが、やるせない思いは晴れなかった。

――俺のために舞ってほしかった。

雪峰のためではなく、天凱のために舞ってくれたのなら……どんな舞であれ、出来不出来に関係なく、わき起こる感情のままに賛美したのに。天女のようにきれいだったと、包み隠さず本心を語ったのに。

まばたきすることも忘れて見惚《みと》れているうちに、妖しく美しい楽の音がふっつりと途絶えた。同時に美凰の舞姿も霧のごとく消えてしまう。

格子窓の前には静やかな月光の水たまりが残された。

見えない糸に手繰り寄せられるように、天凱はその場へ歩み寄った。われにもなく虚空に手をのばす。あるはずもない残り香にふれようとして。

戯蝶巷《ぎちょうこう》をひととおり見てまわったが、陰の気の出どころは判明しなかった。

「妙だな……。陰の気は坊肆《まち》じゅうにあふれているのに、濃淡がない」

花案の興奮も冷めた昼間の往来で、美凰は坊肆の見取り図をながめていた。陰の気が感じられる地点に丸印をつけ、その強度に合わせて二重、三重にしていくつもりで持ってきたが、図面にびっしりと描きこまれているのは一重の円だけだ。

「ふつうなら陰の気が濃い部分と薄い部分があるはずなんですが……」

文泰《ぶんたい》が見取り図をのぞきこんで険しい顔をしている。

「均されている感じがしますね。濃淡が出ないように」

陰の気はよどみやすい。その性質が冷たくて重いので沈殿しやすいのだ。人、場所、物など、どこによどむかはそれぞれだが、かならず濃い部分と薄い部分にわかれる。にもかかわらず、美凰と禁台《えいだい》の面々がそろいもそろってよどみを見つけられないのは、作為的なものを感じる。

「何者かが調節しているのだろうな。尻尾をつかまれたくなければ、出どころを隠すべきだ。出どころを隠すなら、陰の気がない地域より陰の気がたくさんある地域に隠すほうが賢い。砂粒を砂場に隠せば見つけられない」

「はあ、厄介ですね。ここまでまんべんなくひろがっていると、どこから手をつければよいやら……」

「じゃ、勾欄《こうらん》に行きましょう」

ひたいを合わせて図面を睨んでいるふたりをよそに、雷之《らいし》はへらへらと笑う。

「勾欄には人が集まりますから、よどみを帯びてるやつがいるかもしれねえですぜ」

芝居小屋のことを勾欄という。舞台の周りを手すりで囲み、演者と観客のあわいを仕切ることからそう呼ばれている。五十座以上の勾欄がたちならぶのは繁星巷《はんせいこう》だが、戯蝶巷にも数座の勾欄が軒をつらね、遊里のにぎわいに花を添えている。

「もっともらしいことを言っているが、ひいきの女優を見たいだけじゃないのか」

文泰があきれ顔で視線を投げると、雷之は「とんでもねえ」と大げさに否定した。

「あくまでお役目のためですぜ！　陰の気を生じさせてるやつがなんであれ、早く手掛かりをつかまねえと、取り返しのつかないことになっちまう。ひょっとしたら、この陰の気の背後には凶后がいるかもしれねえんですから、ぼやぼやしてはいられねえ。手掛かりを探すなら人が集まる場所をあたるのがいちばんですぜ。ちょうどいまの時刻、牡丹棚《ぼたんほう》じゃ芝居がかかってるから、観客でいっぱいですぜ。芝居がはねたら客どもは四方に散らばっちまう。よどみ捜しが難航しますぜ」

勾欄の大きなものを大棚《たいほう》というが、牡丹棚は戯蝶巷一の大棚で一度に千人の客を収容できるらしい。

「千人も客が入るのか？　それならよどみを持つ者がいるかもしれぬな」

「絶対いますぜ！　さ、急がねえと芝居がはねちまう！」

雷之に押し切られるかたちで、中通りを南へ進んでいく。

路岐人《ろきじん》（辻芸人《つじげいにん》）たちが剣を使った曲芸や調教した猿による寸劇、たくみな鳥の鳴《な》き真似《まね》などで道行く人の足をとめているが、美凰たちは彼らを横目で見ながら素どおりする。中通りの突き当たりを右に曲がると、そこは勾欄通りだ。

朱色の甍《いらか》をふいた高楼が街路の両側で肩を怒らせるようにそびえ、それぞれの入り口には大きな看板が立てかけられている。けばけばしい色彩で描かれているのは上演される芝居の名場面だ。

「『真龍救鳳《しんりゅうきゅうほう》』か」

牡丹棚の入り口に置かれた看板をながめ、美凰はしみじみとつぶやいた。令嬢時代に好きだった芝居だ。かれこれ十年は見ていないが、筋はおぼえている。

物語の舞台はいまからおよそ三百年前の耀——偽帝《ぎてい》・司馬標《しばひょう》が君臨していた時代。偽帝と呼ばれるのは彼が宗室の血を引いていないからだ。

司馬標は表向き太祖の皇三子だが、彼の実父は太祖付きの宦官・端木衷《たんぼくちゅう》である。端木衷は前王朝・浩《こう》の権門出身で、幼くして頭角をあらわし、将来を嘱望《しょくぼう》されていたが、高官だった父親が浩の暗君・明帝《めいてい》の逆鱗《げきりん》にふれたため、なにもかもを失った。端木家は族滅《ぞくめつ》され、年少だった端木衷は処刑をまぬかれたものの、宮刑《きゅうけい》を受けさせられて生き恥をさらす羽目になったのだ。

浩が滅亡し、耀が天下の主となってからは太祖に仕えたが、端木衷は太祖を怨んでいた。明帝にうとまれたのは司馬家も同様だった。にもかかわらず司馬家はうまく難を逃れ、族滅されなかったばかりか、浩の禅譲《ぜんじょう》を受けて新王朝をひらくに至った。親族と名誉と祖国を奪われた端木衷の怨みは日増しにつのり、おなじく胸に怨憎を秘めていた蕭《しょう》皇后と結びついた。

浩の公主《こうしゅ》であった蕭皇后が太祖に嫁いだのは祖国が滅びる前のこと。のちに禅譲することになる少帝《しょうてい》が廟堂《びょうどう》の内外で人望を集める太祖を恐れ、司馬家と姻戚になって君臣の紐帯《ちゅうたい》を強めようと、当代一の美女と誉れ高かった姉を降嫁《こうか》させたのだ。このとき、蕭氏には言い交わした男がいた。恋人と引き離されて花嫁衣装を着せられた蕭氏は、政略結婚を強いた弟帝だけでなく、夫となった太祖をも憎んだ。浩が滅び、耀の天下となってからは後者への怨怒が勝り、ひそかに復讐心《ふくしゅうしん》を育てていた。

端木衷と蕭皇后が姦通《かんつう》したのは利害が一致したからだ。蕭皇后は後宮で力を持ったため皇太子を産もうとしたが、身ごもるたびに流産した。太医《たいい》の診断で、蕭皇后と太祖は血の巡り合わせが悪いので、いくら床をともにしても子を授からないということがわかった。皇太子の母にならなければ、皇太后として強権をふるうことはできない。耀を内側から操ろうともくろむ蕭皇后には、なんとしても実子が必要だった。

焦った蕭皇后は秘密裏に巫師《ふし》を招き、確実に子種を与えてくれる男を占えと命じた。卜占《ぼくせん》の結果、導き出された答えは端木衷であった。

端木衷は宦官である。子をなせるはずはないが、宮刑の手術に不備があったのか、肉体が男に戻っていた。蕭皇后は端木衷と慇懃《いんぎん》を通じ、すぐに身ごもった。そして生まれた〝皇子〟が『真龍救鳳』の悪役、偽帝・司馬標である。

蕭皇后と端木衷は皇長子と皇二子を暗殺して、ふたりの息子である標が立太子されるよう仕組んだ。謀《はかりごと》が功を奏し、標は皇太子となった。

数年後、太祖は蕭皇后と端木衷の姦通を知る。激怒した太祖は標を殺そうとするが、逆に標に殺されてしまう。かくて皇統に属さぬ天子が大耀帝国に誕生した。

悪辣な父母の血がそうさせるのか、偽帝は生来暴虐で、殺戮に熱狂し、ささいな罪で民を捕らえてむごたらしく処刑することがなによりの楽しみだった。偽帝の乱行を諫《いさ》めようとした臣下たちは親族ともども刑場に送られ、彼らの妻妾《さいしょう》や子女は後宮に入れられて凌辱《りょうじょく》されたうえ、偽帝の関心が薄れると猛獣の餌にされた。

天下には人間の残骸が山と積みあげられ、おびただしい流血が川をなし、怨嗟《えんさ》の声が轟《とどろ》かない日はなかった。官民は標を憎んだが、偽帝は晟烏鏡《せいうきょう》を使って逆らう者を皆殺しにした。まだ皇子たちが素鵲鏡《そじゃくきょう》を持たない時代である。晟烏鏡は皇上《みかど》の肉体におさめられているのではなく、昊極宮《こうきょくきゅう》の殿舎に鏡鑑《かがみ》のかたちのまま保管されていたので、宗室の血をひかない偽帝でも操ることができた。滅鏡《めっきょう》することもないから、晟烏鏡を奪うよりほかに偽帝の蛮行を止めるすべがなかった。

万民の血涙が国土を真っ赤に染めるころ、安礼王《あんれいおう》・司馬益《えき》が悪逆なる暴君を誅《ちゅう》すべく立ちあがった。益は太祖の皇四子で、偽帝とちがって正真正銘の耀室の継承者であった。益は大軍を率いて皇宮に攻め入り、晟烏鏡の力で卑劣な攻撃を仕掛けてくる偽帝に勇ましく立ち向かった。死闘の果てにとうとう偽帝は討ち取られ、晟烏鏡を得た益は百官に推戴されて即位する。彼こそが諸制度をととのえて耀の基盤を築き、長いあいだ善政をしいた名君、太宗《たいそう》皇帝である。

偽帝と太宗の戦いは九重《きゅうちょう》の変《へん》と呼ばれ、太宗の武勇や高徳とともに巷間《こうかん》に語りつがれており、芝居や小説の題材として庶民に愛されている。

『真龍救鳳』も九重の変に題材をとっている。皇宮に攻め入った太宗が偽帝に囚われていたかつての許婚《いいなずけ》、曹《そう》氏を颯爽《さっそう》と救い出すというのがおもな筋だ。

曹氏は太宗と相思相愛だったが、横恋慕した偽帝が彼女を太宗から無理やり奪い、後宮に入れて皇后としていた。離れ離れになっていた恋人たちがふたたびまみえ、再会の喜びを語り合う場面は太宗が偽帝を討ち取る場面とならんでたいへん人気があり、各勾欄がさまざまな工夫を凝らして演じている。

「こっちですぜ、貞企どの」

先になかに入った雷之が急かすので、料金を支払って駆け足で追いかける。

役者たちの姿絵が飾られた通路を歩いて正庁《おおひろま》へ足を踏み入れる。舞台を起点にして扇状にひろがった客席には老若男女がひしめいていた。二階、三階にも客席がもうけられており、そちらも観客で埋め尽くされている。

――陰の気の具合は外とたいして変わらぬな。

よどみを持つ者がいればなにか感じるはずだが、牡丹棚に入る前と後で変わったことはない。ならば役者たちはどうかと舞台を見やったとき、甲高い銅鑼《どら》の音が勾欄内に響きわたった。ちょうど偽帝を討ち取った太宗がその足で地下牢《ちかろう》に囚われている曹氏を救出に行く場面である。

太宗が獄房《ごくぼう》の前に立ったとき、曹氏は自害しようとしていた。後宮に入れられてからも病を理由に偽帝を拒みつづけてきたが、もはやこれ以上は拒めない。偽帝に貞操を奪われるくらいなら、いっそ死のうと思いつめたのだ。

血相を変えて駆け寄る太宗を偽帝と勘違いした曹氏は悲鳴をあげてあとずさり、己の喉もとに剣をつきつける。

太宗は彼女を落ちつかせようと、ふたりでともに過ごした幼少時代の思い出を語り、彼女への恋情を高らかに歌う。その情熱的な歌声が恐怖に凍りついた曹氏の心を溶かしていく。目の前にいる青年こそが夢のなかでしか会えなかった恋人だと気づいた瞬間、曹氏は剣を捨てる。ふたりは互いの存在をたしかめるように手を取り合い、引き裂かれてもなお冷めることのなかった熱い想いを歌い合う。

――いつ見ても面白いな、『真龍救鳳』は。

史書によると、九重の変は芝居や小説が語るほど劇的な戦闘ではなかったようだ。太宗の軍旗を掲げる大軍が皇宮になだれこんだという史実はなく、太宗はひそかにもぐりこませた五十人程度の手勢で皇宮を制圧したにすぎない。偽帝はあまりの暴虐ぶりゆえ人望を失っており、太宗が手勢を連れて皇宮に入りこんだときには、宮中警備をつかさどる皇城司《こうじょうし》の武官たちが進んで太宗に味方し、侵入者たちを昊極宮の正殿・昊極殿に案内した。また、偽帝は正気を失っており、抵抗もせず太宗に捕らえられたそうだ。泥酔して寝ていたところを捕らえられたという説もある。

なお、史実では、太宗は偽帝を討ち取っておらず、生かしたまま投獄している。のちに市中で処刑する予定だったが、偽帝は獄中で自死したと伝えられる。

さりとて史実どおりでは芝居として面白味がないので、文士たちは偽帝に精いっぱいの抵抗をさせ、太宗が大立ち回りを演じる見せ場をもうけて、悪役が悪行の報いを受けて成敗されるさまをありありと描くのだ。

数々の嘘で味つけされた手に汗握る物語は観客を魅了し、激しい戦闘のすえに太宗が偽帝を討ち取る場面では割れんばかりの拍手喝采がわき起こり、離れ離れになっていた恋人たちの再会の場面では勾欄内のそこかしこですすり泣く声がこだまする。令嬢時代の美凰も観客たちと一緒に偽帝を憎み、太宗の活躍に胸を高鳴らせて、恋しい人と結ばれる曹氏のあふれる想いをわがことのように感じたものだ。

けれどいまは、かつてほど心が躍らない。

――司馬標はほんとうに歴史が語るような暴君だったのか？

そんなことを思ってしまうのは、自分が政変の渦中に在り、廃妃されたからだろうか。歴史をつづるのは史家だが、彼らの筆致は権力者の意向によってゆがめられる。額面どおりに史書を読めば、偽帝・司馬標は生まれながらの冷血漢であったかのように見えるけれども、だれもがそうであるように彼だって純粋な赤子としてこの世に生まれ落ちたはずだ。耀を憎む蕭皇后の影響は受けていたとしても、純朴な少年だった時代があるはずなのだ。

きっとどこかでまちがえたのだろう。あるいは、すこしずつ歯車がくるっていったのだろう。それは不義の子という特殊な生まれのせいでもあろうし、乱世の余燼《よじん》がくすぶる血なまぐさい時勢のせいでもあろう。

彼ばかりが骨の髄まで悪に染まっていたわけではあるまいに、芝居が語るのは太宗の正当性を引き立てる悪役としての司馬標だけである。

嵐のような歓声に包まれる勾欄の隅に立ち、美凰は自分と観客たちとの距離を感じていた。彼らにとって司馬標は悪逆無道の暴君以外の何物でもなく、太宗に成敗されるために舞台にあらわれる憎まれ役にすぎないのだ。

――上か？

強烈な妖気に頭を射貫《いぬ》かれたような感じがして、美凰はそちらを見やった。二階か、三階か、いまの一瞬では区別がつかないが、一階ではないことはたしかだ。

「私は上の階を見てくるから、そなたたちはこの階を調べてくれ」

突っ立ったまま舞台に目が釘付《くぎづ》けになっている雷之ではなく、周囲を注意深く見まわしている文泰に言って、美凰は客席後方にある階《きざはし》へ足を向けた。

その瞬間だった。すさまじい音が響きわたったのは。三階から二階へとおりる階のほうからだ。場内は騒然となり、舞台の上では楽師たちが演奏を打ち切る。

「女が落ちたぞ！」

だれかが叫ぶ。美凰は駆け出した。一階から二階へとつづく階を駆けのぼったときには、早くも人垣ができはじめていた。どやどやと集まってきた観客たちを押しのけようとするも、弾きかえされてなかなか前に進めない。

「禁台《えいだい》だ！　道をあけろ！」

追いかけてきた文泰が声を張りあげる。人垣がくずれた箇所をとおってようやく野次馬たちがとりかこんでいるものを見ることができた。それは一目で妓女とわかる華美な装いの女だった。

「……なんてこった。こんないい女が、もったいねえ」

美凰のうしろからひょっこり顔を出した雷之が痛ましげにつぶやく。呼吸の有無をたしかめるまでもない。女の首はあらぬ方向に折れ曲がっており、まなじりが裂けんばかりに見開かれた両眼《りょうめ》には光がなかった。

――足を踏みはずしたのだろうか。

かわいそうにと胸を痛めつつ、べつの可能性もあると気づく。

――だれかが突き落としたのかもしれぬ。

こちらを見おろす野次馬たちに視線をさだめたまま、文泰に耳打ちする。

「ここを封鎖せよ。何人《なんぴと》たりとも外に出すな」

御意、と答えて、文泰はわけも訊《き》かずに人垣から離れていく。いったん外に出て、牡丹棚に結界を張るのだ。

「三階にいるやつらが怪しいですぜ」

状況を察した雷之が声を落とす。

事故か殺人か、まだ判然としない。両方の可能性を考えて慎重に動いたほうがいいだろう。前者ならば不運だったとしか言えないが、後者ならば下手人がいるはずだ。陰の気の件とも関係しているかもしれないので、見過ごすわけにはいかない。

「行人《こうじん》が到着するまで現場はこのままにしておこう。雷之、そなたは野次馬たちをおとなしくさせてくれ。亡骸を好奇の目にさらしたくない」

冏都《けいと》で事件や事故が起こった際、最初に対応するのは軍巡院《ぐんじゅんいん》だ。軍巡院は京師を巡回、警備し、闘争や火災、強盗、詐欺、誘拐、殺人などを取り締まることを職掌とし、冏都内の各地に巡鋪《じゅんほ》という詰所が置かれている。

他殺が疑われる事故死の場合、軍巡院から行人と呼ばれる胥吏《しょり》が遣わされ、検屍《けんし》を行う。彼らが到着するのを待たずに遺体を動かしたり、現場を荒らしたりすると、証拠をもみ消したとあらぬ疑いをかけられかねない。

行人の上役である軍巡使《ぐんじゅんし》や軍巡判官《はんがん》は禁台を毛嫌いしているので――禁台の記録からは、捜査の主導権をめぐって軍巡院とたびたびもめていることが読みとれる――波風を立てぬよう、最寄りの巡鋪に急報を届けに行った文泰が行人を連れて戻るまで、現場は可能な限り事故発生時の状態のままにしておくべきだ。

――そうはいっても、衣服はととのえなければ……。

転げ落ちた拍子に襦裙《じゅくん》がはだけたのだろう。女の長裙《ちょうくん》はめくれあがって膝頭があらわになっているし、領《えり》もとが乱れて赤い内衣《したぎ》がのぞいている。

三階の男客は骸《むくろ》を指さしてにたにたしながら卑猥《ひわい》な冗談を飛ばしていた。美凰はすかさず印を結び、不謹慎な男客に向かって呪をとなえる。すると、男客の口が縫い合わされたように閉じた。男客はうろたえてじたばたしているが、無視しておく。どうせ一刻もすればもとに戻る。亡骸を侮辱する不届き者にはいい薬だ。

女の長裙をおろして膝頭を隠してやり、領もとを掻《か》き合わせようとした瞬間、冷水を浴びせられたかのようにぞくりとした。

――これは……事故ではないな。

女の白く細い首には人の手で絞められた痕がくっきり残っていた。さりながら、検屍する行人の目には映るまい。なぜならこれは瘴痕《しょうこん》――鬼《ばけもの》の痕跡だから。

死んだ女は名を朱歌蓮《しゅかれん》といい、老舗妓楼・芳春楼《ほうしゅんろう》に籍を置く名妓だった。

「歌蓮はいい子でしたよ」

悲しそうというよりは口惜《くや》しそうに、芳春楼の仮母《おかみ》はため息をついた。

「この道をきわめようという気概のある子でねえ。文人の家の生まれで琴棋書画《きんきしょが》にも通じていましたし、客あしらいもそつがなくて。聞き分けのない娘のように客をとりたくないと駄々をこねたことはありませんし、情人《いろ》にかまけてつとめをおろそかにしたこともありませんでしたわ。花案《かあん》では二番手に選ばれるほどでしたから、うちの自慢の娘だったんですよ。それなのにまあ……とんだことになってしまって」

大損ですよ、と言いかけて厚化粧の乾いた目じりをわざとらしく拭う。その芝居がかったしぐさに気づかなかったふりをして、美凰は質問をつづけた。

「朱歌蓮を怨んでいた者はいたか？」

「そりゃあ、あたしたちの商売は色が売り物ですから人様の怨みを買ったことがないと言えば嘘になりますよ。たいていのお客は後腐れなく愉快に遊んでお帰りになりますが、なかには家産をかたむけるほど蕩尽《とうじん》なさるかたもいらっしゃいましてねえ。『妓楼は群盗の根城だ』なんて世間さまはおっしゃいますけど、あたしに言わせればとんでもない誤解ですわ。花の命は短いというでしょう？　妓女たちはね、若く美しいあいだにしっかり稼いで、落籍《らくせき》後の人生にそなえようと粉骨砕身しているんですよ。色香と技芸でお客をもてなすのが妓女のつとめ。その対価として玉代《ぎょくだい》をいただいてなにが悪いんです？　もちろん安くはありませんわよ。うちは上級妓楼ですから、相応の金高をいただいています。その代わり下級妓楼では味わえない仙境の夢を提供しているんですから、お互いに利のある取引をしているわけですよ。お客が散財なさったとしたら、それはお客の問題ですわ。自分で進んで払ったくせに、金を搾りとられただのなんだのと、まるで追剝《おいは》ぎにでも遭ったように言われたんじゃねえ、やりきれませんよ。こっちだってね、妓女を育てるのに大金をかけてるんです。妓女ひとり仕込むのにいくらかかると思います？　当節はなにをするにも費えがかさんで……」

つらつらと愚痴をこぼし、相づちを打つ暇もなくまくしたてる。

「それにねえ、妓女同士もしのぎを削っているでしょ？　色を磨き、芸を競って、お客を奪ったり奪われたり。生き馬の目を抜くような世界ですから、諍《いさか》いの声が絶えたことなんて一日たりともないんですよ。歌蓮だってね、ちょっと鼻っぱしが強い子だったから――そのほうがいいんですよ、この花街《まち》で生きていくにはね。うじうじした湿っぽい子じゃあ、すぐだめになっちまいますよ――あちこちでもめ事を起こしてねえ。よその楼《みせ》の仮母が怒鳴りこんできたことだって一度や二度じゃありませんよ。まあ、あたしたちの稼業は妓女なくして成り立ちませんから、売れっ妓にはあんまりきびしいことは言いませんけど、内心では困っていましたわ。とくに花案のあとには毎年癇癪《かんしゃく》を起こしてねえ。今度こそ元君《げんくん》になれると思ったのに、ってあたしたちにまで八つ当たりするんですから。目についた壺《つぼ》やら茶器やらをぽんぽん投げて怒鳴り散らして、仕舞いには死ぬと騒いで三階の窓から飛びおりようとする始末で」

死ぬ気なんかさらさらないくせにねえ、と仮母は笑い飛ばす。

「そういうときは妓楼の女衆男衆、みんな集まって口々に慰めてやったものですわ。金飛燕《きんひえん》がいくら名妓だっていっても大年増《おおどしま》じゃないか、そのうち容色が衰えて飽きられるよ、あんたは金飛燕より一回りも若いんだから――ほんとうは六つ下なんですけどね、ちょいとおまけして一回りって言ってやるんです――女としてこれからが盛りだよ。どんどん色香が増して、目の肥えた粋人《すいじん》たちがくらくらするような妖花になるさ、とね。そしたらあの子、ますます腹を立てて『その大年増に毎年負けつづけてるのよ！』と金切り声をあげるんですから。ほんとにあつかいづらい子でしたよ」

「朱歌蓮は金飛燕と敵対していたのか？」

「敵対というと語弊があるんじゃないかしら。歌蓮が一方的に金飛燕を敵視していただけですから。香姐《こうしゃ》だっていうのにねえ」

花街には妓女同士で姉妹の契りを結ぶ習わしがある。これを香火《こうか》姉妹といい、年上は香姐、年下は香妹《こうまい》と呼ばれる。香妹は数名持つことができるが、香姐はひとりしか持てない。一度結ばれた契りはどちらかが花街を去るまでつづく。

「香火姉妹はおなじ楼に妓籍を置く妓女同士で行うものだと聞いたが」

「ええ、そうですよ。歌蓮はもともと酔玉楼《すいぎょくろう》の娘だったんです。なんでも金飛燕をいたく慕っていたそうでねえ、ほかの妓女ではいやだと駄々をこねて十二のときに香火姉妹になったんだとか。端から見ても仲のいい姉妹でしたわ。歌蓮はいつも金飛燕のあとをついてまわって、金飛燕も歌蓮をたいそう可愛がっていました」

「それほど仲がよかったのに、なぜ仲違《なかたが》いしたのか？」

噂では、と仮母は声をひそめた。

「歌蓮の馴染み客を金飛燕が寝取ったせいだとか。その馴染み客というのがとある高位の武官でね、若くて姿がいいものだから歌蓮はすっかりのぼせあがってたらしいんですが、武官のほうはころっと金飛燕に乗りかえたんだそうで。花街ではめずらしくもないことですわ。お客は移り気ですからねえ。歌蓮もいい娘ですが、金飛燕は頭一つぬけています。三十路《みそじ》の大年増になっていまだ売れっ妓なんですから。ずば抜けた美貌と舞の腕前はもちろんのこと、それはもう床あしらいが得手だそうで。たいていのお客は骨抜きになっちまいますよ」

「金飛燕は故意に朱歌蓮の客を奪ったのだろうか」

「さあねえ。そんな意地悪をするような子には見えませんが——ええ、とてもいい子ですよ。礼儀正しくてね、うちにもおりにふれてあいさつに来ますし、道理をわきまえた娘ですわ——案外、色恋がからんでどちらも譲れなくなったのかもしれませんわね。色を売る稼業とはいえ、ときには妓女が本気になることもありますから」

歌蓮は近々、身請けされることが決まっていたという。

「お相手はなんと皇族のかたでしてね、それはそれはまれにみる良縁でございましたわ。なにせ、側妃《そくひ》に迎えようとおっしゃったのですから。落籍されたって家妓《かぎ》になって終わる子も多いのに、皇族さまの妾室《しょうしつ》に迎えられるなんて夢のような話でしょう。玉の輿に乗って金飛燕を見かえしてやると、本人も意気込んでおりましたが……不幸な結果になって残念ですわ」

「朱歌蓮はかなりがめつい女だったらしいですぜ」

薄暮のなかに浮かびあがる芳春楼を、雷之はちらりとふりかえった。美凰が仮母と話しているあいだ、彼は芳春楼の雇い人に話を聞いてまわっていたのだ。

「気に入らねえ客は――要するに懐がさびしいやつのことですが――門前払いしたり、わざと恥をかかせて帰るように仕向けたりしたとか。そのかわり上客には猫なで声でしなだれかかって、あの手この手で銀子を引き出したらしいですぜ。ま、妓女らしい妓女ですぜ。搾り取るだけ搾り取って、取るもんがなくなったら洟《はな》も引っかけねえ。とにかくたっぷり稼ぐから、芳春楼もだいぶ潤ってたそうで」

「袖にされた客はどれくらいいたのだ？」

「初っ端《しょぱな》から相手にされなかったやつのことですかい？　それとも金をむしり取られるだけむしり取られて、屑物よろしくぽいっと捨てられちまったやつ？」

芳春楼に吸い寄せられていく嫖客たちを避けながら、美凰は「両方だ」と答えた。

「朱歌蓮が芳春楼に鞍替《くらが》えして四年くらい経つらしいんで、二十数人……いや、三十人以上はいるだろうなぁ」

「そんなに？」

「番頭曰《いわ》く、朱歌蓮に入れあげて身代をつぶした男は十指に余るそうですぜ。多少は下駄《げた》をはかせてるんでしょうが。こういうのはね、謳《うた》い文句《もんく》なんですよ。『うちの姐《ねえ》さんは一顧で十家を滅ぼした』ってな具合に」

家をかたむけてしまうほど魅力的な美姫だといいたいのだろうが。

「危険な妓女だと喧伝《けんでん》したら、客足が遠のくのではないか？　私なら十家を滅ぼすような海千山千の妓女には近づかぬぞ。痛い目に遭いたくないからな」

「そう思うのは貞企《ていき》どのが男じゃねえからですぜ。男なら――俺らみたいな宦官だって――危険な女だと聞けばなおさら興味がわきますぜ。尻の毛まで抜かれちまうとわかっていても、一度くらいは手に入れてみてえと思うのが男心ってやつで」

ふうん、と美凰は雷之に視線を投げた。

「その口ぶりだと、そなたも朱歌蓮の馴染みだったのでは？」

「いやいや、この手の女は俺の好みじゃねえんで。吸いとられるほど金も持ってねえし。名妓ってやつはお高くとまってていけねえ。酒席に呼ぶだけでも大金がかかっちまうし、大枚はたいてとなりに座らせても、こっちの懐具合を見抜かれりゃあ酌はおろか、にこりともしてくれねえ。無理してひと晩の夢を見たところで、明日からは道端で寝起きする羽目になりますぜ。ああいう妓《おんな》とはたんまり金を持ってる客しか遊べねえようにできてるんで。俺みたいなしがない宦官には手が届きませんぜ」

俺は気楽に遊んでくれる妓が好みですぜ、と雷之は不要な情報をつけくわえた。

「そういやあ、花案《かあん》の行列を見物したとき、輿にしがみついて騒いでた野郎がいたでしょう。あのとき輿に乗ってた妓女が朱歌蓮だったんですぜ」

青年は必死で輿を追いかけたが、歌蓮は一顧だにしなかった。

「あの野郎、綺州《きしゅう》の良家の御曹司だったらしいですぜ。科挙を受験するために上京してきてはじめのうちは勉学に励んでいたんですが、出来心で戯蝶巷《ぎちょうこう》の門をくぐったのが運の尽き。朱歌蓮の馴染みになってからは学業そっちのけで色の道を突き進んでたもんだから、一文無しになっちまったんだそうで」

青年は実家に金の無心をしたが、事はうまく運ばなかった。

「まさか妓女に入れあげて学費を使いこんじまったとは言えねえでしょうから、盗みに入られたとか、詐欺に遭ったとか、適当な言い訳をならべたんでしょうがねえ。しょせんは乳臭児の浅知恵ですぜ。親父《おやじ》は息子が寄越《よこ》した文を見て、こいつは臭えと感づいたんでしょうぜ。ま、進士《しんし》及第を目指す書生が廓遊びの味をおぼえて身を持ちくずすのはよくあることなんで、勘のいい親父じゃなくてもぴんと来ますがね」

冏都《けいと》に人を遣わして状況を調べさせた父親は、学業に邁進《まいしん》しているはずの息子が女道楽にふけって散財していると知り、激怒したという。

「親父は廓通いとはすっぱり手を切って勉学に専念するよう命じたそうですが、息子は朱歌蓮に心底まいっちまってますから、聞く耳を持ちません。だったら進士及第はあきらめて故郷に帰ってこいと親父が迎えを寄越したんですが、本人は強情を張って冏都にとどまったんですぜ。実家からの援助は望めねえんで、つまらねえ小説を書いて日銭を稼いでたんだとか。といってもたいした稼ぎじゃありませんから、朱歌蓮にとっちゃ相手にする値打ちもねえ客になっちまいましてね、訪ねてもとんと会ってもらえなくなったんだそうで」

「だから朱歌蓮の輿に取りすがって大騒ぎしていたのか」

「用心棒たちによれば、あの野郎はしょっちゅう楼の門前をうろついてたらしいですぜ。朱歌蓮の姿がちらっとでも視界に入ろうもんなら未練がましくわめいて騒ぎたてるんで、迷惑してたと」

追いはらっても追いはらっても、しつこく通いつめていたそうだ。

「青雲の志を抱いて故郷を旅立ったはずなのに、憐れなことだな」

病的なほど目をぎらつかせていた青年の横顔を思い出し、気がふさぐ。歌蓮は彼を客としてあつかっていたのに、青年は彼女を恋人と錯覚してしまった。互いの視線はどこまで行っても交わらず、ともに過ごした時間はまやかしでしかなかった。

——恋とは恐ろしいものだ。

他人事《ひとごと》と冷めた心で見ることができない。美凰も彼とおなじく慕うべきではない相手を慕ってしまった。幼帝時代の天凱に嫁ぐことが内定していたのに、一皇族にすぎない雪峰に恋をしたのだ。その結果、天凱は凶后の懿旨《いし》により玉座から引きずりおろされて廃帝となり、雪峰は相思相愛だった許婚を凶后に殺された。恋慕する相手をまちがえたばかりに周囲の人びとを不幸にし、美凰自身も辛酸《しんさん》をなめた。

恋に溺れるのは危険なことだ。己の立場や責任を忘れ、周りが見えなくなってしまうから。そしてその甘すぎる陶酔は、知らず知らずのうちに禍《わざわい》の呼び水となる。

「同情することなんかありませんぜ。金で買った妓女に真情を求めるほうが間抜けなんですぜ。てめえが買ったのは妓の肌身にすぎねえのに、心まで手に入れた気になっちまったのが間違いのはじまりで。無一文になる前に目を覚ます機会なんざいくらでもあっただろうに、落ちるところまで落ちちまったのは当人のせいですぜ」

雷之のにべもない言説に反駁《はんばく》することができない。

「不憫《ふびん》なのは放蕩息子《ほうとうむすこ》に金を使いつぶされた親父でしょうよ。手塩にかけて育てた息子が色に惑って将来を棒にふっちまったとなりゃあ、恥ずかしくて涙も出ねえ」

正道に戻る機会をことごとくふいにしたのは青年の罪だ。彼自身がその道を選んだのだから、安直に同情するのは彼の人格を軽んじることになる。

――また私の悪い癖が出たな……。

人は簡単に憐れまれてはならないし、他人の憐憫《れんびん》を期待してもいけないのだ。みずからの足で立ち、己の意思で歩む道を選ぶ。結果として過ちを犯したら、わが身でその代償を支払う。それができないものは人ではなく木偶《でく》だ。だれかれかまわず憐れみを垂れるのは、相手を自分より下等な存在としてあつかう傲慢な行為だ。

いつか天凱が辛辣な表現で言っていたことが反芻《はんすう》される。あれほど強く戒められたのに、美凰はまた惻隠《そくいん》の情に囚われて他者の尊厳を軽んじていた。

「朱歌蓮が横死《おうし》したと聞いて、その青年はさぞや悲しんだのだろうな」

「さあ、どうでしょうねえ。朱歌蓮が死んでから姿を見せねえらしいんで」

「葬儀にも出なかったのか？　門前払いされても通いつめていたのに？」

「らしいですぜ。葬儀――といっても妓女の場合は小ぢんまりしたもんですがね。葬儀をやってもらえるだけ恵まれてますぜ、朱歌蓮って妓は。ふつう、妓女は葬儀なんかしてもらえねえんで。死んだら棺《ひつぎ》にほうりこんで埋めちまうだけですぜ」

「名妓でもそうなのか？」

「骸になっちまえば名妓もくそもねえですぜ。死人じゃ一銭も稼げねえんで」

香姐である酔玉楼の金飛燕が喪主になり、歌蓮の葬儀をとり行ったという。

「やつが来ればまた一悶着《ひともんちゃく》起こりそうだと雇い人たちは身構えていたらしいですが、奴《やっこ》さん、とんと姿を見せねえもんだから平穏に終わったそうですぜ」

「妙だな……。〝恋人〟の訃報を聞いたら真っ先に駆けつけそうなものだが」

「やつも案外、目が覚めちまったのかもしれねえですぜ。いくら学費を擲《なげう》つほど入れこんだ女でも、死んじまったらしょうがねえ。とっくに見切りをつけて、いまごろはほかの女の尻を追いかけてるかもしれねえですぜ」

そうだろうか、と美凰はつぶやいた。青年は尋常ではないほど歌蓮に恋着していた。あれは恋の病などという可愛いものではない。歌蓮の輿を追いかける彼はまさに鬼気迫るといったふうで、禍々《まがまが》しい気配さえまとっていた。

骨髄にまで達していた情念が想い人と幽明境《ゆうめいさかい》を異《こと》にしたくらいで衰えるとは考えにくい。葬儀に姿を見せなかったのには、雷之が考えているより深刻な理由があるのではないだろうか。念のため、青年の身辺を調べたほうがよさそうだ。

「ほかに気になるのは、朱歌蓮の身請けの旦那だな」

「恭徳王《きょうとくおう》のことですかい」

歌蓮を落籍する予定だったのは、恭徳王・司馬義流《しばぎりゅう》だという。

「ここだけの話、当節の皇家は風紀紊乱《びんらん》やりたい放題で男も女もろくなやつがいねえですが、なかでも恭徳王といやあ宗室一の狼藉者として名を売ってますぜ。外面はいいが気性が荒くて、ささいな手抜かりで激怒して奴婢を斬り殺すこともあるとか」

驚きに値しない話だ。義流の悪い噂は令嬢時代にも耳にしていた。雪峰の異母弟なので皇宮で会うこともあったが、上品な雪峰とちがい、野卑なところが目について好きになれなかった。阿諛追従《あゆついしょう》に長けていたので凶后には気に入られていたが。

「妃たちにも乱暴を働くのか？」

「そっちは聞きませんねえ。気に入った女は朝な夕なそばに置いて可愛がるが、あきちまうと見向きもしなくなるって話は聞きますけど。まれに寵愛が戻ってくることもあるんで、妃たちは必死になって恭徳王の気をひこうとするとか。競争が激しいんで、女たちが寄ってたかって新参者をいじめ殺すこともあるそうで」

寵妃がいじめ殺されても、義流は無関心をつらぬいている。

「さっさとべつの美人を見つけてきてそっちを可愛がりはじめるらしいですぜ。切り替えが早え御仁ですぜ」

「切り替えが早いのではなく、薄情なのだろう。無事に身請けされていても、朱歌蓮は幸せになれなかったかもしれぬな」

「妓女が幸せになること自体、めったにねえことですぜ。薄情な野郎だろうと粗暴なやつだろうと、落籍されるだけましってもんで。下手すりゃ死ぬまでここから出られねえんだ。妓女のまま死ねば葬儀だってやってもらえるかわからねえんだから、相手を選んじゃいられねえ、なんとしても妓籍から抜けたいって妓のほうが多いですぜ。色を売って渡世《とせい》する女でも最後は義塚《むえんづか》じゃなくて、供物のひとつくらいはそなえてもらえるまともな墓に入りたいんでしょうよ」

戯蝶巷内の墓地にあるのは義塚ばかりだ。寺観《じかん》が管理しているが、供養に訪れる者はほとんどおらず、清明節《せいめいせつ》ですら閑散としている。

――紙銭《しせん》を焚いてくれる者さえいないのだな……。

軽々に人を憐れんではいけないと知りつつも惻隠の情を禁じえない。生きているうちは醜業婦《しゅうぎょうふ》と蔑まれ、死後はまるではじめから存在しなかったかのように忘却される。妓女たちが落籍に望みをかけるのも無理はない。請け出してくれる相手がいなければ、彼女たちの終《つい》の棲家《すみか》は荒涼とした墓地の一隅になってしまうのだ。

美凰は雷之を連れて酔玉楼《すいぎょくろう》へ向かった。朱歌蓮の身辺を調べるうえで、香姐《こうしゃ》である金飛燕を素どおりすることはできない。くわしく話を聞かなければ。

「わざわざご足労いただいたのに申し訳ございませんが、飛燕はお客さまをお迎えしているところでして……」

芳春楼《ほうしゅんろう》の仮母《おかみ》に負けず劣らずの厚化粧の仮母が美凰たちを出迎えた。艶っぽい灯籠で飾り立てられた正庁《おおひろま》は吹き抜けになっており、酔客と妓女が入り乱れ、そこかしこで手拍子や笑い声がわき起こっている。雷之によれば、正庁で酒を飲むのは懐がさびしい客だそうだ。裕福な客は敵娼《あいかた》の部屋で酒色を楽しむという。

「忙しいのはわかっているが、昼間訪ねても妓女はやすんでいるだろう。眠りを妨げるわけにはいかぬので、つとめの最中に訪ねているのだ。客にはこちらから事情を説明しよう。部屋に案内してくれれば――」

お母さん、と鈴を鳴らすような声が降った。見上げれば、三階右手側の回廊の奥に鳳髻《ほうけい》を結った妓女がいた。陶器のような肌に描かれた繊細な蛾眉《がび》と、しっとりと艶をふくんだ杏眼《あんがん》には見覚えがある。花案《かあん》の行列で嫦娥《じょうが》をつとめた金飛燕だ。

なお、妓女の言う「お母さん」は実の母ではなく、仮母のことだ。

「周《しゅう》さまがお帰りになるわ。お見送りして」

「お帰りになるだって？　先ほどお見えになったばかりじゃないか」

「お忙しいのよ。だから――」

「だれが帰るものか！」

奥の部屋から出てきた太りじしの男がなれなれしく飛燕の肩に腕をまわした。

「秋の夜は長いのだ！　これからたっぷり楽しむぞ！」

「もう十分、酔っていらっしゃいますわ。深酒はお身体に毒ですわよ」

なんのこれしき、と太った男は赤ら顔で笑う。

「洞州《どうしゅう》の男はうわばみだからな！　酒はいくら飲んでも飲み足りぬ。冏都《けいと》の酒はいささか風味が弱いが、戯蝶巷《ぎちょうこう》の嫦娥どのについでもらうと得も言われぬ香気がくわわって、麻姑《まこ》が醸した緑酒をすすっているかのようだ！　実にうまい！」

なにが楽しいのか、また頤《おとがい》を解いて飛燕を抱き寄せる。飛燕はやんわりとその太い腕から逃れようとするが、男はしつこく彼女の肩を抱いて離さない。

絵に描いたような迷惑きわまりない酔客だ。さりとて身なりは上等だし、名妓の部屋にあがりこんで酒を飲んでいるらしいから金回りはいいのだろう。みずからを「洞州の男」と言っていることから、海商ではないかとあたりをつけた。穀倉地帯たる綺《き》閃《せん》地方の南に位置する洞州は国内最大の港町。香辛料や生薬、硫黄や瑪瑙《めのう》、香料や染料などの高価な舶来品を満載した帆船《はんせん》が引きも切らず入港し、交易で莫大《ばくだい》な財を成した海商の豪邸が甍《いらか》を争っている。裕福な海商が上京して戯蝶巷で豪遊するのはめずらしくないので、周とやらが実在していてもふしぎはないのだが。

――なにをしているんだ、あんな姿で。

美凰には一目で男の正体がわかったが、事情があるのだろうと思い、秘密を暴くのは避けることにした。その代わり階《きざはし》をのぼりながら印を結んで呪をとなえる。周何某《なにがし》はわっと声をあげて飛燕から離れた。だれかに背中を押されているかのように階を駆けおり、そのままの勢いで楼の外へ出ていく。あっけにとられていた仮母があわてて追いかけたが、周何某のうしろ姿は往来の雑踏にまぎれてしまう。

「周さまったら、急にお帰りになるなんてどうなさったのかしら」

しきりに首をかしげている仮母にはかまわず、美凰はさっさと三階までのぼった。

「そなたが金飛燕だな？」

声をかけると、仮母同様、呆然としていた飛燕が困惑気味に視線を寄越した。

「さっきの周という客はよく来るのか？　見たところ、迷惑しているようだったが」

「ええ……。今日も帰っていただくのに難儀しておりました」

「そうか。ならば、追いかえしてよかったのだな」

ちょっとした術をかけて追い払ったと話すと、飛燕は眉をひらいた。

「まあ、それは助かりましたわ。あのかたはいつも悪酔いなさって、なかなかお帰りにならないのです。ほんとうにしつこくて……」

「なんて罰あたりなことを言うんだい」

階を駆けのぼってきた仮母がかどかどしい目つきで飛燕を睨んだ。

「あのかたは洞州の大商人なんだよ。身なりはご立派で、言葉つきは豪放で、大人《たいじん》の風格をお持ちだ。なにより気前よく遊んでくださる。ああいうかたをね、お大尽というのさ。あたしたちの商売にとってこんなにありがたいお客さまはいないよ。おまけにおまえを身請けするのに千金を支払うとおっしゃっているんだ。それなのにおまえときたら、わがままばかり言って」

「だってわたくし、あのかたが苦手なのよ。強引すぎるもの」

「強引で大いにけっこう。大人物というのはね、往々にして強引なんだよ。財力のある壮年の殿方が女の前で五尺の童子《ごしゃくどうじ》のようにもじもじしているわけがないじゃないか。色の道で威風堂々とふるまう男は、貨殖《かしょく》の道でも辣腕をふるうと昔から決まっているのさ。まともな女なら惚れ惚れするところだよ」

番頭が聞き出したんだけどね、と仮母は声をひそめる。

「おまえにとっては幸運なことに、ご嫡室《ちゃくしつ》を亡くしたばかりだそうだよ。冏都にお見えになったのは花嫁探しのためだとか。あれほどおまえをお気に召してくださっているんだ、ひょっとすると正妻にしてくださるかもしれないよ。あんな豪商の奥方におさまったら大出世さ。洞州の大豪邸で星の数ほどいる婢僕《めしつかい》にかしずかれて、皇族のような生活ができるんだよ。泣く泣くおまえを売った親も娘が大富豪に嫁いだと聞いたらさぞや鼻が高いだろう。あのかたに落籍されれば贅沢に暮らせるうえに親孝行にもなるってわけだ。まさに一石二鳥、こんないい話がほかにあるかい?」

仮母は周何某をたいそう気に入っているらしく――金払いがいいのなら当然だろう――飛燕に身請けをすすめる。が、飛燕は気乗りしない様子である。

「こみ入った話はあとにしてくれぬか、仮母。私は飛燕どのに用があるのだ」

なんとか仮母を追い払って飛燕の部屋に入る。とおされたのは想像していたよりも落ちついた雰囲気の書房《しょさい》だった。落地罩《まじきり》のそばには丹菊《たんぎく》の盆景《ぼんけい》が、壁には二羽の鶴を描いた画軸《かけじく》が飾られている。深山幽谷を写し出した囲屏《びょうぶ》、繊細な纏枝文《てんしもん》が浮かびあがる青磁の花瓶、描金《びょうきん》の花卉《かき》がきらめく飾り棚。けっして質素ではないが富をひけらかす気色のない調度がほどよく配置されていた。戯蝶巷一の名妓の部屋というからには、派手好みの妃嬪の部屋のように絢爛豪華なのだろうと目串《めぐし》をつけていたが、あてがはずれたようだ。妓女の書房だと見抜くことができる者はそう多くはあるまい。しつらえから想像される部屋の主は、貞淑な才媛といったところだ。

「歌蓮の事故について調べていらっしゃるのですか？」

美凰に榻《ながいす》をすすめたあとで、飛燕はとなりの席に腰をおろした。

「なぜ禁台《えいだい》が？　ひょっとしてあれは事故ではなく、怪異がらみの事件なのですか？」

「その可能性もあるので調べているのだ。そなたは朱歌蓮と姉妹の契りを結んでいたと聞いた。たいへん仲睦まじかったが、数年前に仲違いしてしまったようだな。噂によれば、そなたが朱歌蓮の客を寝取ったからだというが、事実なのか？」

単刀直入に尋ねると、飛燕は苦い笑みを浮かべた。

「事実ではありませんが、そういうことになっていますわ」

「そういうこと？」

「わたくしが歌蓮の想い人を奪ったことで姉妹の仲がこじれたと。歌蓮がそのようにふれまわったので、いつしか世間の口にのぼるようになってしまったのです」

「朱歌蓮が勝手にそう主張していただけなのか？　じゃあ、真実は？」

「あの子がわたくしの馴染み客を好きになってしまいましたの。最初はほんのひととき熱に浮かされているだけかと思いましたが――経験の浅い妓女にはありがちなことです――どうやら本気で恋をしていたようでした。妓女が嫖客に真情を捧げることはあまり良い結果を生みませんので、やんわりとたしなめたのですが……」

歌蓮は勘違いしたのだ。飛燕が自分の恋路を邪魔していると。

「それほど恋に夢中になっていたのでしょうね。歌蓮はわたくしを嫌うようになり、酔玉楼から芳春楼に鞍替えしました。もっとも酔玉楼を追い出されたわけではなくて先様に引き抜かれたのですが。芳春楼では看板妓女が立てつづけに不幸に遭い、縁起直しのために新顔の名妓を探しておりましたので」

酔玉楼は芳春楼に古い借りがあったので、穏便に取引をしたらしい。

「朱歌蓮は嘘をふれまわってそなたを悪者にしていたのに、訂正しなかったのか？」

「たわいない姉妹喧嘩《しまいげんか》ですもの。ことさらに騒ぎ立てて、香妹《こうまい》の面目をつぶしたくなかったのですわ。そんなことをすれば、あの子はますますつむじを曲げてしまいますから。いまは頭に血がのぼっているのでわたくしのことを憎い仇《かたき》のように感じているけれど、怨みだって長続きはしないはず。きっとそのうち、わだかまりがとけて以前のような関係に戻ることができると信じていました」

待ち望んだ日はとうとうやって来なかった。

「あの子は身請け話をとても喜んでいましたわ。親王殿下の側妃になるのよと自慢しに来たほどです。わたくしもはじめは吉報を喜びましたが、お相手が恭徳王《きょうとくおう》だと聞いてすこし不安になりました。恭徳王には……いろんな噂がありますから」

考えなおしたほうがよいと言いかけて、口をつぐんだ。

「歌蓮の恋をあきらめさせたことがほんとうに正しかったのかどうか、わからなくなっていましたの。もしかしたらわたくしは余計なことをしてしまったのかもしれない。あの子の恋を後押ししていれば、あの子は想い人に落籍されて幸せに暮らしていたのかも……。当時、そのお客に妓女を娶る気があるという確証が持てなかったので、どうしても歌蓮の未来をゆだねることができなかったのですが、あれはわたくしの思い違いだったのかもしれない、わたくしはあの子が幸福になる道を閉ざしてしまったのかもしれないと悔悟の念にさいなまれて……」

強《こわ》意見《いけん》できなかったのは、香妹に怨まれることを恐れていたせいではないという。

「あの子のためにしたことで憎まれてもいっこうにかまいません。香火姉妹に限らず、姉というのはそういうものですわ。妹を守るために怨まれる必要があるのなら、迷わずそうします。……けれど、歌蓮の将来をふいにしてしまうことは、たとえ姉であってもけっして許されません。恭徳王に嫁ぐことであの子の夢が叶《かな》うのなら――」

「夢？　朱歌蓮にはなにか志があったのか？」

弟を科挙に及第させ、妹を名家に嫁がせるという夢を幾度も語っていたらしい。

「歌蓮は没落した士大夫《したいふ》の娘で、父親の借金を返済するためにこの道に足を踏み入れたのです。良家から売られてきた娘は妓楼を忌み嫌って逃亡をはかったり、仕事をおぼえようとせず泣き暮らしたりする者が多いのですが、あの子はうちに来た当初から意欲的で、一人前の妓女になるために必要なことはなんでも学ぼうとしていましたわ。負けん気が強くて、同輩たちと喧嘩になることもすくなくありませんでしたが、それも向上心のなせるわざ。香妹たちのだれよりも陰で努力していました」

「弟妹のために……か」

父親の借金を返済し、弟妹にしかるべき教育を受けさせる。歌蓮が「十家を滅ぼす」といわれるほど稼ぐことに貪欲だったのには理由があったのだ。

「側妃になれば、恭徳王が親族を引き立ててくださるかもしれない、弟の科挙及第や妹の結婚に便宜をはかってくださるかもしれない。そんな思いから身請け話を受け入れたのでしょう。あの子の気持ちは手に取るようにわかりましたので、恭徳王の評判には目をつぶり、わたくしからは祝福の言葉だけを贈りました。戯蝶巷を去る日にはかならず見送りに行くと約束して……」

事件当日、歌蓮は香妹たちを連れて芝居見物に出かけていた。

「落籍前、妓楼に残していく香妹たちのために襦裙をあつらえたり、宝飾品を買ったりしていましたわ。鉄火肌《てっかはだ》で気分屋なところはありましたが、面倒見はよかったのです。香妹たちのことをほんとうの弟妹のように可愛がっていましたし、自分がいなくなってから不自由しないようにあれこれと心を砕いていました」

妓女が遺《のこ》した金品は香姐や香妹が引きとるのが慣例だ。遺族が求めて得られるのは亡骸くらいだが、たいていの遺族は一度娼門《しょうもん》をくぐった娘の骸《むくろ》を一族の墓に入れたがらないので、彼女たちの亡骸は義塚《むえんづか》に葬られるのである。さりながら歌蓮の遺産は香妹たちが受け取りを辞退したので遺族のもとに届けられた。

「かなりの金高でしたから人数分にわけてもそれなりの貯えになって助かったでしょうが、生前の歌蓮に世話になったので恩返しがしたいと香妹たちが言うもので、わたくしが歌蓮の実家に届けさせました。ただし、遺産を受け取るなら、亡骸も引きとって一族の墓に葬ってほしいとお願いして」

まだ遺族からの返答がないので歌蓮の亡骸は戯蝶巷内の寺観に仮安置されている。

「返答が得られるまで、遺産はそなたが保管しておくべきだったのではないか」

「遺産だけ受け取って亡骸は受け取らないかもしれませんものね。けれど、もしそうなったとしても、あの子が心身を削って稼いだ銀子はご遺族に届けなければなりませんわ。だってあの子は――歌蓮は、家族のために名節《めいせつ》を捨てたのですから」

言葉に涙がからみ、飛燕は手巾でそっと目じりをおさえた。芳春楼の仮母のそれはあきらかに空涙《そらなみだ》だったが、飛燕の場合はちがうようだ。すくなくとも美凰の目には歌蓮の死を心から悼んでいるように見える。

――朱歌蓮を殺したのは怨鬼《えんき》だ。

この世に激烈な怨憎を遺して死んだ鬼《ばけもの》を怨鬼という。怨鬼の力の根源は怨みである。その身を焼き尽くさんとする憎悪が怪異として出現し、人を害するのだ。歌蓮の首に残されていた瘴痕《しょうこん》には嘔気《おうき》をもよおすほどの怨念がただよっており、怨鬼に縊《くび》り殺されたことは疑いの余地がない。怨鬼は一名から数名の人間を攻撃する。彼の憎しみの対象はある身分や年齢の人びとといったような漠然としたものではなく、具体的な顔と名を持つ特定の個人なのだ。

怨鬼に殺された人物はだれかの怨みを買っていたということになる。それは日常に散見するちょっとした嫉妬や不満などではなく、明確な殺意を孕んだ激しい憎しみだ。何者かが歌蓮に心火を燃やし、呪詛《じゅそ》していたということだ。

怨毒とは、一朝一夕に作られるものではない。ささいな怨みがすこしずつ降り積もり、心にじわじわと根を張って生長し、骨の髄まで腐らせていく。それには相応の時間がかかる。怨鬼が内なる毒を育てるまで、なんらかの手段で歌蓮とかかわりを持っていたはずだ。歌蓮の周辺にいた人間を調べれば手掛かりが得られると踏んだが、歌蓮と仲違いしていたという飛燕からは怨みの気配が感じられない。もっとも、目に見えるものが真実とは限らないことは経験から学んでいる。

——人は、他人に見せたい自分を演じることができる。

雪峰は美凰を殺したいほど憎みながら、愛情を抱いているふりをしていた。憎しみというのはそれほど隠すのがたやすいものなのだろうか。もしくは愛情を偽ることが造作もないことなのか。いずれにせよ、この会話だけで飛燕が歌蓮に怨みを抱いていなかったと判断するのは早計だ。もうすこし様子を見なければ。

「話は変わるが、周何某とやらの件——」

袖の雫《しずく》が落ちついてから、美凰は話頭を転じた。

「どうして身請け話を受けないのだ？　たしかに女人があこがれるような美男子ではないし、酒癖は悪いし、粗野なところが目につくが、洞州の海商ならうなるほど財産を蓄えているだろう。しかも嫡妻を亡くしたばかりだという。またとない好機ではないか。嫡室に迎えるという条件付きで身請け話を受ければよいのだ。周何某はそなたに首ったけのようだから、二つ返事をするだろう。裕福な海商の継室《けいしつ》になれば、妓女として有終の美を飾ったことになる。仮母が言っていたように、そなたの親族も喜んでくれるだろうし、けっして悪い話ではないぞ」

三十路といえば世間でも大年増だ。春をひさぐ女であればなおのことだろう。飛燕は年齢を感じさせない容色の持ち主だが、長年のつとめは彼女の心身を蝕《むしば》んでいるはず。いつまでもつづけられる商売ではない。どこかで見切りをつけなければ。

歌蓮は二十四で落籍されようとしていた。飛燕は三十になるというのに身請け話を断っている。そろそろ紅灯の巷を彩る生業《なりわい》から足を洗って、まっとうな男に嫁ぎ、人の妻として平穏に暮らしたいとは思わないのだろうか。

「……どちらかといえばよい身請け話なのに周何某を拒むのは、事情があるからではないか？　たとえば、意中の人がいるというような」

損得勘定を働かせるなら、周何某に身請けされるのが上策。幾人もの客を相手にするより、ひとりの男を相手にするほうがましだ。その男が富豪であれば、なおのこと好ましい。妓女として望むことができる幸福はさほど多くはない。のんびり選んでいられるほど歳月が有り余っているわけでもない。にもかかわらず歌蓮のような勘定高い妓女なら迷わず飛びつくであろう良縁から必死で逃げるのは、堅実な生きかたよりも心惹かれる相手がいるせいではないか。

「意中の人……なんて恥ずかしいですわね。年甲斐《としがい》もなく」

飛燕は自嘲気味に口の端をあげた。

「ご推察のとおりですわ。身請けしていただきたいかたがいます」

「その者はそなたを落籍してくれぬのか？」

「してくだされればいいのにと思ってはいますが……」

文を出してしばらく経つが、返事はないという。

「忘れていらっしゃるのでしょうね。最後にお会いしたのは十二のときでしたから」

「十二……というと、幼なじみなのか？」

「許婚《いいなずけ》だったかたですわ。幼いころに親同士が決めた縁談でしたが、わたくしはあのかたをお慕いしておりました。笄礼《けいれい》をすませたらこのかたの妻になるのだと、幼心をときめかせて……。けれど、不幸なことがあって婚約は破棄されたのです」

「先方の都合で？　それともそなたの実家の？」

「どちらもというべきでしょうね。政のせいですわ。官族《かんぞく》同士の縁組みでしたから」

「では十八年も会っていないのか」

実は、と飛燕は気恥ずかしそうに目をふせた。

「何度か、そのかたのお邸《やしき》のそばまで訪ねていったことがありますの」

「会えたのか？」

「一度だけ、運よくお姿を垣間《かいま》見ることができましたわ。一目であのかただとわかりました。ふしぎですわね。別れたとき、あのかたは十六でいらっしゃったのに」

現在は三十四だ。少年時代の面影は失われているだろうに、飛燕の目には邸の大門《もん》から出てきた彼の姿が心に焼きついた慕わしい少年の姿とかさなって見えた。

「妻帯しているから、そなたを身請けできないのだろうか」

三十而立《じりつ》を過ぎた男が妻帯していないとは考えにくい。とはいえ妾《めかけ》を持つことは一般的だから飛燕を妾室に迎えることも可能であるはずだが、嫡妻が嫉妬深い婦人なら話はややこしくなる。恐妻家が妓女を身請けするのは難中の難だ。

「わかりません。妻妾がいらっしゃるかどうか、存じあげないので」

「私が調べようか？　お節介かもしれぬが、その男の名を教えてくれれば――」

「いいえ、けっこうですわ」

思いがけず強い口調だった。ひらきかけた扉をあわてて閉めるような。

「調べようと思えばいつでもできますが……知りたくないのです。きっと怖いのですわ。あのかたに妻妾がいらっしゃるという事実を目の当たりにするのが……」

なにも知らぬままで文を送り、返信を待っている。

「ひょっとしたら、お返事をいただけないままのほうがいいのかもしれませんわ。文がちゃんと届いていなかったのかもしれない、届きはしたけれどまだ悩んでいらっしゃるのかもしれない、どこかにしまいこんで忘れていらっしゃるのかもしれない……そんな都合のいい想像で自分の気持ちをごまかすことができますから」

ほんとうは返信を受け取るのが怖いのだ。一縷《いちる》の希望を断ち切られそうで。

「さりとて、いつまでも待ってはいられまい。落籍話を置いておくとしても、身のふりかたを考えねばならない時期に来ているのではないか」

「ええ……そのとおりですわね。お返事を待つのは今年いっぱいにしようと思っています。そのときになっても周さまがわたくしを身請けしたいとおっしゃるならお受けしますわ。もし周さまが心変わりなさって、ほかにどなたもわたくしを引き受けてくださるかたがいらっしゃらないときは、つとめをつづけられる限りつづけますわ。容色が衰えてお客がつかなくなったら、歌舞の師範として暮らしを立てる道もありますから、心配はしていません。花柳の巷は非人情だと世間ではそしられますが、長年ここで暮らしているわたくしに言わせれば義理も人情もあるよい坊肆《まち》ですわ。夢が叶わないなら……あのかたがわたくしを不要とおっしゃるなら、生まれ故郷も同然の戯蝶巷に骨を埋めるつもりです」

幼時より柳暗花明《りゅうあんかめい》に身を置けばこそ、色恋の儚さは身に染みているはず。一時の熱情に命を懸けて破滅した者たちをさんざん見てきただろうに、すでに縁が切れているはずの元許婚を忘れられず、将来を棒にふろうとしている。

それを愚かと言い捨てるのはたやすいが、美凰は彼女を非難する気になれない。

――生涯を懸けた恋なのだな。

どんな状況に身を置かれても相手を想いつづける。それがいかなる苦痛をともなう行為なのかは美凰もいやというほど知っている。美凰は耐えられなかった。雪峰に幾度となく処刑されてもなお、彼を恋い慕いつづけることには。雪峰の言葉や視線から放たれた怨憎と呪詛にわが身を切り刻まれ、幼き日の純粋な恋心は砕け散った。

かろうじて残ったのは、彼に赦されたいというみじめな自己憐憫だけだった。

――だれもみな、恋が叶えばいいのに。

わかっている。そんなことはありえないと。恋しい人と結ばれることができるのは、ほんの一握りの幸運な者だけ。運良く結ばれたとしても添い遂げられるとは限らない。眉珠のように、不幸にして愛《いと》しい夫と永別する者もいる。永別を避けられたとしても、相手が心変わりすれば二世の契りは断たれてしまう。

切々と希《こいねが》ったからといって、願いが叶うわけではない。無情な世の理《ことわり》を怨んだところで詮無いことだが、恨み言のひとつくらい言いたくもなる。

この世には苦しみが多すぎると。

昊極殿《こうきよくでん》の書房《しよさい》には今夜も明かりが灯《とも》っていた。

「そろそろやすんだらどうだい」

聞き慣れた声音に耳朶《じだ》を叩かれ、天凱はわれにかえった。視線をあげると、黄梁《こうりよう》色の袍《ほう》を着た白遠が扇子をぱたぱたさせながら心配そうにこちらを見ていた。

「顔色が悪いな。また熱が出ているんじゃないだろうね」

大事無い、と答える前に白遠がひたいにふれてくる。

「うわ、やけどしそうだよ！　起きているのもやっとじゃないのかい？」

「大げさだな。すこし熱っぽいだけだ」

綺州《きしゅう》から戻ってからというもの、ときどき体調をくずす。いまだ本調子ではないらしいので、政務を助けてもらうため白遠を監国《かんこく》のままにして東宮に置いている。

「昼間も満足に決裁できなかった。朝までにこれだけの奏状《そうじょう》を見ておかないと……」

「熱でもうろうとした頭じゃ、まともな判断はできないよ。残りは私が片づけておくから、君は早くやすむんだね」

手もとにひろげていた奏状を奪い取られ、天凱は短く息をついた。

「俺は皇帝に向いていないな」

「いきなりなんの話だい」

「好きで玉座にのぼったわけじゃないが、即位したからにはつとめを果たそうと努力してきたつもりだ。しかし、努力すればするほど、自分がこの役目にふさわしくないことを思い知らされる」

問題は山積みだ。官界は腐敗し、制度は弛緩《しかん》している。廟堂《びょうどう》を空けがちでろくに政を行わなかった先帝の懶惰《らんだ》を責めたくもなるが、実のところ、先帝が国事に奮闘していたとしてもさして変わらなかっただろう。白遠と天凱の父親である熹宗《きそう》の御代《みよ》には政道の乱れが顕著になっており、汚職がはびこり、国帑《こくど》は濫費《らんぴ》され、万民が塗炭の苦しみをなめるなか、経世済民《けいせいさいみん》につとめるべき官僚たちは党争《とうそう》に明け暮れていた。その靡爛《びらん》した土壌から凶后《きょうこう》が生まれ、悪逆無道の限りを尽くしたのだ。

目下、天凱は廟堂を安定させることを優先しており、表立った改革は打ち出していない。要するに拱手傍観《きょうしゅ》しているのだ。こうしているあいだにも貪官汚吏《たんかんおり》が跳梁跋扈《ちょうりょうばっこ》し、万民がしいられる水火《すいか》の苦しみは日に日に増していっているというのに。焦燥を感じないといえば嘘になる。万民はさぞ失望しているだろう。亜堯《あぎょう》の御代が来る、今度こそ天下蒼生《そうせい》を救ってくれると期待に胸をふくらませていただろうから。彼らのことを思うと罪悪感にさいなまれ、政務から離れられなくなってしまう。

「悲観することはないさ。即位して間もない皇帝にはたいした働きはできないよ。君の場合はとくに後ろ盾もないんだし、いまは足場を固めることに力を注ぐべきだ。大官たちを操るすべをおぼえて、長い治世のなかで徐々に政道を正していくのが上策だよ。官民は急激な変化を嫌うからね。皇帝ばかりが前のめりになって突っ走ると、かえって彼らは不安がるよ。動きはじめた朝廷は多少のんびりしているくらいでちょうどいい。もっと気楽にかまえていていいんだよ」

のんきそうに朱筆をとる白遠を見ていると、両肩の緊張がやわらぐのを感じる。

——大兄が尭辰《こうじん》の素鵲鏡《そじゃくきょう》を持って生まれていればよかったんだが。

天凱と白遠の素鵲鏡の強さが逆だったら、白遠が玉座にのぼっていただろう。天凱は凶后に目をつけられることもなく、養父と平穏に暮らしていただろう。

——そして美凰とも出会わずにすんだ。

出会わなければ、ひたむきに雪峰を慕う美凰を見ることもなかった。叶わぬ想いを持て余すこともなかった。毒気を放つ醜い感情に胸を焼かれることもなかった。

なにもかもがまちがっているという気がした。起こるべきでないことが起こったのだと。歯車がすこしずつくるって、事態を複雑にして、いまがあるのだ。

政務を白遠に任せ、天凱は昊極殿をあとにした。輿に乗って後宮に入り、紅牆《こうしょう》の路《みち》を進んでいくと寿鳳宮《じゅほうきゅう》にさしかかった。止まるよう命じ、輿からおりる。なぜそんなことをしたのか説明できない。ほとんど無意識のうちにそうしていた。

むしょうに美凰に会いたかった。会ったとしてもどうしようもないのに、会わずにはいられない。彼女の顔を見なければ、眠ることさえできない気がする。

月が中天にのぼろうとしている。もうやすんでいるかもしれないと思いつつ、外院《まえにわ》を足早にとおり抜け、垂花門《すいかもん》をくぐって内院《なかにわ》に入る。丹桂《きんもくせい》の華やかな香りが鼻先をかすめたとき、小径《こみち》のむこうから琵琶の音色が流れてきた。美凰が弾いているのだろうか。天賦の楽才を持つ白遠なら一音を聴いただけで弾き手が彼女かどうかわかるのだろうが、楽才に恵まれない天凱は音で奏者を予想することができない。

だれかに背中を押されているかのような足どりで小径を進むと、瓷墩《こしかけ》に座って琵琶を奏でる女人が目に入った。美凰ではない。皇太后付き首席女官の葉眉珠《ようびしゅ》だ。眉珠は天凱に気づいて演奏をやめようとしたが、天凱は片手をあげて止めた。琵琶の音色に聴き惚れていたからではない。視界の端にひらめく色彩に気を取られたからだ。

それは孔雀緑《くじゃくみどり》の霞だった。否、霞のように薄い水袖《すいしゅう》だった。黄金の波のごとく打ち寄せる月影の湖で、二本の水袖は歌うように、ささやくように、笑うように、ひらりひらりと舞う。銀糸の縫い取りを散らした長裙《ちょうくん》はふわりと風を孕み、月のしずくを弾いてきらめきわたる。結い髪の金歩揺《きんほよう》は琅玕《ろうかん》をつらねた垂れ飾りをしゃらしゃらと鳴らし、玉簪花《ぎょくしんか》の蕾のような耳朶を際立たせる耳墜《みみかざり》は露の珠《たま》の輝きを放つ。

いや、そんなものはどうでもいい。天凱の目を射貫いたのは極彩色の舞衣や貴石をちりばめた宝飾品ではなく、月明かりになびく濡羽色《ぬればいろ》の長い髪だった。

黒髪は湖の底でたゆたう美しい水草のように夜風と戯れ、丹桂の香気と混ざり合って薄闇に溶けていく。そうかと思えばふたたび月の吐息に洗われて艶《なま》めき、幻のような残像をまといつつ、黒い水しぶきのごとく砕け散る。

そしてあのかんばせ――月光が凝《こご》ったような白い面輪に視線を奪われる。憂わしげな曲線を描く柳葉《りゅうよう》の眉、淡く色づいた花のまぶた、紅珊瑚《べにさんご》をふくんだような朱唇。にじむ微笑はどこかせつなげで、涙をこらえているかのようだ。思わず駆け寄りたくなる。駆け寄って抱きすくめたくなる。けれど実際には一歩も動くことができない。まばたきさえできないのだ。彼女が身をひるがえす一瞬を見逃したくなくて。

「……天凱」

水袖を宙にほうってくるりと身体を回転させた美凰がこちらに気づいて舞を止めた。せつなげな表情が消え、代わりに怪訝そうな色が浮かぶ。

「こんな時間にどうした？　なにか起こったのか？」

「いや……近くをとおりかかったので寄っただけだ」

「近くをとおりかかった？」

美凰がいぶかるのも当然だ。皇帝の寝殿《しんでん》に行くにはかならず寿鳳宮の前をとおらねばならないのだから。下手な言い訳をしてしまったことを後悔する。

「戯蝶巷《ぎちょうこう》の件はどうなっている？　死んだ妓女の周辺を調べているんだろう」

「とくに進展はないぞ。周囲の人物からはひととおり話を聞いたので、朱歌蓮の霊魂から話を聞くため招魂《しょうこん》を試みたのだが、うまくいかなかった」

招魂——死者の霊魂を陽界《ようかい》に呼び戻す儀式には、反魂香《はんごんこう》という特殊な香だけでなく、故人が生前好んで身につけていた品が必要だ。

「憑代《よりしろ》としてこの舞衣を借りてきた。もともとは金飛燕のものだったが、朱歌蓮が欲しがったので贈ったらしい。朱歌蓮がこれを大切にしていたと聞いたので、招魂に使えそうだと思ったのだが……妙なことに何度、試しても失敗してしまう」

「失敗する？　あなたが？」

めずらしいこともあるものだ。妖鬼を自在に使役する美凰が招魂を行えないとは。

「黄泉路《よみじ》の途中に引っかかっているような感じがして、霊魂をこちらまで呼び出すことができぬのだ」

「冥官《めいかん》が邪魔しているんだろうか」

九泉《きゅうせん》で死者たちを管理している冥官は招魂を嫌う。いったん黄泉路を下った霊魂は来た道を引きかえしてはならないという冥境のおきてがあるからだ。霊魂が現世に戻ると彼らの失点になるので、招魂を妨害されることはままある。

「下手人は幽鬼にちがいないから、朱歌蓮自身もその正体を見破れなかった可能性はあるが、下手人の手掛かりに気づいていたかもしれない。招魂できぬのは残念だ」

冥官が迷惑がるのもわかるが、と口惜しそうに息をつき、美凰はこちらを一瞥《いちべつ》した。

「……言いたいことがありそうだな、天凱」

「べつになにも」

「ごまかすな。なぜ憑代に袖をとおしているのかと問いたいのであろう。……単なる出来心だ。美しい舞衣を見ているうちになつかしくなってしまって」

美凰は気まずさをごまかすように水袖をいじった。

「まるであなたのために仕立てられた舞衣のようだな」

「世辞など言うな」

「世辞じゃない。ほんとうによく似合っていると思う」

「着心地はよいほうだ。水袖の長さもちょうどよい」

　まんざらでもなさそうに、水袖をひらひらと動かしてみせる。

「気に入ったのなら、それとおなじ舞衣を仕立てさせようか」

「いらぬ。私には舞衣など必要ない」

「あなたは舞が好きだろう。舞衣の一着くらい持っていてもいいんじゃないか」

「好きだからこそ持っていてはいけないのだ」

　きつく引き結んだ唇がかすかに震えている。

「こんなことを言えば、またそなたに叱られそうだが……私は舞など楽しんではいけない。そういうことが許される立場にない。舞衣には袖をとおすべきではなかった。招魂に使いたかっただけで、着るつもりはなかったのに――私の持ち物でもないのだから――ながめているうちについ、昔を思い出して……」

　美凰がうなだれると、金歩揺が滴り落ちる雨だれのように鳴った。

「そなたもおぼえているだろう？　私が先帝の御前で舞を披露したときのことを。あの日のために必死で稽古したのに、先帝のことが気になりすぎてふりをまちがえた。それでも先帝はすばらしい舞だったと褒めてくださった。もちろん、空世辞だ。凶后の面前で、私の舞を批判できるわけがない」

自嘲をまじえた語尾が薄闇を打ち震わせる。

「愚かにも私は、先帝が――雪峰さまが褒めてくださったことで有頂天になった。文字どおり舞いあがってしまった。あのかたを恋うていたから、あのかたがくださるやさしい言葉は私にとって千金よりも値打ちがあるものだった。雪峰さまに褒めてもらえるなら毎日舞ってもいいとさえ思ったほどだ。……われながら己の愚昧《ぐまい》さにいやけがさす。恋に夢中で周りが見えなくなっていた。凶后が、自分がどう見られているか、冷静に俯瞰《ふかん》することができなかった。舞衣を着ると己の愚かさを思い知らされてしまう。どうしようもなく……やるせない気持ちになってしまう。過去に戻ることはできないのに、やりなおしたいと思ってしまうんだ。私はたくさん過ちを犯してしまった。あのときはそれが間違いだと知らなかった。だが、いまならわかる。どうすべきだったのか、昔よりもわかっている。だから、一からやりなおせばきっと……」

美凰は声をつまらせる。その肩を抱き寄せようとして天凱はためらった。

――あなたはいまも先帝を想っているのか？

尋ねたいのに尋ねられない。答えを聞くのが恐ろしいのだ。美凰と天凱の距離感は子どものころからずっと変わらない。天凱は美凰を見ているが、美凰は天凱を見ていない。彼女はいつも雪峰を見ていた。おそらくは、いまも。

「もし人生をやりなおせるなら、雪峰さまに恋をすることはない。あのかたには相思相愛の許婚がいらっしゃったのだから、私の出る幕などなかったんだ。おふたりは結ばれるべきだったし、私は――」

「俺に恋をするべきだった？」

卑屈な笑みで口もとがゆがむのを感じる。

「何度やりなおしても、あなたは先帝を恋うんじゃないか」

「そんなことはない。次の機会があれば、そなたを夫として慕うはずだ」

「当時、俺は十にも満たぬ小鬼《がき》だぞ。あなたの目には弟のようにしか映らぬだろう」

「冠礼《かんれい》まで七年だ。十五になれば、弟あつかいはできなくなっていたはずだぞ」

「どうだろうな。いまですら弟あつかいされている始末だから」

「私がいつそなたを弟のようにあつかったというんだ？」

会うたびに、と言おうとしてやめる。彼女には自覚がないのだから、それを責めたところで詮無いことだ。

「過去を悔いているなら、なおさら舞衣を持っているべきだ。自戒のために」

美凰の肩を抱く代わりに、天凱は彼女と肩をならべて立った。

「非馬《ひば》公主《こうしゅ》と揶揄《やゆ》され、己の罪に無自覚だった時代――意図せずして凶后の悪事に加担していたころの心持をふりかえるのに役に立つ。舞衣があなたを戒めてくれる限り、あなたは二度とおなじ過ちを犯さない」

本音を言えば、忘れてほしい。凶后が犯した数々の悪行も、彼女が背負わされている罪科も、天下万民の怨嗟《えんさ》の声も、そして雪峰のことも。囚われないでほしいのだ。失った恋に――彼女を怨み、責めさいなむことしかしなかった亡き夫に。

「この世に過たぬ人間はいないが、己の罪を認め、みずからを戒められる者はそう多くはない。あなたはその希少なひとりになれると思う。それは誇るべきことだ。自省し、生きかたをあらためられる人間は、己の罪状を見て見ぬふりする者や臆面もなく罪をかさねつづける者よりずっと尊い。だからあなたも自分を責めてばかりいないで、すこしは赦してやれ」

「……赦す？　私が、私を？」

「俺が思うに、あなたに必要なのはだれの赦免《しゃめん》でもなく、あなた自身の赦免なんだ。すこしずつでいい。たとえば三日に一度でも、あるいは一日に一刻だけでも。自分を罰しない時間を持つべきだ。そのほうがより長く、健全に罪をあがなうことができる。罪悪感に囚われすぎて自分を追いつめるのは賢明とはいえない。心が壊れてしまったら、贖罪《しょくざい》どころではなくなるぞ」

「奇天烈な理屈だな。自戒のために舞衣をまとえと言い、己を赦す時間を持てと言う。矛盾しているぞ」

「かまうものか。道理にかなったことがかならずしも正しいわけじゃない。矛盾を孕んでいてもよいから前進すべきだ。頭をあげて進行方向を見るべきだ。過去に戻ることができないということは、贖罪の道は前方にあるということだ。それはきっと険しい道だろう。長丁場になる。一気に駆け抜けようとするな。途中で休息をとりながらでなければ、目的地にはたどりつけない」

われながら理屈になっていないとは思うが、なんとかして美凰の苦しみを軽減したかった。もし自分が雪峰だったら、と考えずにはいられない。雪峰ならここまで贅言《ぜいげん》を弄《ろう》する必要はないだろう。ただ彼女を抱き寄せるだけで心の痛みをやわらげてやれるだろう。しかし、天凱は雪峰ではない。二人目の雪峰にもなれない。かるがゆえにこうしてくどくどしく言葉をつらねるしかないのだ。口惜しいことに。

「なんだか私は、そなたの前で泣き言ばかり言っているな」

美凰はふっと笑って、目じりににじんだ涙を指先で拭った。

「迷惑をかけてすまない」

「すまないと思うなら、舞を見せてくれ」

次の台詞《せりふ》を発するのにしばし時を要する。

「昔から俺は、あなたの舞が好きだった」

「下手な舞だとけなしていたくせに」

「小鬼《がき》のころは素直じゃなかったからな。好きだと認めるのが気恥ずかしかったんだ」

「いまは素直になったのか？」

「大人になったんだよ。好きなものを好きだと言えるくらいには」

嘘八百だ。冠礼を経て一人前の男になってもなお、美凰に本心を伝えられない。ほんとうのことを言うのが怖いのだ。もしありのままの感情をさらけ出してしまったら、美凰は天凱と距離を置くだろう。彼女の心はもともと天凱に向いていないのだから。

天凱に過ちを犯させないように、自分から離れて行ってしまうだろう。

これ以上、美凰を遠ざけないようにするには、本心を隠すしかない。

「そういうことにしておいてやろう」

美凰は昔のように笑った。その笑顔に見惚れていないふりをするのに難渋《なんじゅう》する。

「俺が琵琶を弾こうか」

「やめよ。琵琶が壊れる」

「じゃあ、手拍子を打とう」

「そなたは拍子をとるのが下手だったろう。邪魔にしかならぬ」

「一緒に踊るというのは？」

「冗談じゃない。楽器も弾けぬ、拍子もとれぬ者に舞は無理だ」

「わかったよ。俺は観客に徹しよう」

「それでよい。舞には観客が必要だからな。大事な役目だぞ」

美凰に肩を小突かれ、天凱はわれにもなく笑みをこぼした。

――美凰が笑ってくれさえすればいい。

渇望してやまないものはどれほど辛抱強く待っても天凱のものにならないが、それでも満足しなければならない。美凰のとなりに立ち、彼女の笑顔を見られるだけで十分だと思わなければ。さもないと、この場所さえも失ってしまうだろう。

「昔からね、名妓《めいぎ》って呼ばれる妓《おんな》には二通りあるのさ」

宙に浮かぶ化粧台の前でおしろいを塗りながら、如霞《じょか》が言った。

「ひとつは金飛燕《きんひえん》みたいな妓。気性がおだやかで人好きがして、度量が広くて気立てがいいから、上の者にも下の者にも好かれる。立ち回りがうまいんだね。こういう妓は仲間内からも引き立ててもらえるから長く売れるんだ。世間じゃ花街には算盤《そろばん》づくの連中しかいないと悪《あ》しざまに言われるけどね、花街ほど義理や人情が重んじられる場所はないんだよ。稼いでるときは周りのやつらにたんと恩をほどこしておくのが得策だ。えらぶらない太っ腹の姐さんにはだれだって好感を持つ。その姐さんが窮地《じん》に立たされたときは、みんなで守ってやろうという気になるのさ。容色だけでなく、人品骨柄《ぴんこつがら》まですぐれた名妓にはなかなかお目にかかれない。そういう妓は替えがきかない存在で、楼《みせ》が一丸になって守る価値のある宝だから——」

「もうひとつはなんだよ？」

格天井《ごうてんじょう》に寝転がった高牙《こうが》が煙管《きせる》をくわえたまま急かす。

「言うまでもないだろ。朱歌蓮《しゅかれん》みたいな妓だよ。負けん気が強すぎてがめつくて高慢ちきで鼻持ちならない妓。すこしばかり稼ぎがあるからって威張り腐って婢女《はしため》をこき使い、奴僕《げなん》をこき下ろす。番頭はおろか仮母《おかみ》さえ下に見て、わがまま放題にふるまって、さんざん楼の連中を困らせて二言目には『だれのおかげで飯を食ってるんだい』と居丈高に言い放つ。そのくせ、しまり屋でさ、女衆男衆にわたす手間賃をとことん削って、ひどい場合は働きぶりに難癖をつけて一文だって出しはしない。当然ながら嫌われ者でね、幇間《ほうかん》どもでさえ陰口を言わずにはいられない妓さ」

「そうは言っても、朱歌蓮は香妹《こうまい》どもには好かれてたんだろ。葬儀じゃ香妹どもが朱歌蓮の棺にすがりついておいおい泣いてたって、芳春楼《ほうしゅんろう》の奴僕が言ってたぜ」

「ふん、これだから男ってやつは。陽物《ようぶつ》以外、使い物にならないんだからあきれるね。いいかい、おぼえておきな。女の涙ってのはね、九分九厘、空涙《そらなみだ》さ。よよと泣きくずれたからって、香妹たちが腹の底から朱歌蓮を慕ってた証拠にはならないよ。腹のなかではざまあみやがれと舌を出しながら、湿っぽく嗚咽《おえつ》をもらして両目からはぽろぽろと涙を流す。それくらいの芸当ができなくて妓女がつとまるかい」

「朱歌蓮の香妹どもは葬儀で嘘泣きしてたってのか？　なんのために？」

高牙の問いに如霞は「面子のためさ」と高笑いをかえした。

「下級妓楼はいい加減にやってるけどね、上級妓楼の香火《こうか》姉妹はげんなりするほど厳格なんだ。香姐《こうしゃ》が死んじまったら、香妹たちが棺にすがりついて見送るのが昔からのしきたりなのさ。香姐のことを心底憎んでて、死んでくれて清々したと思ってたとしても、顔に出しちゃいけない。もしおざなりに香姐を見送ったら、薄情者の香妹だと噂が流れちまう。言ったろう、花街ほど情義が重んじられる場所はないって。香姐の葬儀で涙すら見せなかったと評判になったら、その妓女はおしまいさ。粋人《すいじん》たちは色事だけでなく、義理立てや人情味ってものが大好物なんだ。とりわけ妓女同士のそれがね。香妹のために費えを惜しまない香姐は俠婦《きようふ》だともてはやされるし、香姐にまめまめしく仕える香妹は悌順《ていじゆん》だって褒めそやされる。仲睦まじい姉妹ごっこをすることで互いに利があるんだよ。要するに欲得ずくの猿芝居なのさ」

「香妹たちは体面のために朱歌蓮を慕うふりをしているというのか？」

美凰は手もとの文書から視線をあげた。

「香姐を本気で慕う香妹なんざ、ほとんどいないよ。犬をしつけるようにきびしく指導されて、すこしでも手抜かりがあれば容赦なく罰を食らうんだから。客の前では面倒見のいい香姐でとおってる妓女が裏では香妹をいじめてるなんて話はそこらにごろごろ転がってるのさ。香姐なんか落籍《らくせき》でもなんでもいいからとっとと楼から出てってくれって、香妹たちはみんな腹んなかで思ってるよ」

やけに実感のこもった口ぶりなのは、如霞が生前、妓女だったせいだろう。

「如霞もいじめられてたの？」

星羽《せいう》が空中をふわふわと泳ぎながら問う。

「いじめられたなんてもんじゃないよ。当世とちがって、昔は香姐が何人もいるのがふつうでね。姐さんたちは寄ってたかって気に入らない香妹をいたぶるのさ。あたしも目の敵にされちまってさんざん苦労したよ」

「へえ、ひどい人たちだったんだね」

「ひどいもなにも、そういう連中なのさ、妓女ってのはね。ま、あたしがずば抜けた美貌と色香を持って生まれたのも悪いよ。姐さんたちが嫉妬するのも無理ないね。見てのとおりの絶世の美女であるだけでなく、歌舞や芝居でも群を抜いていて、閨技《けいぎ》にも長けていたんだから。なにしろ花街一の腕前でね、床あしらいであたしに勝てる妓女はいなかったよ。いろんな名妓を味わってきた粋人に〝仙術〟とまで言われたほどさ。ふふ、あたしがちょいと陽根《アレ》をあれしてやると、客はころっと――」

「ところで、朱歌蓮の恋人の件は調べたのか？」

話が尾籠《びろう》な方向に行きそうなので、美凰は口をはさんだ。朱歌蓮に恋人がいたかどうか、色恋方面にくわしい如霞に調査を頼んでいたのだ。

「朱歌蓮に情人《いろ》はいなかったよ。身ぎれいなもんさ。たいていの妓女には情人がいるんだけどね、あの娘は真面目につとめに励んでたみたいだ」

「以前、金飛燕の馴染み客に恋心を抱いていたことがあると聞いたが？」

「〝恋心を抱いていた〟なんて可愛いもんじゃないね。あたしが芳春楼の女衆から聞き出した話じゃ、本気で寝取ろうとしてたらしい。金飛燕の馴染み客――孔《こう》何某とかいう男前の武官だってさ――に媚薬を盛って床入りしようとしたんだとさ。上級妓楼じゃ媚薬は御法度なんだ。考えてごらんよ。名妓が客に媚薬を飲ませてたなんて話がひろまったらどうなる？『あの楼の妓女は閨房薬《けいぼうやく》なしじゃ客をもてなせない』って笑われて楼の評判はがた落ちさ。起陽《きよう》の秘薬を飲まされりゃあ、どんな醜女だって美女に見えるんだ。わざわざ高い金を払って名妓を買う価値があるかい？　一流の妓女ってのはね、美貌と色香と技芸と手練手管《てれんてくだ》で客を骨抜きにするものさ。媚薬に頼るようじゃ妓女の名折れだよ」

「妓楼の禁を犯してまでも手に入れようとした男なら、その後もなにかあったんじゃないか？　情人にならなくても、一度や二度、閨をともにしたということは？」

「ないね。全然ない。孔何某は朱歌蓮を避けていたようだよ。媚薬事件のあとで金飛燕とも疎遠になったみたいだしね」

孔何某は歌蓮が鞍替えしてからの芳春楼に登楼《とうろう》したことがない。

「相手にその気がなくても、朱歌蓮は追いかけたのではないか？　金飛燕の話では、ずいぶん恋に夢中になっていたようだから」

恋というのかねえ、と如霞は艶っぽいしぐさで刷毛《はけ》を首筋に這《は》わせた。

「あたしが思うに、朱歌蓮は金飛燕の馴染み客だったから孔何某に執着したんじゃないかい。香姐の持ち物だったから欲しかったのさ。それまでにも何度か金飛燕の客に色目を使ったことがあったらしいし、姐さんの名声が妬ましかったんだろうね」

「孔何某が金飛燕と疎遠になったので、恋心が薄れてしまった？」

「はじめから恋心なんてもんじゃなかったのさ。しいて言うなら競争心だね。馴染み客を横からかっさらって、姐さんの鼻をあかしてやりたかったんだろ」

「金飛燕と朱歌蓮は仲睦まじい香火姉妹だったと芳春楼の仮母は話していたが」

「そう見えたって話だろ。そもそも香火姉妹ってのは情じゃなくて利でつながる関係だよ。他人の目に映るのは、おしろいでととのえた作り物の笑顔だけさ」

如霞によれば、香火姉妹が客を奪い合うのはめずらしいことではないという。

「あたしの時代じゃ、香姐の客を寝取ってこそ一人前だと言われてたよ。姐さんから奪った客が多ければ多いほど名があがるのさ。逆に香姐だって香妹の客を横取りすれば自慢になったんだ。自分よりも若い香妹から男を奪うんだから、若さ以上の魅力があることの証明になるだろ？　当節じゃ上品ぶって香火姉妹同士で客を奪い合うのは避けるらしいけど――とくに香姐が香妹の客を寝取るのは、みっともないとかなんとか言われて嫌われるんだってさ――御法度ってほどじゃない。これといった罰則はないから、出世欲の強い香妹なら自分の名をあげるためにやるだろうね」

「客の奪い合いなどすれば〝情義〟をそこなうのではないか？」

「そこないやしないさ。情義を求めてるのは粋人たちだ。連中は妓女たちが自分をめぐって争うのを見るのが大好きだよ。檀郎《いろおとこ》になった気分を味わえるからね」

香火姉妹の情義とは嫖客《ひょうかく》を楽しませる虚構にすぎないのだと、如霞は言い捨てる。

「金飛燕は朱歌蓮を実の妹のように可愛がっていたと言っていたが……」

「そりゃあそう言うさ。死んだ香妹を悪く言っちゃ、自分の名望にかかわるからね。妓女の舌ほど信用できないもんはないんだよ。実の妹のように可愛がっていたってのが嘘八百で、本心では殺したいほど憎んでたとしても驚きはしないよ」

飛燕は歌蓮の媚薬事件のせいで上客を失ったうえ、事実無根の悪評を流されたのだから、歌蓮を怨む理由はあるわけだ。

「妓女どもの証言は裏の裏まで読まなきゃならねえのかよ。けっ、面倒くせえ」

高牙がうっとうしそうに紫煙を吐く。「裏の裏と言えばさ」と如霞はつづけた。

「朱歌蓮を殺したやつ、ほんとうに死霊なのかい？」

「ほんとうもなにも、怨鬼《えんき》は死霊の一種だろ」

「ふつうの怨鬼は死霊だけど、あの怨鬼は妙な気配がしたよ。朱歌蓮の首に残った瘴《しょう》痕《こん》はなんだか不気味だった。なんていうんだろうね、あの中途半端な……」

「なりきれてない感じ？　それならぼくもわかったよ！」

空中でくるりと一回転して星羽が片手をあげる。

「えーっとね、えーっとね、足が生えた蝌蚪《おたまじゃくし》みたいだった！」

「足が生えた蝌蚪？　どういう意味だ？」

「蛙《かえる》になる前の子どもの蛙のことだよ。ぼくみたいに小さくて可愛いよ」

「それくらいは知っているが……蝌蚪と怨鬼になんの関連があるんだ？」

「蝌蚪みたいな怨鬼だってことだよ。小さくなかったし、可愛くもなかったけど、雰囲気は足が生えた蝌蚪そっくりだったの！」

見て見て蝌蚪の真似できるよ、と空中ではしゃいでいる星羽は無邪気で微笑ましいが、話の内容はまったく要領を得ない。

「中途半端な怨鬼って活鬼《いきりょう》じゃねえか？　見鬼病《けんきびょう》を流行らせてたやつみたいな」

「可能性はあるな。瘴痕から活鬼の気配は感じなかったが、見鬼病のときだって最初はわからなかった。背後に凶后がいたからだが、今回も凶后が裏で糸を引いているとすれば、巧妙に隠された活鬼とも考えられる」

「厄介な話だぜ。完全な怨鬼なら朱歌蓮の周辺にいる死人を調べればいいが、活鬼もふくまれるとなりゃ生きてるやつも調べなきゃならねえ」

「現時点でわかっているのは、朱歌蓮に強い怨みを持つ者ということくらいだな」

「持っていた、と言うべきだよ」

おしろいを塗り終え、如霞は黛《まゆずみ》を手にとって眉を描きはじめる。

「そいつの標的が朱歌蓮ひとりなら、とっくに怨みはやわらいでいるか、べつのもんに変わってるさ。お望みどおり、憎い憎い朱歌蓮を亡き者にしたんだからね」

怨みの痕跡から足取りをたどるのは困難ということだ。

「朱歌蓮に袖にされた客のなかで鬼籍に入っている者は三名います」

皇宮は禁台《えいだい》、櫺子窓《れんじまど》から朝日がさしこむ禁大夫《えいたいふ》の官房《しつむしつ》。公務に忙殺され、ここで夜明かししたらしい文泰《ぶんたい》が億劫《おっくう》そうに文書をめくっている。

「一人目は朔《さく》という薬商です。妻子ある働き盛りの男で、商運に恵まれて羽振りがよかったらしいですが、朱歌蓮の色香に溺れて仕事をおろそかにするようになり、家産を食いつぶして借金をかさねたそうで。最終的には一家離散の憂き目に遭い、借金取りから逃げる道すがら泥酔して川で溺死しました。二人目は姜《きょう》という宦官で、方々から賄賂を搾り取って稼いでいたそうですが、朱歌蓮に惚れこんで妓楼に通いつめるようになったせいで金策に追われ、恐れ多くも宗室の御物を盗んで金に換えようとしたとか。ほどなくして悪事は露見し処罰され、流刑地で病死しています」

三人目は、と文泰はいささか辟易《へきえき》したふうに息を吐いた。

「陳《ちん》という老高官です。もともとは物堅い人物だったようですが、老齢になって遅まきながら色遊びの味をおぼえ、朱歌蓮にのぼせあがって身代を持ち崩したので、見かねた嫡男が病と偽って父親を邸に閉じこめ、花街に立ち入らないよう監視をつけたそうで。老いらくの恋とは因業なもので、軟禁された老高官は錯乱し、花街へ出かけようとして脱走を試みたすえ、階《きざはし》から転げ落ちて事切れたらしいです」

「色に惑った者の末路だな」

当人よりもふりまわされた親族に同情しつつ、美凰は顎先に手をあてた。

「非業の死は身から出た錆《さび》にちがいないが、零落《れいらく》のきっかけは朱歌蓮だ。自分を破滅に追いこんだ女だと怨みに思っていてもおかしくはない。三人とも招魂《しょうこん》しておのおのの怨憎の度合いを調べられればよいのだが」

「難しいでしょうね。遺体の在《あ》り処《か》も判然としませんので、生前、身につけていたものを見つけ出すのは至難のわざかと」

「陳何某は京師《みやこ》の付近に埋葬されているんだろう？　副葬品があるのではないか」

そのはずだったんですけどね、と文泰はあきれ気味につづける。

「陳何某の話には後日談がありまして、あれほど父親の老いらくの恋を嫌っていた息子も朱歌蓮に入れあげて破産し、借金取りから逃げるため、妻子ともども冏都《けいと》から出奔して行方をくらましているんですよ。厝柩《そきゅう》の代金が支払われなくなったので、棺をあずかっていた寺観《じかん》はさっさと義塚《むえんづか》に埋葬したそうで。義塚の管理はずさんですから、どこにだれが埋葬されているかなど、わかるほうがまれです。運よく見つけだしたとしても副葬品は期待できません。埋葬前に奪われるのがつねですから」

一般に士大夫《したいふ》は地勢や地脈、陰陽の気などの好条件がそろう土地に墓を建てたがるので、目当ての土地が見つかるまでの数年から数十年、棺を寺観や他家に仮安置する。これが厝柩だ。むろん無償ではない。遺族が費用を払えなくなれば、預かり主はさっさと棺を義塚に埋葬してしまう。その際、副葬品等の金目のものは、支払いが滞っている費用の代わりにとりあげられるのが慣例だった。

「亡骸も見つけられぬ、招魂もできぬでは、お手上げだな……」

歌蓮に袖にされた客のなかですでに鬼籍に入っている者が怨鬼になって犯行におよんだのではと仮説を立てたが、これでは調べようがない。

「死者の足取りをたどれぬなら生者から調べるしかないな。朱歌蓮にふられた客のなかで在京の者は何人いる？」

「九名ですね。これから訪ねていくところで……」

文泰が席を立とうとするので、美凰は「よいよい」と言って止めた。

「私が明器《めいき》を連れて調べてこよう。そなたはここで報告を待て」

禁台は本件だけを調査しているのではない。天下の怪異はすべて禁台の管轄だ。凶后の足取りを追う作業もこなさなければならないなかで負担はかけられない。

「大丈夫ですか？　皇太后さまは市井には不案内でしょう」

「心配するな。案内人がいなくても地図があれば道順はわかる」

ではお任せします、と文泰は言った。たいそう不安そうに。


「おい、いつになったら金紫巷《きんしこう》につくんだよ？」

「妙だな。地図によれば、このあたりなんだが」

大路の真ん中で立ちどまり、美凰は小首をかしげた。手もとにひろげた冏都《けいと》の地図によれば、医家《いか》や薬舗《やくほ》が軒をつらねる金紫巷の坊門《ぼうもん》が見えてくるはずなのだが。

「蒐官《しゅうかん》どもに道案内させるべきだったんじゃねえか？」

面倒くさそうにぼやく高牙は饕餮文《とうてつもん》が縫い取られた官服を着て蒐官に扮している。いつもはくくらず垂らしている髪を結いあげて幞頭《ぼくとう》をかぶっているのがよほど窮屈らしく、しきりに頭をさわっている。

「なんとかなると思ったが……地図というのも案外あてにならぬものだな」

「地図じゃなくておまえの見方が悪いんじゃねえの。だいたい、おまえ、地図ってもんを読めるのかよ。読んでるとこ、見たことねえけど」

「読んだことはないが、図面なのだから見ればわかるだろう」

「わからねえからいつまで経っても金紫巷にたどりつかねえんだろーが」

「地図自体が古いのではないか？　金紫巷の位置が変わっているのかもしれぬ」

「盛徳《せいとく》元年って書いてあるぞ。今年だろ、これ」

「まいったな。最新の地図なのに不正確とは」

「意地でも認めねえのな。そもそも馬鹿正直に道を歩かねえで花影《かえい》をとおればいいだろ。花影なら行きたい場所を念じるだけでたどりつくぜ」

「花影内では妖物の気配が感じられぬであろう。ひょっとしたら怨鬼《えんき》がそこらに潜伏しているかもしれぬのだ。こうして歩きながら気配を……あっ！」

「なんだ？　怨鬼がいたのか？」

「ほら、青槐巷《せいかいこう》だ。ここにいるはずだぞ、ええと……蘇成学《そせいがく》が」

文泰からわたされた名簿をめくり、青槐巷で暮らす者の名を見つける。

「蘇成学？　だれだよ、そいつは」

「朱歌蓮に執着していた元書生だ。いまは文士として活動しているらしい」

「あー、花案《かあん》の晩に騒いでた野郎か。けっ、くだらねえやつだぜ。女に入れこんですかんぴんになっちまうなんてよ。俺なら女を買う金で芋を買うね。女とくらべりゃ芋のほうが上等だぜ。芋は無駄口を叩かねえし、金をせびりもしねえからな」

面倒くさそうにだらだら歩く高牙を連れて青槐巷の坊門をくぐる。

秋晴れの空の下、大路には書肆《しょし》や茶坊、文房四宝《ぶんぼうしほう》や書画骨董《しょがこっとう》をあつかう店がひしめいており、襴衫《らんさん》姿の書生たちが店先で書物や筆墨を選んだり、店主と値段の交渉をしたりしている。

にぎやかな中通りを行き過ぎ、頼りにならない地図をためつすがめつしていくつかの角を曲がり、とおりすがりの老人に道を尋ねながら小路という小路を歩きまわって、じめじめした裏通りの片隅で蘇成学が暮らしているという雑院《ながや》を見つけた。

「おんぼろだな。羈祆宮《きょうきゅう》といい勝負だぜ」

ところどころ甍がはがれた大門をくぐり、外院《まえにわ》――生い茂る雑草のなかに地面を踏み均《なら》して作ったらしい小径《こみち》がある――をとおって、大門よりもみすぼらしい垂花門《すいかもん》をくぐり、内院《なかにわ》に入る。手入れのされていない果樹が無造作に枝をひろげた内院では、恰幅《かっぷく》のいい婦人がせっせと書物をかさねて、ぞんざいに紐《ひも》で縛りあげていた。

「おやおや、蒐官さまがおそろいでいったいなんの用だい。言っとくけどね、うちは見てのとおりの貧乏所帯だよ。袖の下が欲しけりゃ、よそへ行っとくれ」

婦人は団栗眼《どんぐりまなこ》に敵意をにじませ、ぎろりとこちらを睨んだ。先帝の御代には禁台の綱紀が乱れており、蒐官のなかには民に難癖をつけて賄賂をとる者もいたらしい。天凱の御代になってからは因習があらためられ、汚職蒐官は一掃されたが、悪評は一朝一夕には消えないので、蒐官を毛嫌いする民もいる。

「袖の下をもらいにきたわけではない。人を捜しているのだ。ここに蘇成学という元書生が住んでいると聞いたのだが、在宅か？」

「蘇成学？　聞いたことないね。どういうやつだい」

美凰が成学の経歴などを説明すると、婦人は憎々しげに顔をしかめた。

「そりゃ艶《えん》先生だろ」

「艶先生？」

「あんた、あいつを捜してるくせに知らないのかい。あいつはね、愚にもつかない艶本を書いて日銭を稼いでいるのさ。艶笑郎《えんしょうろう》なんて馬鹿馬鹿しい筆名でね」

婦人は縛りあげた書物の束を荒っぽく地面に置いた。

「ま、艶本でもなんでもいいさ。稼ぎがあるんならね。ところが、最近はちっとも仕事をしていないようでね、とんと実入りがなくなっちまった」

「そなたは蘇成学と親しいのか？」

「親しい？　甲斐性なしの三文文士とかい？　冗談じゃない、艶先生はうちの店子《たなこ》だよ。ここはあたしの雑院なのさ。名義上は亭主のもんだけどね、あの飲んだくれはなんの役にも立ちゃしない。店子から間代を徴収するのだってあたしの役目なんだ。店子のために煮炊きや洗濯だってやるんだよ。もちろん、その分の手間賃を間代に上乗せするがね。あたしが朝から晩まで働きづめでへとへとになってるのに、ぐうたら亭主は昼間から酒楼をほっつき歩いて酒をかっ食らってるんだよ。それだけならまだしも、お大尽よろしく酌婦《しゃくふ》を侍らせて脂下《やにさ》がっていやがるのさ！　糞野郎《くそやろう》、あたしの苦労も知らないでいい気なもんだ！　帰ってきたらただじゃおかないよ！」

亭主への罵詈雑言《ばりぞうごん》が長引きそうだったので、美凰はあわてて話を戻した。

「蘇成学の部屋はどこだ？」

「あっちさ。ほら、西廂房《にししょうぼう》の右側。扉が開いてるだろ」

礼を言ってそちらへ足を向けようとすると、婦人に呼び止められる。

「艶先生はいないよ」

「出かけているのか？」

「かれこれ半月は姿を見てないね」

「半月も？　どこに行ったのかわかるか？」

「こっちが知りたいよ。まるまる三月分の間代をとりっぱぐれて大損なんだから。半年前までは数文足りないながらもいちおう払ってたんだけどね、いつからかなけなしの稼ぎを酒代に換えちまったり、こんなしょうもない本を買いあさったり、似合いもしない派手な袍《ほう》をあつらえたりするのに使い果たして間代が払えなくなっちまったのさ。こっちは大迷惑だよ。払わないなら出てってもらうよって怒鳴りつけるたびに払う払うと空約束ばかりして、ちっとも払いやしない。そのうえ、ふらっと出てったきり帰ってこないんだ。荷物も置きっぱなしにしてとんずらしやがったんだよ。ごらんよ、あの部屋を。本だの絵だのがごちゃごちゃしてるだろ。あんなもんでも売っちまえばすこしは間代の足しになるだろと思って、こうして整理してるのさ。半月経っても姿を見せないんじゃ、どの道、戻る気はないんだろうしね。あとでのこのこ帰ってきて荷物がないと文句を言っても後の祭りだよ。間代を支払わない店子の部屋をそのままにしておいてやる義理はないんだからね」

美凰を押しのけるようにして、婦人は艶先生の部屋にずかずかと入る。両手いっぱいに書物を抱えて戻ってきたかと思うと、またしても乱暴に積みあげて紐でくくっていく。その作業に一瞥を投げ、美凰は室内の書物の山から一冊手にとった。元書生なので経籍《けいせき》かと思ったが、色恋を主題にした流行小説だ。

数冊見てみたところ、純朴な恋愛小説ではなく、字面を追うだけで赤面しそうな猥《わい》雑《ざつ》な内容のものが多い。艶本を書いて日銭を稼いでいたのなら、生業の参考にするために買いそろえていたのだろうか。何度も読みこんでいたようで、だいぶくたびれている。紙面には感想や批判がびっしり書きこまれていた。

「蘇成学が姿を消す前、なにか不審なことはなかったか？　蘇成学を訪ねてくる客がいたとか、いつもとちがう行動をしていたとか」

「艶先生を訪ねてくる物好きはあんたたちくらいさ。勉学を捨てて廓遊びにうつつを抜かしたせいで、書生仲間からも軽蔑されてたそうだからね。いなくなる前日もふだんどおりだったよ。以前から引きこもりがちでね、めったに顔を見せないんだ。たまさか出てきても食事をすませたらまるで穴倉に逃げる鼠《ねずみ》みたいに部屋に引っこんじまう。部屋でおとなしくしてるならまあいいんだが、四六時中ぶつぶつひとりごとをつぶやくし、ときどき奇声をあげるし、うるさいったらなかったね」

「奇声というのは、具体的にはどういうものだった？」

「ごちゃごちゃと意味のわからないことばかり口走ってたからねえ。はっきり聞きとれたのは女の名さ。ええと、割蓮《かつれん》だか、格蓮《かくれん》だか、歌蓮だか……艶先生が入れあげてたっていう妓女の名じゃないのかい。恨めしそうに罵っているかと思えば、急にめそめそと泣きごとを言いはじめてさ。去年はさほどでもなかったんだけど、今年に入ってから一段とひどくなったんだよ。うちの亭主はでかい図体《ずうたい》をして蚤《のみ》の心臓《しんぞう》だから、艶先生は鬼《ばけもの》にとりつかれてるんじゃないかっておびえちまってね。道士か蒐官に相談したほうがいいと言い出すから、どこにそんな金があるんだいって叱りつけてやったよ。駆鬼《おにばらい》だのなんだのって、やたらと費えがかかるじゃないか。あいつら――あんたらは足もとを見てくるからね。あたしの従姉《いとこ》は蒐官に騙されて――」

憎たらしげにどすどすと地面を踏み鳴らしながら部屋に戻り、婦人は手当たりしだいに書物を抱える。

「蘇成学の荷物を買い取りたいのだが」

「そうやって高値を吹っかけてくるのさ。いやらしい手口だよ、素人だと思って……」

「いや、買い取りたいと言っているのだ。いくらで売る?」

「いくらってそりゃあ……なんだって。買い取りたいだって? こんなもんを?」

婦人は両手いっぱいの書物を抱えたまま呆然とした。

「どうせ売るつもりなのだろう? だったら私が買おう」


「へえ! それで艶本の山が皇太后さまのお部屋《へや》にあるわけですか」

宋祥妃は寿鳳宮《じゅほうきゅう》の書房《しょさい》を埋め尽くす蘇成学の私物を見まわした。

「なんだあ。がっかりだなあ。とうとう皇太后さまが色事に目覚められたんだと思ってわくわくしたんですけど」

期待にそえず悪かったな、と適当に返事をして、美凰は艶本を調べていく。手でふれ、中身を読み、妖気がただよう部分がないか探すが、なにも見つからない。

「妄執と情火の残滓なら感じられるが、妖気と明確に言えるものはないな……」

「にしても見事に艶本ばかりですねえ。この人、元書生なんでしょ？　科挙の勉強をしてたころもあったでしょうに、経籍《けいせき》は持ってないんですか？」

「自室には一冊もなかった。金に困っていたようだから売りはらったのではないか」

「徹底してますねえ！　学問を捨てて艶本蒐集家《しゅうしゅうか》に転向したってわけですか」

宋祥妃は美凰よりもすばやく艶本の内容に目をとおしている。

「ん？　これも、これも、これもかあ」

「なんだ？　なにか気になることでも？」

「大ありですよ。だってどれもこれもおんなじですもん」

「だろうな。全部、艶本なのだから」

「いやいや、そういうことじゃなくてですね。話の型がおさだまりってことですよ」

「話の型？　男女が出会って情を交わすという筋立てが？　艶本というのはそういうものだろう。色事を主題にした小説なのだから」

「はああ、なんにもわかっていらっしゃらないですね。ひょっとして艶本ってものを読んだことないんですか？　恋愛小説を山ほど読んでいらっしゃるのに」

たしかに美凰は暇さえあれば恋愛小説を読んでいる。渋る高牙を拝み倒してたびたび買ってきてもらっていたので、羈袄宮《きようきゅう》には蘇成学をしのぐほどの蒐集品がひしめいていた。残念ながら羈袄宮の炎上によりほとんど焼けてしまったが。

「如霞に無理やり読まされたことはあったが、気に入らないので途中で読むのをやめてしまった。私が好きなのは純朴な恋物語なのだ。男女が出会って惹かれ合って結婚するまでの話でいい。艶本は男女のかかわりかたが露骨すぎて趣味に合わぬ」

「なるほどなるほど。どうりでご存じないわけですね。じゃ、お教えしましょう。艶本にもいろんな種類があるんですよ。たとえば、主人公――艶本の主役はたいてい男です――がうっかり仙境に入り、そこで出会った見目麗しい仙女と情熱的な夜を過ごす話。たとえば、主人公に助けられた狐《きつね》が美女に化けてやってきて、恩返しとして枕《ちん》席《せき》に侍る話。大昔の精力旺盛な皇帝が国じゅうの美姫を集めた後宮で朝な夕な淫楽にふける話。女を知らない無垢《むく》な主人公が経験豊富な女道士の手ほどきを受けて一人前の男になる話。婚礼直前に死んだ花嫁が棺から出てきて花婿と同衾《どうきん》する話。隣家の夫人に一目惚れした主人公が夜な夜な人妻との密事に溺れる話。ざっとあげてみるだけでもこれくらい多種多様なんです。主人公の身分や職業もばらばらだし、相手役の女人も神仙だったり狐狸《こり》だったり女道士だったり妃嬪だったり幽鬼だったり人妻だったり、千差万別ですよ。なのにここにある艶本はそろいもそろって――」

「妓女が相手役だな」

言われてはじめて気づく。色めいた話なので相手役は艶事に通じた妓女になるのだろうと単純に考えていたが、これは数ある型のうちのひとつにすぎないのだ。

「主人公も書生ばかりだ。文武官や、商人や、神鬼《しんき》を主役に据えても話は通じそうなのに。わざわざ妓女と書生の組み合わせにこだわっているのは……自分と朱歌蓮の関係を艶本のなかに見出《みいだ》そうとしていたせいだろうか」

「でしょうねー。うわあ、艶笑郎なる筆名で書いた作品も、どれもこれも妓女と書生が閨の楽しみに溺れる話ですよ。しかも妓女の人柄まで朱歌蓮そっくりです」

宋祥妃は艶笑郎の著作を次々に飛ばし読みしてしきりに「うわあ」とつぶやく。

「現実ではまったくうまくいってない朱歌蓮との〝恋〟を小説のなかで何度も成功させて溜飲《りゅういん》をさげていたんですかね」

「そなたの言ったとおりだ。徹底している、いるな」

寝ても覚めても歌蓮のことを考えていたのだろう。恋の病という穏当な表現は似合わない。どこか鬼気迫るものを感じさせる。

「こっちの画軸《かけじく》はなんですか？」

「まだ確認していないのだが、大家によれば春宮画《しゅんぐうが》らしい」

「そうでしょうとも！　艶本があって春宮画がないのは変ですもんね。きっと朱歌蓮そっくりの美女が描かれてるんだろうなぁ……」

宋祥妃は箱いっぱいの画軸から一軸取って、するするとひらいてみせた。

「おや、これは春宮画じゃありませんね」

描かれていたのは深紅の婚礼衣装をまとった美姫だった。勝気そうな瞳と、ふっくらとした煽情的な唇が特徴的な花嫁だ。足もとには朱歌蓮と記されている。

「なにかにおわないか？」

美凰は宋祥妃が持つ画軸に鼻先を近づけた。

「かすかだが、焦げくさいような……」

「焦げくさい？　うーん、そうかなあ？　顔料と紙のにおいしかしませんけど」

宋祥妃にはわからないらしいが、美凰は焼け焦げたようなにおいを感じた。あの雑院《ながや》で火事が起こった形跡はなかったから、前の持ち主の家が火難に遭ったのだろうか。それとも火鉢のそばに置いていて、危うく燃えそうになったことがあるのか。

「こちらは男装しているな。こちらは名門令嬢のような装いだ」

次々に画軸をひらいていく。嫦娥《じょうが》風、女官風、舞姫風、女道士風、厨娘《ちゅうじょう》風……さまざまに装いを凝らした歌蓮が描かれており、一幅としておなじ姿絵はない。なかにはあられもなく着衣が乱れた姿や薄手の内衣《したぎ》しか身につけていない姿、一糸まとわぬ裸身――大家が見たのはこのたぐいであろう――もあった。

「どれもなかなかの秀作ではないか。動機がいささか不純だが、優れた画才の持ち主だったのだな。私は絵心がないゆえ、うらやましく思ってしまう」

「なに感心してるんだい。こりゃどう見たって風月画《ふうげつが》だろ」

上から紫煙まじりの声が降ってくる。見上げると、空中に寝転がっている如霞が退屈そうに頬杖《ほおづえ》をついてこちらを見おろしていた。

「風月画？　春宮画じゃないのか？」

「妓女を主題にした絵を――衣を着て澄まし顔をしてる絵から素っ裸で房事に励む絵までひっくるめて――風月画と呼ぶのさ。こういうのはね、肉筆じゃなくて版画なんだよ。専門の画師《えし》が下絵を描いて、それを元にして刻工《こくこう》が版木を彫る。できた版木を使って版画を刷るのさ。そうやって大量に作られた風月画が花街のそこかしこで売られてるんだ。まったく、横着な世の中になっちまったもんだよ。あたしが現役のころは画師が一枚一枚、丹精こめて描いてたってのにさ」

「横着なんて言っちゃいけませんよ。印刷のおかげでいろんな書物が安く買えるようになったんですから。ね、皇太后さま」

「それはそうだが……ちょっと待ってくれ。版画に色はついていないだろう？　私が読む本にもよく挿絵が入っているが、墨一色だぞ」

「風月画にも墨一色のものはあるよ。手数がかかってないんで、そっちのほうが安いんだ。こんなふうに彩色したものは値が張るんだよ。刷りあがったあとで職人がいちいち色付けしてるからね。こいつはわざわざ値段が高いほうを買い集めてたってことだ。元書生にしては贅沢だね。間代が払えなくなるはずだよ」

なんだ版画だったのか、と美凰はがっかりした。

「風月画というのは、嫖客ならたいてい持っているものなのか？」

「しょっちゅう登楼《とうろう》するお大尽は持ってないさ。必要ないからね。だって絵なんか見なくても会いたいときに会えるし、裸だって見放題だろ？　風月画に群がるのは、登楼する金のない貧乏人って決まってるのさ。玉代や祝儀を支払えないやつがあこがれの妓《おんな》と床入りした気分を味わうために買うんだよ」

欲しがる者が多いのはわかるが、と美凰は顔をしかめた。

「勝手に自分の風月画を売りだされては妓女も迷惑ではないか？　こういう……煽情的な絵を見ず知らずの男に所有されているのは、気味が悪いだろう」

「迷惑なもんか。風月画を売り出す書坊《しょぼう》はね、妓女本人に対価を支払ってるんだよ。風月画が売れれば、そのぶん、妓女の懐も潤うって寸法だ。いちいち客の相手をしなくてもそこそこ稼げるんで、妓女たちも喜んで顔を貸してるんだよ。まあ、あんたが言うように見ず知らずの男が自分の裸の絵を持ってるのは気色悪いって理由で、風月画を出さない妓女もいるけどね」

歌蓮は稼ぐことに貪欲だったので、風月画にも抵抗がなかったのだろうか。

「風月画とは奇妙なものだな。女の顔は見えているのに男の顔は塗りつぶされている」

美凰は手もとの画軸に視線を落とした。絵のなかで、歌蓮は男と雲雨の情を交わしている真っ最中だが、なぜか男の顔は墨で真っ黒に塗られている。

「蘇成学とやらが塗りつぶしたんだろ。画中の男の面を見たくなかったのさ」

「なぜ？」

「男の面が目に入ったら気が散るだろ。だってそいつは自分じゃないんだから」

「あたりまえではないか。これは売られている絵で、蘇成学と朱歌蓮の情交を描いた作品ではないのだぞ」

「だから塗りつぶしたんですよ。このままだと自分以外の男が朱歌蓮と乳繰り合ってるように見えるでしょ？　それが不快なので、黒塗りにしたんじゃないですか」

「ならば最初から朱歌蓮しか描かれていない風月画を買えばいいのでは？」

「馬鹿だねえ、美凰ったら。風月画の醍醐味《だいごみ》は男と妓女が情欲のままにからみ合う姿なのさ。妓女ひとりしか描かれてないんじゃ物足りないだろ」

いまいちぴんと来なかったが、これ以上追究すると如霞が淫本顔負けの猥褻《わいせつ》な講釈を垂れてきそうなので、納得したふりをしておく。

「ともあれ、蘇成学が朱歌蓮に病的なほど執着していたのはまちがいなさそうだな」

「病的っていうより、病そのものですよ。『恋わずらい』なんて可愛いもんじゃなさそうだなあ。こういう絵を見ていかがわしい妄想をしてたんだろうし」

「妄想だけじゃ満足できなかっただろうね。風月画がいくらよくできてるって言ったって、しょせんは絵だ。本物の抱き心地が忘れられなくて悶々《もんもん》としてたはずだよ」

「そこまで恋い焦がれていたのに、蘇成学は朱歌蓮の葬儀にも出ず、いったいどこへ行ったのだろうか？」

「想い人が死んでしまったので絶望して自害したんじゃありませんか？」

「案外、あきらめがついて実家に帰ったのかもしれないよ」

「どちらの線もありそうだな……。自害しているなら招魂《しょうこん》すれば話を聞けるだろう。招魂には憑代《よりしろ》が必要だが、蘇成学の荷物のなかに衣服はあったかな？」

ありますよ、と宋祥妃が箱の底から小汚い襴衫《らんさん》を引っぱり出した。

「内衣も長褲《ちょうこ》も襪《しとうず》もありました。すごい臭いがしますけど。だいぶ洗ってないみたいですねー。ん？　なんだこの布。あっ、わかった。褌《ふんどし》だ！」

「……襴衫だけでいい。ほかのはしまっておいてくれ」

美凰は鼻をつまみながら急いで月洞窓《まるまど》を開けた。

「蘇成学が冏都《けいと》を出て故郷に向かっているかどうかは文泰《ぶんたい》に調べてもらおう。綺州《きしゅう》までの旅程は一月以上かかるから、まだ実家には到着していないはず。途中、立ち寄りそうな地域で蘇成学が目撃されていないか、足取りをたどってもらうとしよう」

蒐官《しゅうかん》は霊力を用いた独特の伝達手段を持っており、冏都にいながらにして各州県の巫師《ふし》と連携を取ることができる。

「鹿鳴《ろくめい》、文泰に使いを出してくれ。蘇成学の足取りをたどってほしいのだ。それから反魂香《はんごんこう》が不足しているゆえ、補充を……」

屏風《ついたて》の向こうにひかえているはずの鹿鳴が返事をしない。不審に思って屏風の陰をのぞきこむと、鹿鳴は手に持ったなにかを真剣に見つめていた。よく見ればそれは、つがいの燕《つばめ》をかたどった佩玉《はいぎょく》だった。小ぶりなので女物だろうか。

「意外だな。そなたがそんな可愛らしい佩玉を持っているとは」

声をかけると、鹿鳴は盗人《ぬすびと》が金品を隠すようにあわただしく佩玉を懐にしまった。

「なにか御用ですか」

平生どおりのすまし顔には動揺の名残がただよっていた。

「たいへんです、皇太后さま！」

翌朝、宋祥妃が寿鳳宮《じゅほうきゅう》に駆けこんできた。

「そなたはまたそんななりをして。妃嬪《ひひん》なのだから妃嬪らしい服装をせぬか」

朝餉《あさげ》をとりながら美凰はちらりと一瞥を投げた。どたどたと駆けてきた宋祥妃は例によって女官服を着こんでいる。また後宮の外に出かけていたのだろう。

「妃嬪の恰好じゃ、外朝《がいちょう》を歩きまわれないいんでしょうがないいんですよ！」

「妃嬪とは後宮で暮らすものだ。外朝に出る必要はない」

「あるんですよ！　大事な取材が……ああもう、皇太后さまのお小言のせいで話がズレていってるじゃないですか！　今日は重要な報告があるんですよ！」

宋祥妃はいそいそと歩み寄ってきた。もったいぶったしぐさで耳打ちする。

「過内侍監《かないじかん》によると、主上はこのところ食が細っていらっしゃるそうですよ」

なんだって、と美凰は甘菊の粥《かゆ》を食べる手を止めた。

「もしや綺州《きしゅう》で負った傷の呪詛のせいで身体が蝕まれているのでは……」

「いえいえ、そういう深刻な話じゃなくて。単に宮廷料理が口に合わないのではないかという話です。郡王《ぐんおう》時代は質素な食事だったのでよく召しあがっていたそうですが、重祚《ちょうそ》なさってからはあまり箸が進まないとか」

「ただのわがままではないか。けしからぬやつだ。せっかく一流の厨師《ちゅうし》が腕によりをかけているというのに」

「わがままと言い捨てるのは乱暴すぎますよ。主上は市井でお育ちになったわけだし、後宮育ちの皇族とちがって宮廷料理になじみがないんですよ。ただでさえ政務で疲れていらっしゃるのに、食べ慣れない料理ばかり勧められたら気が滅入《めい》るでしょう」

「市井育ちでも玉座にのぼったからには宮廷の味に慣れるしかあるまい」

「ああもう、皇太后さまは主上にきびしすぎますって。『慣れるしかあるまい』って突っぱねる前に主上のお気持ちを想像してみてくださいよ。皇太后さまだって、好きでもない艶本を毎日読め読めと言われたらうんざりするでしょ？　淫奔な男女が激しくからみ合う過激な桃色描写に慣れろと言われて慣れるものですかね？」

……一理ある。

「天凱の気持ちは察するに余りある。さりとて小説なら読まずとも死にはせぬが、食事なしでは生きながらえることができぬ。ましてや天凱は皇帝なのだ。宗室の子孫繁栄のためにも壮健な肉体を保たねばならない。幼いころから慣れ親しんだ味つけではないとしても、無理をしてでも食べるしかないのではないか」

「そりゃあそうですけど、腕ずくで食べさせるのは不可能ですよ。主上は亜堯《あぎょう》であらせられるんですからね。いくら皇太后さまでも強要することはできませんよ」

「ふむ、困ったな……。せいぜい小言を言うくらいしか手立てがないではないか」

美凰の小言に効力がないことは、夜伽の件で十分すぎるほど証明されている。

「手立てならありますよ。とっておきのが」

思案する美凰の視界に宋祥妃の訳知り顔が映りこんだ。

「皇太后さまが主上のために料理をなさればいいんです」

「……私が？　なぜ？」

「適任だからですよ。羈袄宮《きょうきゅう》で主上に料理をふるまわれたって聞きましたよ」

「ふるまったわけではない。私は高牙たちのために作ったのに、天凱が勝手に食卓についで勝手に食べたのだ」

「主上は喜んで召しあがったそうで？」

「ああ、やけに箸が進んでいたな。なんの変哲もない粗食だったのにあれほど食べるとは、よほど腹を空《す》かせていたのだろう」

「ちがいますって。主上がたくさん召しあがったのは、料理がおいしかったからですよ。皇太后さまの味つけがお気に召したんです」

「そうだろうか……」

料理上手だと自負するほどの腕前ではない。世間の少女のように幼時から家政を教えられることがなかったから、はじめて厨《くりや》に立ったのは十六のときだ。当初は包丁の持ちかたさえわからず、調味料の名すら知らなかった。羈袄宮から厨人《りょうりにん》が逃亡したため必要に迫られて書物などで学んだが、独学なので腕に自信はない。

「私が作るものなど、どれほどうまくできてもありふれた家庭料理でしかない。皇上《みかど》の食膳にさしあげられるような代物では……」

「皇太后さまってば、なーんにもわかってませんね」

宋祥妃は見飽きるほど見たわれ知り顔で美凰に微笑みかけてくる。

「ありふれた家庭料理こそが主上のお好みなんですよ。主上は事情があって後宮では暮らさず、養い親と市井で生活されていたので、養父どのがこしらえてくださっていた素朴な料理がいわば故郷のようなものなんでしょう。なつかしい味には心がなごみ、日々の疲れが吹き飛びます。主上を癒すためだと思って一肌脱ぎませんか」

「……ほんとうにこんなものでいいのだろうか」

紫檀《したん》の食盒《おかもち》を持ちあげ、美凰はひとりごちた。

中身は花椒《かしょう》をきかせた豚肉の甘酢煮、蕈《きのこ》の蒸し物、芋と青菜の羹《あつもの》、芥子菜《からしな》の塩漬けを混ぜこんだ焼き卵、鶏肉《とりにく》と栗《くり》の炒《いた》め物《もの》、大ぶりの饅頭《まんじゅう》……精緻な彫刻がほどこされた食盒におさめるには申し訳ないような飾り気のない料理ばかりだ。

宋祥妃にそそのかされて厨《くりや》に立ち、天凱の昼餉《ひるげ》をこしらえたが、いざ昊極殿《こうきょくでん》に向かおうとすると、なんとなく不安になってきた。

「主上はきっと大喜びなさいますよ！」

能天気に断言する宋祥妃ほど楽観できないのはなぜだろうか。もやもやしつつも、せっかくこしらえた食事を無駄にするわけにはいかないし、皇帝の食膳をつかさどる御厨《ぎょちゅう》には天凱の今日の昼餉はこちらで用意すると宋祥妃が先走って連絡してしまったので、とりあえず持って行くことにした。

皇太后の衣服では目立ってしまうから、女官服に着替えて出かける。後宮と昊極宮をつなぐ比翼門《ひよくもん》をくぐり、紅牆《こうしょう》の路《みち》をとおって――料理が冷めてしまわないよう、途中で花影《かえい》を使って路程を短縮した――昊極門を過ぎたところまではよかった。問題は正殿たる昊極殿へ行くため、内院《なかにわ》を貫く回廊をわたる道すがらに発生した。

回廊の右手側には梧桐《あおぎり》の大木を従えた亭《あずまや》がある。亭内《ていない》に明黄色の龍袍《りゅうほう》をまとった青年を見つけ、美凰は透明な壁にぶつかったかのように立ちどまった。にわかにばつが悪くなり、逃げ帰りたい気持ちが足もとをそわそわさせる。

「……やはり私の手料理など、持って行かぬほうがよいのではないか」

「ええっ!? ここまで来てなにをおっしゃってるんですか」

「このあいだ、胡麻の酥餅《そへい》を作って持って行ったが、天凱はひと口食べて『甘すぎる』と言っていた。私の味つけは好みに合わぬということでは……?」

「いやいやいや、そういう意味じゃないですよ！ 私が思うに、あれは――」

宋祥妃の言葉が耳に入らなくなった。視線の先にあざやかな木槿《むくげ》色の衣がちらついたからだ。それはあきらかに襦裙《じゅくん》で、しかも女官や婢女《はしため》のものではなく、妃嬪のものだった。遠目にもわかる美しい顔はほんのりと上気している。まるで恋しい男を前にしているかのように。

――いや……まるで、ではない。

愛しい男のそばにいるときの表情そのものだ。美凰にも身におぼえがある。

雪峰《せっほう》のそばにいるとき、ちょっとしたことで頬が熱くなった。快い病にでもかかったかのように身体がふわふわしていた。彼の姿が、声が、微笑みが代わる代わる胸を轟かせたからだ。かつて美凰が雪峰を恋い慕っていたように、あの妃嬪は天凱に恋しているのだろう。

喜ばしいことだ。天凱は慕われるに足る男だから、妃嬪に恋情を寄せられてしかるべきだ。問題は天凱自身が妃嬪に関心を持っていないことだが、時が経てば状況は変わるはず。歴代の皇上《みかど》たちがそうであったように、彼もだれかを寵愛するようになるだろう。寵のかたよりは好ましくないが、ひとりの女人とこまやかに情けを交わすことで心がやすまり、玉座の重圧から解放される時間を持てるようになるのはよいことだ。天凱が愛おしく思う女人を見つけたのなら、皇太后として安堵《あんど》すべきだ。肩の荷がおりたと思うべきだ。

それなのに……どういうわけか、喜び以外のものがこみあげてくる。棘をのみこんだあとのような心持ちだ。得体の知れないざらざらとした感情が胸の奥で騒いでいる。思いのほか親密そうに見えるからだろうか。天凱が彼女の頬にふれているからだろうか。あるいは……ふたりが口づけをしているからだろうか。

「皇太后さま!?　どこへ行かれるんです!?」

美凰が唐突にきびすをかえしたので宋祥妃が追いかけてきた。

「えっ、主上の昼餉は……？　こちらで用意すると言ってあるから、御厨からはなにも届かないですよ？」

「では、これをそなたが届けてくれ。こんなものでもないよりはましであろう」

食盒を宋祥妃に押しつけ、あわただしく来た道を引きかえす。居たたまれなかった。寸刻でも早くこの場から立ち去りたかった。これ以上、見たくなかったのだ。

――なにを？

自分でもわからない。いったいなにを見たくないというのだろう。天凱か？　妃嬪か？　ふたりの親密そうな様子か？　なぜ見たくないと思ってしまったのだろう。天凱が妃嬪を寵愛することは、美凰の願いであるはずなのに。

疑問は尽きないけれど、立ちどまりたくはない。ふりかえりたくはない。あの情景を視界に入れたくないのだ。もう二度と。

「寿鳳宮《じゅほうきゅう》に戻る」

「今宵《こよい》はずいぶんご機嫌ですね、主上」

本日最後の奏状《そうじょう》を決裁し終わって朱筆を置いたとき、かたわらに侍る貪狼《たんろう》が由ありげな目つきで天凱を見やった。

「なぜそう思う？」

「筆先が躍っていましたよ。恋文の返信でもお書きになっているみたいに」

「恋文だと？　こんな奏状《もの》がか？」

奏状の内容は、亡き公孫《こうそん》太后――天凱の生母――を供養するため、冏都《けいと》の某名刹《めいさつ》に宝塔《ほうとう》を建立《こんりゅう》すべきというものだった。

天子の孝心《こうしん》をひろく世に知らしめ、万民の模範とするためというのがその大義名分だが、これがおためごかしの進言であることは言うまでもない。皇上《みかど》の耳目として諜《ちょう》報《ほう》をつかさどる皇城司《こうじょうし》の調べによると、本状をしたためた官僚は〝某名刹〟から賂《まいない》を受け取っているそうだ。

どうりで天子の孝心を世に知らしめたくなるわけである。なお、彼はなかなかの実務家で、治水の采配や常平倉《じょうへいそう》の管理に長けており、民生の安定に寄与している。功罪相半ばするといったところだ。このような輩は度を越えた瀆職《とくしょく》でなければ目をつぶることにしている。彼らを片っ端から免官していけば、官府が無人になるからである。

頭が痛くなるような美辞麗句でつづられた奏状に天凱は「不可」と書いた。

「凶后の奸計《かんけい》により横死なさった母后《ははうえ》を思慕せぬ日はない。生前、孝養《こうよう》を尽くすことができなかったゆえ、宝塔を建立して母后の御霊《みたま》を慰めることができたら、どれほどわが心は救われるであろう。されど、宝塔の建立には莫大な費用がかかる。目下、冏都は見鬼病《けんきびょう》被害から立ちなおろうとしているところで、巷間にあふれる孤児や寡婦の救済が急務となっている。さらに北方では夷狄《いてき》が騒乱の種をまいており、南方では綺州《きしゅう》の蝗害《こうがい》をはじめとして天災があいついでいる。内憂外患が絶えず、凶后の虐政に苦しめられ、先朝《せんちょう》の貪官汚吏《たんかんおり》に搾取されてきた億万の民が目の前にいるのに、わが孝心を優先して国帑《こくど》を乱費すれば、予は経世済民《けいせいさいみん》をないがしろにして私心を重んじた暗君と後人《こうじん》にそしられよう。誹謗《ひぼう》されるのが予だけならばよいが、宝塔に祀られる母后までもが人びとの怨望の的となってしまったら、予は母后に顔向けできなくなる。

『孝に三あり。大孝は親を尊《たっと》ぶ。其《そ》の次は辱めず。其の下《しも》は能《よ》く養う』という。母后を尊崇すればこそ、母后の名望を汚したくない。ゆえに当面、宝塔の建立には着手せぬ。本件について再三の奏請は不要である。時機が来れば勅命を下す。万民が水火《すいか》の苦しみから救われ、天下に太平が訪れたとき、金光燦然《こんこうさんぜん》たる宝塔を建立させ、わが孝心を千年後まで伝えよう」

ありていに言えば「そんなことに費やす銀子はない」ですむのだが、母后を供養するための宝塔建立を〝そんなこと〟と言い捨てれば、孝心がないと見なされる。礼《れい》教《きょう》の国たる大耀《だいよう》において、孝道《こうどう》にそむくことは大罪だ。

たとえ天子であっても批判をまぬかれない。否、官民の鏡鑑《かがみ》たる天子であればこそ、孝道を失してはならないのだ。不孝者と見なされることは君主として手腕を疑われることと同義であり、絶対に避けねばならない失策である。それゆえにかくもくどくどしく言葉を費やして穏便に却下する必要があったわけで、けっして恋文をしたためるような浮ついた気持ちで紙面に穂先をすべらせていたわけではないのだが。

「心が弾んでいらっしゃるから、批答《ひとう》でさえ恋文のようにお書きになるんでしょう」

上奏文《じょうそうぶん》への天子の回答を批答という。

「ま、理由は察しがつきますけどね。皇太后さまお手製の昼餉のせいでしょう」

「久方ぶりにうまいものを食べた。とくにあの甘みをつけて煮込んだ豚肉は美味だったな。肉は琥珀色《こはくいろ》に照り輝いていたのに、花椒《かしょう》のすがすがしい香りがきいていてさっぱりとした口当たりだった。芋の羹《あつもの》も塩気がちょうどよかった。青菜が色あざやかで美しかったな。栗と鶏肉の炒め物は八角の風味が絶妙で――」

「料理の感想はご本人にお伝えになってはいかがで？」

「……いいのか？」

天凱が視線を投げると、貪狼は「いいも悪いも」と聞こえよがしにため息をつく。

「そのうちお訪ねになる予定だったんじゃないですか？　例の物をお届けに」

「……まあ、そうだが」

しばらく前から、ふとした思いつきで簪《かんざし》を作りはじめた。郡王《ぐんおう》時代に簪作りが得意な工匠に弟子入りしていたことがあるので多少の心得はあるが、ひさしぶりなので勘を取り戻すのにいささか手間取った。それでも作業に没頭するうちに気分が乗ってきたのは、仕上がった簪をさした美凰が徐々に絵として浮かんできたからだ。

――とくだん意味はない。ただ、美凰は私的な宝飾品を持たぬので、こんなものでもないよりはましだろうと思っただけだ。

美凰が身につける宝飾品はすべて皇太后の持ち物。彼女はそれらを公の場でのみ用い、私事には使わない。寿鳳宮《じゅほうきゅう》の内院《なかにわ》で舞を舞っていた晩のように、私的な時間に金歩揺をさしていたのは非常にめずらしいことだ。そのためか、美凰はいたくばつが悪そうにしていた。さながら盗みの現場を見られたかのように。

――ささやかな楽しみくらい己に許してほしい。

翡翠公主《ひすいこうしゅ》と呼ばれていたころの美凰は日替わりで綺羅《きら》をまとい、金銀の髪飾りを身につけていた。あのころに立ち返ることはできないけれども、彼女の心を縛る戒めがあまりに強すぎることは問題だと思う。真っ赤に焼けた鎖のような強力な戒めが美凰の肌身を焼き、骨を砕いてしまうようで不安に駆られる。

贖罪《しょくざい》の道は長い。なればこそ、己の心を守ることも肝要だ。かといって、道理を説いても自制的な彼女はけっして自分を甘やかさない。そこですこしでも身を飾ることへの抵抗感が薄れればと、簪を作ったのだ。天凱が手ずから作った不格好な簪なら、美凰も遠慮せず気軽に身につけられるだろうと――。

天凱が寿鳳宮の垂花門《すいかもん》をくぐると、皇太后付き筆頭女官の葉眉珠《ようびしゅ》が出迎えた。

「皇太后さまはお気がふさいでいらっしゃるご様子ですわ」

「なにかあったのか？」

さあ、と眉珠はいぶかしげに眉をひそめた。

「昼間からずっと書房《しょさい》にこもっていらっしゃいます。妓女の事件の捜査でお忙しいそうで、夕餉にもお手をつけられていません」

「具合が悪いのか？　太医《たいい》には――」

見せたのか、と言いかけて口をつぐむ。不老不死の身体を持つ美凰がふつうの人間のように病にかかることはない。彼女が食事をしないのはそうしたくないからだ。単に多忙のせいなら無理やりにでも仕事をとりあげて食事をさせるのだが……。

胸騒ぎがして天凱は急ぎ足で回廊をわたり、書房へ向かった。あわただしく扉を開けると、ぼんやりと書灯《しょとう》の光がにじむ薄闇のなかで美凰は静かに書物の頁《ページ》をめくっていた。天凱が入ってきたことに気づいているだろうに、顔もあげなければ声もかけてこない。他者を拒絶するように、眼前の作業に没頭している。

「夕餉をとっていないと聞いたが、どうかしたのか？」

沈黙が返事をした。

「そこまで根をつめなくてもいいだろう。すこし休憩してはどうだ？」

返答の代わりに頁をめくる音が聞こえる。

「なにか手伝おうか」

気詰まりな沈黙に耐えかね、天凱は玉案《つくえ》に歩み寄った。無造作に積みあげられている画軸《かけじく》を一本手にとり、するするとひらいてみる。

「文泰から話は聞いている。これが例の書生所蔵の風月画《ふうげつが》だな？」

描かれているのは婚礼衣装をまとった美女——怨鬼《えんき》に殺された妓女、朱歌蓮《しゅかれん》であろう——と、不気味な風体の男だ。男も婚礼衣装を着ているのだが、両手と顔はやけどしたように火ぶくれでいっぱいで、両眼はぎらぎらと異様な光を帯びている。

「この花婿は件《くだん》の書生なのか？　やけどを負っているように見えるが、火難に遭ったことがあるのか？　それとも重病なのか？」

待っていても返事が聞こえてこないので、天凱は思い切って話頭を転じた。

「そうだ、言いそびれる前に言っておく。昼餉を届けてくれてありがとう。あんなに食事を楽しんだのは、羈袄宮《きようきゅう》であなたの手料理を馳走《ちそう》になったとき以来だ。ごてごてと飾り立てた宮廷料理は性に合わなくてな、いつもは箸が進まぬが、あなたがこしらえてくれた料理は素朴で飽きがこない。いくらでも食べられる気がして——」

「無駄話をするために来たのか？」

とげとげしい声音が暗がりを打ち震わせた。

「こんなところで道草を食っていないで、早く妃嬪の殿舎《でんしゃ》へ行ったらどうだ。もう禁《きん》花扇《かせん》は選んでいるのだろう？　床入りの支度をして待っている妃嬪を捨て置いて私を訪ねてくるなど、けしからぬことだぞ」

「今夜は禁花扇を選んでいない」

「なぜ選ばぬのだ？　妃嬪を龍床《りゅうしょう》に召すのは天子のつとめだというに」

「つとめは果たしている。ただ……独り寝したい日もあるんだ」

今夜は美凰に会いに来たのだ。妃嬪のことなど考えたくもない。

「独り寝したい日とやらが多すぎるのではないか？　本来なら毎晩、妃嬪を召すべきだ。宗室の子孫繁栄は数ある皇帝の責務のなかでもっとも重要なもの。皇統をつなげずに社稷《しゃしょく》を守ることはできぬ。重祚《ちょうそ》して一年経つというのに、いまだ懐妊中の妃嬪さえいないとはどうしたことか。一日も早く妃嬪から吉報を聞きたいものだな。皇子が何人か生まれなければ安心できぬ。そなたにしっかりとした世継ぎができれば、恭徳《きょうとく》王《おう》のような野心家の皇族を排除することもできる。いとわしい皇族を皇籍から排除できぬのは、皇上《みかど》たるそなたにいまだ子がないからだ」

ああ、そうだ。天凱は早急に世継ぎをもうけなければならない。義流《ぎりゅう》のような二心ある皇族を遠ざけ、己が玉座を安定させるためにも。

――そんなことはわかっている。

わかっているが、気が進まないのだ。妃嬪のなかに美凰がいないから。

「独り寝がしたいなどと、わがままを言っている場合ではない。もはや一刻の猶予もないのだ。そなたの治世を盤石にするため、妃嬪を召して――」

「小言はそれくらいにしてくれ。今日は贈り物を持ってきたんだ」

懐から包みを取り出し、書灯のそばでひらく。出てきたのは木製の簪だ。南方の堅い香木を削って小さな愛らしい桃花をかたどった。

「俺の手製だからたいしたものじゃないが、これくらいの代物ならかえって気兼ねせずに使えるだろう。舞の稽古のときにでもさしてみてはどうだ？」

美凰はちらと簪に目を向けたが、すぐに書面に戻った。

「そなた、政務をなまけて工匠の真似事をしていたのか」

「なまけていない。政務のあとですこしずつ作業を進めてきたんだ。息抜きなんだからこれくらいは許してくれ。――さしてみてもいいか？　きっと似合うはずだ」

簪を手に取り、女官風に簡素にまとめられた髻《もとどり》にさそうとする。しかし、丹念に研磨して艶を出した簪はしっとりとした黒髪におさまる前に払い落とされた。

「どういうつもりだ。なぜ私に簪など贈る」

「贈ってはいけないのか？」

「いけないに決まっている。他人に見られたら定情物《ていじょうぶつ》だと誤解されるぞ」

男女が愛情の証に贈り合う品物を定情物という。簪は定情物の定番だ。

「見せなければいいじゃないか。寿鳳宮のなかだけで身につければ」

「寿鳳宮に仕える奴婢たちの口を封じることはできぬ。どんなに注意していても、どこから話がもれる。そして遠からず皇宮じゅうで流言が飛び交うようになるのだ。主上が皇太后に定情物を贈った、かの者たちは内乱《ないらん》の罪を犯していると」

美凰は正論しか吐かない。憎らしいほどに。

「立場をわきまえよ、天凱。私は皇太后で、そなたは皇帝なのだ。私は叔母で、そなたは甥なのだ。幼なじみだからといって気安く付き合うべきではない。誤解を避けるためにも男女の節度を守らなければならぬのだ。夫婦ではないのだから」

そうだ、夫婦ではない。けっして夫婦にはなれない関係だ。彼女の言うとおりだ。

美凰はなにもまちがっていない。まちがっているのは、天凱のほうだ。

「まだ初更《しょこう》（午後七時から九時）だ。床に入っていない妃嬪もいるだろう。独り寝はあきらめてだれかを召せ。昼間の妃嬪はどうだ？ あれほど睦まじそうにしていたのだから、そなたの意に適《かな》っているのだろう」

「昼間の妃嬪？ だれのことだ」

今日、顔を合わせた妃嬪は美凰の手料理を届けに来た宋祥妃だけだが、美凰の投げやりな口ぶりから察するに彼女のことではなさそうだ。

「とぼけるな。私は見ていたのだ。そなたが亭《あずまや》で……もうよい。私は疲れたのでやすむことにする。そなたは天子のつとめを果たしてから寝入るように。世継ぎをもうけることが最優先だ。私などにかまっている暇はないはずだぞ」

美凰は立ちあがって戸口へ向かう。その華奢《きゃしゃ》な背中を追いかけ、玻璃《はり》細工のような手首をつかんだのは、ほとんど反射的な行動だった。

「いつまでだ」

出どころのわからない憤りが天凱の手に力をこめさせた。

「あなたはいつまで先帝を想いつづけるつもりだ」

「突然なんの話だ」

美凰は痛みを訴えるように顔をしかめている。

「先帝は——叔父上はあなたを愛さなかった。一日たりとも。一方であなたは、嬉々《きき》としてあなたを八つ裂きにした男を、いまもなお慕いつづけている。愚かだと思わぬのか。骨の髄まであなたを怨み、あなたの死を願っていた男に真情を捧げることがどれほど愚かな行為か、わからないのか」

「そんなことは関係ないだろう。そなたには——」

「叔父上——司馬《しば》雪峰《せっぽう》はあなたを酷虐《こくぎゃく》するのを楽しんでいたんだぞ。〝兎《うさぎ》狩り〟を忘れたか。あなたを獲物にして矢を射かけた男の顔をおぼえていないのか。刑場であなたが惨刑《ざんけい》に処されるとき、やつが高笑いしていたのを忘れたのか」

天凱は記録越しに過去を見た。現場に居合わせたわけではないのに、雪峰が美凰にぶつけた怨憎の激しさがこの目にいやというほど焼きついている。

「司馬雪峰という冷血漢は醜悪な嗜虐心《しぎゃくしん》を満たすためにあなたを痛めつけた。何度も、何度も、あなたがどれほど悲鳴をあげてもやめなかった。あなたの夫はそういう男だったんだ。そんなやつに操《みさお》を立てる必要があるか？　偲《しの》ぶ必要があるか？　永遠に囚われなければならないのか？　いい加減に解放されるべきだ。あなたは司馬雪峰の奴婢ではないはずだ。やつのために生きているわけではないはずだ」

なにを言いたいのか自分でもわからない。混乱している。火のような激憤が思考をかき乱している。

「あなたの生きかたはあなたのものだ。あなたを騙していた男の玩弄物《がんろうぶつ》じゃない。それなのにあなたはいまでもやつを心に住まわせて、やつのために――」

「先帝はそなたの叔父だ。叔父のことを『やつ』などと呼んではならぬ」

美凰は冷静に言った。頑是《がんぜ》無い童子に説き聞かせるかのように。落ち着き払ったその口ぶりは、天凱がまだ少年であったころに幾度となく耳にしたものだ。

「叔父だからこそ、俺からあなたを奪うことができたんだ。俺の皇后になるはずだったあなたを娶ることができたんだ」

礼教においては、親族内の上位者が下位者の持ち物を奪うことは好ましいとは言えないとしても許容されている。しかし、その逆はありえない。雪峰が天凱の妻になるはずだった美凰を娶っても非難されないが、天凱が雪峰の妻だった美凰を娶れば内乱と呼ばれ、赦されざる大罪として糾弾されるのだ。

「先帝は望んで私を娶ったわけではない。凶后に強いられてしたことだ」

そうだったな、とつぶやくと、口もとが引きつれるようにゆがむ。

「先帝はあなたを娶る気がなかった。相思相愛の許婚がいたからな。あなたが先帝に横恋慕したから、先帝は凶后に強いられてあなたを娶る羽目になったんだ。あなたのせいだ。あなたがまちがった相手を恋うてしまったことが不幸のはじまりだった。あなたは先帝を恋うべきではなかった。俺の皇后になることがあなたに課せられたつとめだったのだから。それなのにあなたは俺ではなく先帝を恋慕した。天命にそむき、夫になる男ではない者に恋い焦がれた。愛されないはずだ。端から結ばれるべき相手ではなかったのだから。あなたが恋い慕うべき相手は先帝ではなく――」

「そなただったと言いたいのか？」

美凰は皮肉っぽく片方の眉をあげた。

「そうだとも。私はそなたを慕うべきだった。そなたが夫になることは、ほぼ決まっていたのだから。でも、できなかった。あのころそなたは子どもだった。私の目には弟のようにしか映らなかった」

あらためて言葉にされた真実は鋭利な毒針のごとく胸に突き刺さる。

「私は恋うべき相手をまちがえた。されど、いまさらそれを言ってどうなる？　やりなおすことができるのか？　これからそなたを恋うようになれば、なにもかもが正道に戻るのか。そんなことは無理だろう？　私は皇太后で、そなたは皇帝だ。皇太后は今上と婚姻できぬ。今上だけでなく、ほかのだれとも。再嫁が認められないからだ。私たちは夫婦にはなれない。これまでも、これからも。それは揺るぎない事実だ」

書灯の光がうっすらと照らす美凰の瞳に自分とおなじ情動を見出そうとしても、求めるものはそこにはない。夜明珠《やめいしゅ》のような双眸《そうぼう》は腹立たしいほど凪《な》いでいる。

「そなたは後宮を持って日が浅いから、妃嬪たちとの付き合いに慣れぬのだろう。夜伽にはさまざまなしきたりがあってうるさいから、積極的になれない気持ちもわかる。そのせいで昔馴染みの私に旧情を感じるのは至極当然のことだ。人情としては責めたくはないが、道義的には褒められたことではない。私たちは距離を置くべきだと思う。あらぬ噂を流されぬためにも頻繁に会うべきではない」

美凰は天凱の手からするりと逃れて玉案に歩み寄った。卓上に転がっていた桃花の簪を拾い、手巾につつんで抽斗《ひきだし》にしまう。

「さっきはふりはらってすまなかった。すこし気が立っていたのだ。そなたが手ずから作ってくれたものをむげにするわけにはいくまい。ありがたくちょうだいしよう。だが、今後は贈り物など持ってこないでくれ。私もそなたに菓子を持っていくのはやめる。醜聞を避けるため、互いに行き来を減らそう。そなたの評判を傷つけたくないし、妃嬪との仲に水をさしたくもない。皇太后として——」

「ちがう、そうじゃないんだ、美凰」

天凱は急くように彼女のそばに行き、細い肩を両手でつかんだ。

「俺はあなたが昔馴染みだから旧情を感じているわけじゃない」

どうして二度目の帝位についてしまったのだろうか。玉座にのぼりさえしなければ、彼女を連れ去ることもできたのに。

——いや、おなじことだ。

天凱にできることはない。美凰が雪峰の残り香を胸に抱いている限り。

「あなたは俺の初恋の相手なんだ」

口をついて出た言葉が頭のなかで反響する。なぜもっと早く告げなかったのだろうか。なぜもっと早く本心に従わなかったのだろうか。想いを打ちあけるべきだった。隠すべきではなかった。どうせ恋情から逃げられはしないのだから。

後悔の念にさいなまれる天凱の眼前で、美凰は目をしばたたかせていた。

「私が……そなたの初恋の相手だと？　ほんとうか？」

天凱がうなずくと、美凰は屈託なく笑った。

「そうか、そなたの初恋は私だったのか。これは愉快だな」

「愉快だと？　どういう意味だ？」

「だって面白いじゃないか。あのころのそなたは手に負えないほど生意気で、いつも私に食ってかかっていた。私を娶るのはいやだと方々で言いふらしていたくせに、実は私のことが好きだったとは。そなたほどつむじ曲がりな童子はいないな」

「俺はもう童子じゃない」

「そうだな。そなたはいまや一人前の男だ。かるがゆえに幼時の恋は捨てなければ」

美凰は自分の肩をつかむ男の手を軽く叩いた。幼子を慰めるかのように。

「私たちが出会ったとき、私はそなたより年上だった。幼いころはだれだって年上の異性に胸を高鳴らせるものだ。子どもらしい純粋な憧憬を恋情と取りちがえて……」

「取りちがえてなどいない！」

天凱は美凰を抱きすくめた。そうすれば彼女の心を手に入れられるというように。

「憧憬などという生易しい感情じゃない。俺があなたに対して抱いているものは、この身を焼くような……焼き尽くすような恋情なんだ」

どうすればいいのだ。いったいどうすれば、美凰は亡き夫への心残りを捨て俺に目を向けてくれるのだ。俺の気持ちにこたえてくれるのだ。

「そなたはどうかしている」

「ああ、そうだとも。自分でもわかっている。これが罪だということは」

罪の自覚を持ちながら求めずにはいられないのだ。まるで餓《う》えた人が口に入れられるものを探して地面を掘りかえすときのように、なりふりかまわず。

「幼時の恋と笑って受け流さないでくれ。姉のようにふるまわないでくれ。弟のようにあつかわないでくれ。俺はあなたの弟になどなったおぼえはないし、あなたを姉のように慕ったことだってただの一度もない。俺はあなたの夫になりたかったんだ。あなたの――劉美凰の最初で最後の男になりたかったんだ」

「……天凱」

「俺はこんなにもあなたを求めているのに、あなたは俺を男として見ない。あなたにとっての男は、いまも司馬雪峰だ。あなたを幾度となく殺したあの卑劣漢だ。いったいいつまでだ。いつになったら、あなたはやつを忘れるんだ。俺からあなたを奪った呪わしい男の残像を捨てて、俺を――」

「そなた、妙なにおいがするぞ」

美凰のくぐもった声音が胸のなかでこだました。

「焦げくさいな。衣がどこか焼けているのではないか」

「……焦げくさい？」

状況に見合わない単語が飛び出してきて、天凱は毒気を抜かれた。腕にこめていた力がゆるんだせいか、美凰がもぞもぞと身じろぎする。

「おかしいな。物が焦げたようなにおいがするのだが。どこからにおっているのだろう……」

美凰は龍袍《りゅうほう》の領《えり》もとや袖、裾などをくんくんと嗅ぎまわる。恥じらいのないその行為には天凱のほうがたじたじになった。

「このにおい、どこかで……あっ、あれだ！」

ぱっと腕のなかから抜け出し、美凰は玉案に駆け寄る。卓上にひろげられたままの歌蓮の風月画を手に取り、紙面に鼻先を近づけた。

「やはりこれとおなじにおいだ。ほら、そなたも嗅いでみよ」

彼女が風月画を持って戻ってくるので、天凱は彼女とおなじことをした。

「焦げたにおいなんかしないぞ。顔料のにおいならするが」

なにげなく紙面に目を落とし、眉間に皺《しわ》を刻む。

「これには花婿も描かれていなかったか？」

「いいや。花嫁姿の朱歌蓮が描かれているだけで、花婿などいないが」

「さっき見たときは花婿も描かれていたぞ。顔や手が無残に焼け爛《ただ》れた、見るからに痛ましい姿の男だった」

「焼け爛れた花婿? そんなものがどこに描かれていたというんだ?」

このあたりだ、と天凱が朱歌蓮のとなりに指先でふれたときだった。明礬水《みようばんすい》で描いた絵が火にあぶられて浮かびあがるときのように、婚礼衣装をまとった男の姿が画中に出現した。さりながら、先刻見た者とはまるきりちがう。

「なんだ、これは……」

それは男とは言えない代物だった。花婿の恰好をした骸骨だったのだ。

皇城司《こうじようし》の次官、皇城副使《ふくし》・孔綾貴《こうりようき》が立ちどまったのは、詰所前の階《きざはし》のいちばん下の段に熊のような巨漢が座りこんでいたからだった。

「なにしてるんだい、こんなところで」

声をかけたのに巨漢はこちらを見ない。がっしりした膝に頬杖をついて憂わしげに嘆息している。眼前の綾貴に気づかないほど物思いにふけっているらしい。

「うわっ、なっ、なんでひとりでに幞頭《ぼくとう》が宙に浮くんだ!? まっ、まさか幽鬼《ゆうき》のしわざ……なんだ、おまえか」

幞頭をむしり取られてはじめて、巨漢は綾貴に目を向けた。皇家の諸事をつかさどる宗正寺《そうせいじ》の次官、宗正少卿《しようけい》・袁勇成《えんゆうせい》。筋肉の鎧《よろい》をまとったようなむさくるしい巨軀《きよく》の持ち主でありながら、公務では筆しか持たない生粋の文官である。

「君の無駄にでかい図体で詰所の入り口をふさがないでくれたまえ。邪魔だよ」

「すまん。ここでおまえを待っていたら、つい考え事を……あっ！　そうだ、おまえを待っていたんだ！」

勇成はがばと立ちあがり、綾貴の両肩に巨大な石のような手をのせた。

「おまえを冏都一《けいと》のすけこましと見込んで頼みたい！　意中の女人を口説き落とす方法を教えてくれ！」

「冏都一とは恐れ多いね。さすがの私も栄周王《えいしゅうおう》にはかなわないよ」

「そうか、栄周王もすけこましだったか。じゃ、廟堂一《びょうどう》だ！　これでいいだろう！」

よくわからないことを言い、勇成は綾貴の足もとにひざまずいた。

「頼む、俺を助けてくれ。おまえにしか頼めないことなんだ」

「状況を把握しないことには助言できないよ」

綾貴は階に腰をおろし、勇成にもとなりに座るよう促した。

「だれなんだい、君の言う〝意中の女人〟って？」

「実は……」

行きつけの酒家に好みの厨娘《ちゅうじょう》がいるという。

「毎日のように通っているから、もう顔なじみだ。彼女は潑剌《はつらつ》とした声で俺にあいさつしてくれる。心なしか俺に見せてくれる笑顔はほかの客に見せるものよりもあかるいようだ。いや、まあ……俺の勘違いかもしれぬのだが」

　たいそう気っ風のいい女人で、病身の父親に代わって店を切り盛りしているそうだ。

「聞けば、出戻りらしい。浮気性の夫に愛想をつかして実家に帰ってきたとか。信じられぬ話だ。あんな美人を娶っておきながらよその女に目移りする男がいるとは」

「ちょっと待ってくれ。君が通っている酒家というのはあそこかい？」

　特徴を聞いていると、綾貴も知っている店だとわかった。たしかに料理はうまいし、繁盛しているが、てきぱきと働いている厨娘兼看板娘――娘というにはだいぶとうが立っている――はかなり大柄で化粧っ気がなく、物言いはそっけなく、愛嬌を前世に忘れてきたような女だ。当世風の美人という印象はないが。

「見合いで花嫁を探すのはあきらめたのかい」

「見合いはこりごりだ。俺には向いてないということがわかった。紹介される令嬢たちはどれもこれもお高くとまっていて、俺みたいな風采のあがらない男には洟《はな》もひっかけない。ああいう高慢ちきな女を妻に迎えてみろ。夫を見下して下僕のようにあつかい、わがまま放題にふるまって家庭はめちゃくちゃになるぞ。長年の見合い生活でつくづく思い知った。良家の令嬢に〝窈窕《ようちょう》たる淑女〟などいないのだとな」

「へえ、それで厨娘から花嫁を選ぶことにしたのかい」

「人聞きの悪い言いかたをするな！　そんなつもりであの店に行ったわけじゃない！」

声高に否定して、勇成はにわかに顔を赤らめた。

「例によって見合いに失敗した日のことだ。今度こそはと意気込んで出かけたのにすげなくふられ、心底気落ちした。帰宅する気になれず、やけ酒でも飲むかと坊肆《まち》をぶらぶらしていたら、あの店の灯籠が目に入ったんだ。はじめから狙いさだめて立ち寄ったわけじゃない。たまたまだ。わかるか、綾貴。たまさかふらっと入った酒家で未来の妻を見つけたんだ！　これが天命でなくてなんだというのか！」

綾貴が相づちを打つ暇もなく、勇成は興奮気味にまくしたてる。

「俺がしょげかえっているのを見て、彼女はとくべつな料理を作ってくれた。どんな料理か知りたいか？　聞いて驚け、具がたっぷり入った肉団子だ！」

店の売り物である。庶民的な一品で、自慢するほどとくべつな料理ではない。

「松仁《まつのみ》や香蕈《しいたけ》や玉筍《たけのこ》なんかを細かく刻んで、おなじように細かく刻んだ豚肉と合わせて団子にし、深鉢のなかに入れて甜酒《てんしゅ》と醤油《しょうゆ》で蒸すんだそうだ。なぜ知ってるのかって？　彼女が教えてくれたんだ！　店いちばんの名物料理の作りかたをだぞ？」

あの厨娘は料理を褒められると作りかたをぺらぺらしゃべる癖がある。

「つまり肉団子の味に惚れこんだってことかい？」

「それも大いにある！　あんなにうまい肉団子はよそじゃ食べられないからな！　だが、それだけじゃない。彼女はとてもあたたかい心の持ち主なんだ。肉団子を食べながら俺が見合いに失敗した話をすると、彼女は『みっともないね。大の男が女にふられたくらいでめそめそするんじゃないよ。そんなくだらないことはとっとと忘れて仕事に精を出しな』と励ましてくれた」

励まされているようには聞こえないが、勇成はそのとき恋に落ちたらしい。

「雷に打たれたようだった！　彼女こそが長年探し求めていた花嫁だと直感した！」

「まさかその場で求婚したんじゃないだろうね？」

「きゅ、求婚だと!?　そんなことができるか！　初対面だぞ！」

思ったより常識があるんだね、と綾貴は合いの手を入れた。

「いきなり結婚を申しこんでも不首尾に終わるということくらい、俺みたいな無骨者でも予想できる。目下、彼女にとって俺は客のひとりでしかない。常連だからすこしは親しみを感じてくれているかもしれぬが、男として見てくれているわけじゃないだろう。求婚の前にまずは親しくならなければな」

「店の外で会う約束をすればいいじゃないか」

それができれば苦労はない、と勇成は天をあおいだ。

「なあ、どうやって切り出せばいいんだ!?　贈り物を持っていくのは気味悪がられるだろうか？　待ち伏せしたら気色悪いと思われるよな？　しつこく迫って彼女を怖がらせたくないし、下手な誘いかたをして気まずい関係になるのもいやだ！　なにかこう、うまいやりかたはないか？　男らしく、堂々とした、それでいて粋で上品で細やかな気遣いに満ちた、女心をがっちりとつかむ誘いかたは」

「たとえそんな方法があったとしても、ずぶの素人には難しいだろうね」

「ずぶの素人だから訊いているんだ！　色事の手練《てだ》れのおまえなら女心にもくわしいだろう？　どうやって女人を口説き落としているのか俺に伝授してくれ！」

勇成がしがみついてくるので、綾貴はぞんざいにその手をふりはらう。

「私がやってることを真似したって成功するとは限らないよ。おのおのの技量に見合ったやりかたがあるからね。君の場合、まずは女人に慣れることだ。不慣れだと言葉つきがぎこちないし、緊張してとんでもない失態をしでかすことがある。肝心なときにしくじりたくないなら、場数を踏んで度胸をつけたまえ」

「場数を踏む？　具体的にはどうすればいいんだ？」

「簡単さ。何人かの女人と巫山《ふざん》の夢を見ればいいんだよ。そうだ、今夜、戯蝶巷《ぎちょうこう》に連れて行こうか。妓女を相手に経験を積めば、いざというときに役に立つよ」

馬鹿な、と勇成は雷鳴さながらの野太い声を放った。

「妓女を相手に経験を積むだと!?　そんな破廉恥な行為は夢のなかでもしようと思わぬ！　俺は一途《いちず》な男だ！　ひとりの女人を愛し抜く男だ！　彼女が愛想をつかした浮気性の元夫とはちがうんだ！　死んでも浮気なんかしないぞ！」

「まだ恋仲にもなってないのに、浮気もなにもないだろう」

勇成は「恋仲になる前でも浮気はしない！」と鼻息荒く宣言する。

「戯蝶巷なんか行くものか！　あそこは近ごろ物騒らしいじゃないか。陰の気が異様に強いので禜台《えいだい》が調査に乗り出したと聞いたぞ」

「死人が多いから陰の気は強いだろうね。ついこないだも妓女の遺体が水路から見つかったよ。ちょうどその場に居合わせたんだけど、自死だったみたいだ。妓女の自害はめずらしいことではないとはいえ、最近は不審死が増えているように感じるね」

年季が明ける直前だったのに縊死《いし》した。身請け話がまとまりかけていたのに部屋に火を放って焼死した。楼《みせ》いちばんの売れっ妓が窓から身を投げた。

戯蝶巷に行くたびに訃音《ふいん》に接する。もとより不幸が絶えない場所だが、嫖客には華やかな表舞台だけを見せるのが花街の流儀。舞台裏をのぞかせるのは恥とも言われているのに、格式の高い妓楼でも凶報が聞こえてくるのは尋常ではない。

「なにか悪いことが起こっているんだろう。近寄らないほうがいいぞ」

勇成は本気で案じているらしいので、「ご忠告ありがとう」と雑な返事をする。

「悪いことといえば……聞いたか？　後宮も不穏らしいな」

「不穏ってなにが？」

「皇城司勤めのくせに噂を聞いていないのか？　あまり大きな声では言えぬが、主上が皇太后さまを夜遅くにお訪ねになり、なにかこう……いろいろあったそうだ」

〝いろいろ〟の具体的な内容を尋ねてみたが、勇成はうぶな乙女のようにもじもじして口ごもっている。

「またいつもの変な噂だろう」

「そうとも言えぬのだ。寿鳳宮《じゅほうきゅう》の奴婢が見たらしい。おふたりのあいだに……皇帝と皇太后のあいだに起こってはならぬことが起こったようだと」

その噂なら馴染みの後宮女官をとおして綾貴の耳にも入っているが、聞き飽きた中傷のたぐいだろうと思って気にとめていない。

「大官たちが危惧しているとおり、主上は旧情を忘れられずにいらっしゃるのだろうか？　いまだ寵姫《ちょうき》をお持ちにならないのは、皇太后さまに御心《おこころ》をかたむけていらっしゃるがゆえだとしたら……」

寒気を感じたかのように勇成は身震いする。

「なんて恐ろしいことだ……！　甥が叔母に、しかも天子が皇太后に邪《よこしま》な感情を抱くなど、天に仇《あだ》なす大罪だぞ。晟烏鏡《せいうきょう》に悪影響があるにちがいない」

「君は心配性だね」

「おまえは心配じゃないのか？　主上が内乱《ないらん》の罪を犯すかもしれないのだぞ」

「まあ、可能性がないとは言えないね。主上とて男だ。よく知られているように、男は好きな女人を相手にすると理性が吹き飛ぶことがあるからね」

「他人事みたいに言うな！　匹夫《ひっぷ》であれば軽はずみな行動をしても己が恥をかくだけですむが、天子が大罪を犯せば天下が乱れるのだぞ」

「そんなに国を憂えているなら、諫言《かんげん》でもしてきたらどうだい」

「とっくにやっている。その……遠回しに、ではあるが。『皇統の安定のために寵妃をお持ちになり、世継ぎをもうけられるように』と。大官たちもあれこれ言っているが、主上は右から左に聞き流してしまわれるんだ」

一日も早く世継ぎを。今上は幾たびこの台詞を聞かされたのだろう。

「皇帝なんかなるものじゃないね」

「なんだって？」

「来る日も来る日も世継ぎ世継ぎと呪言のようにくりかえされたんじゃ、うんざりするよ。君たち文官は皇家のこととなると気をもみすぎだ。むやみやたらに主上を急かさずに、もうすこし長い目で見たらどうだい。夜伽が行われていないわけじゃないんだし、主上はまだ重祚《ちょうそ》なさって日が浅いんだ。時が解決するよ」

そうでなければならない。勇成が案じているように、内乱の罪はかならずや晟烏鏡に影を落とす。ささいな罅がいつしか鏡面全体にひろがり、晟烏鏡を破壊することにつながったら……今上は建国以来初の、亜堯《あぎょう》に生まれながら邪恋に溺れて身を持ちくずした暗君として青史《せいし》に名を刻むことになる。

「戯蝶巷内《ぎちょうこう》にこの絵をあつかっている書坊《しょぼう》はありませんでした」

寿鳳宮《じゅほうきゅう》の書房《しょさい》に立ち入るや、文泰はあいさつもそこそこに報告した。この絵というのは、骸骨花婿があらわれた婚礼衣装の風月画である。

「書坊で売られている風月画ではない？」

そのようですぜ、と雷之が口を出す。

「方々を捜しまわったんですがね、一軒も見つからねえ。婚礼衣装の風月画自体はめずらしいもんじゃねえんで、花嫁姿の朱歌蓮の風月画はあちこちで売られていたし、似たような代物はいくつも見つけましたが、あれとそっくりおなじもんはなかったですぜ。念のため、風月画で骸骨の花婿を描くことがあるか訊いてみたんですが、そんな話はとんと耳にしねえとどこの書坊の主人も首をかしげてましたぜ。婚礼衣装の風月画で花婿まで描くものは一般的じゃないらしくてね、たいていは花嫁衣装を着た妓女だけだそうで。花婿を描く場合でも客が自分を投影しやすいように、これといった特徴のねえ面の男にするらしいですぜ。まあ、そもそもこいつは版画じゃなくて肉筆画みたいですけど」

版画に似せて描かれた肉筆画だと、さる書坊の主人が見抜いたという。

「精巧に作られてるんで、素人目じゃわからねえってことでしたぜ」

「肉筆画をわざわざ版画に似せて描いたというのか？　なんのために？」

「ありふれた風月画のように見せるためじゃないですか？　蘇成学《そせいがく》は多数の風月画を持っていましたが、どれもこれも似たような絵でした。どうやら風月画には雛形《ひながた》があるようで、制作にたずさわる版下画師や刻工が変わっても画風は似通っています。蘇成学の蒐集品のなかに骸骨花婿の風月画が交じっていても、よほどの目利きでない限り、一目で肉筆画と見抜くのは難しいでしょう」

肉筆画は版画より高価になりがちだ。蘇成学の稼ぎではおいそれと手が出せないはず。つまり彼は骸骨花婿の風月画を買ったわけではないということだ。

「何者かが蒐集品にまぎれこませたのだろうか」

美凰は玉案《つくえ》にひろげられている件《くだん》の画軸《かけじく》にふれた。画中にいるのは紅蓮の花嫁衣装をまとった朱歌蓮ひとりだ。骸骨花婿は影もかたちもない。

「私が手に取ってもなにも起こらないが、天凱がふれると骸骨花婿が浮かびあがった。そして徐々に色が薄れて消えた。背景の向こうに吸いこまれるみたいに」

「手のこんだ仕掛けですぜ。俺たちがさわってもやっぱりなんにも起こらねえ」

雷之はぺたぺたと画軸にふれるが、紙面は沈黙している。

「丁寧に調べてみても妖気は感じられませんでしたし、われわれ蒐官の手には負えない代物のようですね……。皇太后さまは違和感を抱いていらっしゃったとか？」

「ほのかに焦げくさいにおいがしたのだ。宋祥妃はなにも感じないと言うので勘違いかと思ったが、天凱がおなじにおいを帯びたので気づいた」

あの晩、天凱は彼らしくもなく混乱していた。婚礼衣装の風月画の妖気にあてられていたのだろう。

「私や宋祥妃がふれても無反応。そなたたち蒐官がふれても同様。ためしに鹿鳴にもさわらせてみたが、なんの変化も起こらなかった。ところが白遠にさわらせると、天凱のときのように骸骨花婿が出現した。天凱と白遠の共通点は？」

「『皇族』では？」

文泰の返答に、美凰は首を横にふる。

「私も当初はそう考えたが、どうやらちがう。高牙、こっちに来てくれ」

「やだね。俺はいま手が離せねーんだよ」

格天井に胡坐をかいて黙々と蒸し蟹《がに》を食べていた高牙が気のない返事をする。美凰は印を結んで小声で呪言をとなえた。すると、高牙の手から蒸し蟹が消える。「かえしてほしければおりてこい」と命じると、高牙はいかにもしぶしぶ従った。

「ほら、見てくれ。高牙がふれても骸骨花婿が出てくるのだ」

高牙の手をつかんで件の画軸にさわらせると、歌蓮のとなりに婚礼衣装を着た骸骨が出現した。

「ちなみに星羽がふれてもやはり骸骨花婿が出てきたぞ」

風月画の出どころについての禜台《えいだい》の報告を受ける前に、先んじて現物をかえしてもらったのは、白遠、高牙、星羽にさわらせて反応があるか見たかったからだ。

「じゃ、皇族と妖鬼に反応するってことですかい？」

察しの悪いやつだな、と文泰は苛立《いらだ》たしげに雷之の肩を小突く。

「皇太后さまはこうおっしゃりたいんだ。『男に反応して骸骨花婿が出てくる』と」

「ふしぎだね！　ぼくは子どもなのに、この絵には男の人だと思われてるんだー」

星羽は玉案にちょこんと腰かけ、短い脚をぶらぶらさせている。

「子どもでも男は男さ。股座《またぐら》に宝具《おたから》がついていればね」

空中で湯浴《ゆあ》みしている如霞が浴槽の縁に頬杖をついてころころと笑う。

「陽物に反応して出てくる骸骨花婿とやらが朱歌蓮を殺したのかね？」

「妖気を帯びていますし、そう考えるのが自然ですが……腹に落ちません」

文泰はいぶかしげに風月画を見おろしている。

「なぜ蘇成学はどこにも売っていない絵を持っていたのでしょうか」

「そこらの妖鬼が蘇成学の蒐集品にまぎれこませたんだろ？　ほかの風月画と区別がつかねえように、版画風に細工したって話じゃねえか」

「いったいなんのためにそんなことをしたんでしょう？」

文泰が問うと、高牙は黙々と蟹を食べる作業に戻った。

「なんらかの妖鬼が朱歌蓮を殺そうとしたとして、蘇成学を介する必要がありますか？　自分で手を下したほうが早いのでは」

「蘇成学が依頼したんじゃねえですかい。俺をすげなくふりやがったあの女を殺してやりてえんで、手を貸してくれって。そしたら妖鬼の野郎がこの絵をくれて、こいつを拝むなりなんなりすりゃ朱歌蓮を呪殺できるって言ったとか」

「だったら版画に似せて描く手数はいらないだろう。肉筆画のまま、くれてやればいい。直接交渉したなら、これが売り物ではないことを隠す必要はないんだからな」

妖鬼と成学はじかに交渉していないのではないか、と文泰は推測した。

「皇太后さまがおっしゃったように、妖鬼はこっそり蘇成学の蒐集品にこれをまぎれこませたんですよ。だから一目では肉筆画とわからないよう細工している」

「自分が買った風月画だと蘇成学に勘違いさせるためか」

成学はすでに婚礼衣装の風月画を持っていたのかもしれない。それがいつの間にか贋物《にせもの》とすりかえられていたとすれば、勘違いは容易に起こりうる。

「いったいなんのためにそんなことをしたんでしょう？」

文泰は先ほどの問いをくりかえした。

「蘇成学に依頼されたわけでもないのに、妖鬼が骸骨花婿の風月画をこっそり蒐集品にまぎれこませたのは、どんな目的があってのことなのか……」

「待て、骸骨と断定してしまうのは早いかもしれぬ。蘇成学が見ていたのはもっと人らしい花婿だった可能性がある」

天凱がはじめてこの風月画にふれたときにあらわれたのは骸骨花婿ではなく、顔や手が無残に焼け爛れた花婿だったという。

「時間が経つにつれて花婿の姿が変化していくんですかね？」

宋祥妃は自前の帳面になにやら書きこんでいる。

「どういうわけか身体が燃えて、肉が焼け落ちたから骸骨になったたってことでしょうか。そのわりに衣装は燃えていませんね」

「肉体だけが燃えることにも意味があるのだろうか……」

異様な花婿は目玉を失った両眼で愛おしげに花嫁姿の歌蓮を見ている。

「紙面を睨んでいてもらちがあかぬ。当人に問うてみるとしよう」

「おい、まさか骸骨花婿を呼び出す《そいつ》つもりかよ!?　こんなところで!?」

「外に出ていかれても困る。ここで話を聞くしかあるまい。文泰、書房に結界を張ってくれ。雷之、そなたは画軸をおさえていてくれぬか」

ふたりに指示を出しつつ、美凰は筆をとった。骸骨花婿の周囲に禽字《きんじ》――巫術《ふじゅつ》で用いられる古字で破邪《はじゃ》の神呪《しんじゅ》を書きつらねる。一字記すごとに抵抗を感じるのは、穂首に使った美凰の髪が霊力を帯びており、画中にこもった妖気を焼いているからだ。こうしなければ妖物をこちら側に引きずり出すことができない。

妖物本体には傷をつけたくないので、骸骨花婿の衣装にはふれず、輪郭を縁取るように周辺を神呪で埋めていく。やがて抵抗が大きくなり、画軸が音を立てて波打ち、生きもののように暴れだす。雷之が呪符を貼りつけておさえてくれなければ、画軸は妖気を焼かれる苦痛に耐えかねて美凰に襲いかかっていただろう。

「逃がしはせぬぞ」

骸骨花婿の周囲を神呪で埋め尽くし、美凰は画中に手をさしいれた。猛火に焼かれるような激痛を味わいながらもそのまま突き入れ、花婿の袖をつかむ。力任せに引っ張るが、途中でなにかに引っかかってこちら側に連れ出すことができない。

「高牙！　そなたも手伝え！」

強く命じると、高牙は不平そうに蟹を手放して美凰のとなりに立った。美凰とおなじように画中に手を入れるや否や、吸いこまれて消える。

寸刻ののち、美凰は画軸から弾き飛ばされた。同時に焼け焦げたような異臭が鼻をつく。床に尻もちをついたままでおもてを上げると、毒々しいほど鮮烈な赤に目を射られた。紙面の向こうから飛び出してきた骸骨花婿が禍々しい紅蓮の袖をひろげて宙に浮いていたのだ。

「その姿は、ほんとうのそなたではない」

美凰はすかさず立ちあがり、呪をとなえながら二本の指で空を切って黝弓《ゆうきゅう》を出現させる。夜闇が凝ったように黒い弝《ゆづか》をつかみ、右手の指先から出した鬼火を翬飛矢《きひや》のようにつがえた。

「戻れ。本来の姿に」

狙いをさだめ、矢を放つ。青い鏃《やじり》に喉元を貫かれ、骸骨花婿は絶叫して胸を掻きむしった。真紅の袍に突き立てられた肉のない両手が、鏃に貫かれたむき出しの喉笛が、頭蓋にあいた黒い穴という穴が、青々とした炎を噴いて音もなく焼かれていく。空中で七転八倒したその妖物が全身を鬼火に包まれるまで、数瞬《すうしゅん》の間。

「……そなたは」

鬼火のなかから頭をもたげた花婿のおもてを目の当たりにして、美凰は息をのむ。視線の先にあったのは、尋ね人である元書生――蘇成学の顔貌だった。

「なぜそなたが画中にいたのだ。いったいなにがあった？」

花婿姿の成学は何事か言おうとして口をひらいたが、そこからこぼれるのは人の言葉ではなく、聞き苦しい獣の咆哮《ほうこう》だった。

「話を聞こうったって無理だぜ。そいつはもう人じゃねえ」

画中から成学を押し出した高牙がのっそりと紙面から出てきた。

「人じゃない？　もう死者になっているということか？　しかし死者とは――」

「まっとうな死人なら話ぐらいできるさ。でも、こいつは死人ですらねえんだ。中身がねえんだよ。さっきこいつの尻を蹴っ飛ばしたときに気づいたぜ。この野郎、すっかり食われちまってるよ。三魂七魄《さんこんしちはく》をさ」

人は三つの魂《こん》と七つの魄《はく》から成るといわれている。そのうちの一部が失われたり、損なわれたりすることで人は病におかされたり、意識をなくしたり、鬼物《きぶつ》に憑依《ひょうい》されたりする。三魂七魄が肉体と完全に乖離《かいり》した状態を死と呼ぶが、それは魂魄《こんぱく》が軀《うつわ》から解き放たれたことをあらわすだけで、魂魄そのものが消え失《う》せたわけではない。

魂魄を持つ死者は黄泉路《よみじ》を下り、奈何橋《なかきょう》をわたって来世を迎えることができる。その前に今生で犯した罪の清算をしなければならないが――贖罪には数十年、ときには数百から数千年かかることもある――それでもいつかは赦されて生まれかわることができるのだ。しかし、なんらかの理由で魂魄を失ってしまった死者は転生できない。そもそも黄泉路を下ることができないから、奈何橋をわたることも不可能だ。

「まさか……鬼蛻《きぜい》になっているというのか？」

魂魄が消滅した状態を鬼蛻――鬼《ばけもの》の蛻《もぬけ》という。それは高牙が言うように死者でさえない。死者の抜け殻とでもいうべき、なんの意味もなさない空疎な代物だ。

愕然《がくぜん》とした美凰の眼前で成学の姿が崩れ去った。吹き消された燭火《しょっか》のように。

「……これは、どういうことなんですか？」

筆を持ったまま固まっていた宋祥妃が真っ先に問うた。

「見てのとおりさ。行方不明だった蘇成学は風月画のなかにいた。魂魄をすっかり食われて空っぽになってた。骸骨花婿の正体は鬼蜕になった蘇成学だった」

この騒ぎのなかでも如霞は平然と髪を洗っていた。

「鬼蜕在るところに勾魂鬼《こうこんき》在りだ。魂魄が食われてるなら、やつらのしわざさ」

「勾魂鬼って冥官《めいかん》じゃないんですか？　別名を走無常《そうむじょう》といいましたよね。もともとは極貧のうちに死んだ人で、九泉に下ったあとで地獄に仕え、鬼録《きろく》に載っている寿命が尽きそうな人のそばに出てきて魂魄を奪うと聞きますが」

「それが本来の姿だけどね、なかには地獄勤めをするうちに魂魄の味をおぼえちまって——ほんとうは回収するだけで、食っちゃいけないのにね——お役目をほうりだして逃亡しちまう輩がいるのさ。そういうやつは気ままに人を襲って魂魄を食い、妖鬼として力を蓄えていくんだ。人界では走無常と勾魂鬼が混同されてるけど、真面目にお役所勤めをしてるほうが走無常で、魂魄を食っちゃいけないっていう走無常のおきてを破ってお尋ね者になったやつが勾魂鬼なのさ」

「お尋ね者なら、地獄の捕吏に追われてるんですか？」

「地獄だって冥官くずれを野放しにしておくほど馬鹿じゃない。やつらは妖鬼になって陽界《ようかい》のそこかしこで魂魄を食い散らし、面倒事を起こすからね。四六時中、冥官から逃げまわってるもんだから、たいていの勾魂鬼はひどく小胆者で、なかなか姿を見せないんだ。身を隠すことにかけては一流だよ」

邪悪な風月画を仕掛けたのが勾魂鬼なら、書坊にならんだ商品の山ではなく、成学の蒐集品にこっそりしのばせたのも道理だ。書坊の商品にまぎれこませれば多数の獲物を捕捉できるが、そのぶん、冥官の目にとまる危険が増える。冥官に捕らえられれば地獄に連行されて、生前に重罪を犯した亡者たちの仲間入りだ。追手に見つかれば一巻の終わりだとわかっているから、慎重に獲物を選んでいるのだろう。

「一流なのは身を隠すことだけではあるまい」

美凰は骸骨花婿がいなくなった風月画を見おろした。妖物のにおいを感じさせないたくみな筆遣いは、凡庸な鬼のものとは思われない。

「巧妙に隠されているが、画中の朱歌蓮は妖気を帯びている。おそらく、暇さえあれば風月画に見入っていただろう蘇成学に、あちら側から秋波を送ったのではないか。艶っぽい声でささやきながら」

「『愛しいあなた』だの、『あたしを抱きしめて』だの、『口づけしてほしいの』だの、柔肌に餓えた男が聞きたがってる甘ったるい台詞をね」

「朱歌蓮が恋しくてたまらぬ蘇成学のことだ。妖物が送る秋波と甘いささやきに惑わされ、やつを心に招き入れてしまった。心を乗っ取られれば身体をあけわたしたも同然。画中に引きずりこまれ、勾魂鬼の餌食になったのであろう」

「はいはい、だんだん話が見えてきましたよ。花婿の姿は時間とともに変化していたから、蘇成学はすこしずつ魂魄を食われていったんですね？」

焼け爛れた姿は魂魄を蝕まれていく途上をあらわしていたのだ。衣服が燃えなかったのは、それが勾魂鬼の筆で描き足されたものだったからだろう。

「勾魂鬼にしてはこらえ性のあるやつだね。連中はそこの猫老頭子《じじい》みたいに食い意地が張ってるから、獲物を前にしたら食欲を我慢できないはずだけど」

「一口で食わねえでちびちび食ったってわけか？　けっ、しみったれなやつだぜ」

「その点も不可解だが、骸骨になってから半日以上、経っていることも気になるな」

「ぼく、知ってるよ。鬼蜕って壊れやすいんでしょう？」

先ほどの騒動で床に転げ落ちていた星羽が玉案の下からおずおずと出てきた。

「がらんどうだから、あっという間に消えちゃうんだよね。さっきの骸骨は昨夜の時点で消えてるはずなのに、今日まで残ってた。変だよね」

そのとおりだ、と美凰は星羽の頭を撫でる。

「妖気でかたちをととのえても鬼蜕を長持ちさせるのは難事だ。寸刻ですら難しいのに、この勾魂鬼は半日以上かたちを残してみせた。私が強引に骸骨花婿を外に引っぱり出して元の姿に戻さなければ丸一日、あるいはそれ以上もったかもしれない」

「なんでわざわざかたちを残しておいたんだよ？　魂魄を食うのが目的なら、食ったあとのことはどうでもいいだろ」

高牙が蟹の脚をばりばりと咀嚼《そしゃく》している。高牙は妖鬼だから、人のように蟹の身だけをほぐして食べることはない。甲羅ごと嚙み砕いて胃《い》の腑《ふ》におさめてしまう。

――なぜ風月画に鬼蛻を残しておいたのか。

魂魄を食うという目的を達成したら、風月画ごと鬼蛻を処分すべきである。勾魂鬼は冥官に追われる身なのだから、どんなかたちであれ自分の痕跡を残すのは悪手だ。物惜しみせずにさっさと魂魄を食らって鬼蛻を消してしまえば、冥官が彼の足取りをたどるのも困難になる。

度しがたい臆病者で、始終逃げまわっているくせに、なぜ手早く魂魄を食らわず、複雑な仕掛けをほどこしてまで鬼蛻を残したのだろうか。

「これだけでは判断がつかぬ。朱歌蓮の事件と似た案件を洗い出し、おなじような風月画が見つからないか探ってくれ。同様の風月画が出てくれば――」

「ちょっと待ってくださいよ、皇太后さま」

雷之があわてたふうに話をさえぎった。

「朱歌蓮の事件と蘇成学が鬼蛻になっちまった事件に、いったいなんの関係があるんで？　あっ、わかりましたぜ。朱歌蓮を殺したのも勾魂鬼なんだ！　じゃ、あの女も鬼蛻になってますぜ。風月画のなかにいる花嫁は朱歌蓮の残骸で――」

馬鹿め、と文泰は容赦なく雷之の頭をはたく。

「勾魂鬼はこだわりが強く、好みの魂魄しか食わない。特定の性別に執着しがちで、男の魂魄を好む者は男しか襲わず、女の魂魄を好む者は女しか襲わない。蘇成学が食われているということは、やつの好みは男の魂魄ということだ」

「あー、思い出した！　そういや朱歌蓮の死体は鬼蛻になってませんでしたぜ」

「風月画のなかにも女の鬼蛻なんかいなかったぞ。真っ暗でさっきのやつ以外だれもいなかった。どうやらこの朱歌蓮は単なる絵で、内側にはなんもねえみたいだ」

「あの女を襲ったのは勾魂鬼じゃねえ。てことは……」

「蘇成学だ」

美凰は骸骨花婿が描かれていた箇所を指先でなぞった。

「勾魂鬼は蘇成学を画中に引きずりこみ、こうささやいたのだろう。『朱歌蓮を永遠におまえのものにする方法があるが、試してみないか？』と」

勾魂鬼は成学に妖鬼の力をわけ与え、歌蓮を殺させた。

「朱歌蓮の魂魄には用がねえのに、なんで蘇成学をけしかけたんで？」

「文泰が言ったであろう、勾魂鬼はこだわりが強いと。かの者たちは特定の性別だけでなく、特定の情動にも執着する。この勾魂鬼は男の魂魄ならだれのものでも好むわけではない。心火《しんか》を燃やす男がいいのだ。恋しい女に執心するあまり、愛情が怨憎に変わってしまった男の魂魄を食らいたいのだ。だから蘇成学に目をつけ、妖気で惑わしてそそのかし、やつの手で朱歌蓮を殺させて魂魄の味をととのえた——」

愛しい女を手にかけ、とこしえに結ばれようとした成学は、その瞬間を待ち望んでいた勾魂鬼に捕らえられ、画中にひろがる闇のなかで毎日すこしずつ魂魄を食いちぎられていった。筆舌に尽くしがたい苦しみを味わっただろうが、それが利己的な殺人の報いだとすれば同情には値しない。悪因悪果とはこのことだ。

「へー、情念を燃やす男の魂魄に執着する勾魂鬼ですかい。そいつはめずらしいですぜ。勾魂鬼といやあ、ふつうは艶っぽい人妻か若い生娘を狙うもんですがねえ」

「そりゃあ、そいつらが男だからだろ」

如霞は洗い終えた黒髪を絞っている。

「賭けてもいいね。この勾魂鬼はあたしらのお仲間——つまり、女だよ」

「……は……にいらっしゃいますか？」

貪狼の声が耳朶《じだ》を打ち、天凱は朱筆を持ったまま顔をあげた。昊極殿《こうきょくでん》の屋根を執《しつ》拗《よう》に叩く雨音のせいで肝心なところが聞こえない。

「なんだって？」

「今夜は寿鳳宮《じゅほうきゅう》にいらっしゃるんですかと尋ねたんですよ。このところ、皇太后さまのご機嫌うかがいをなさっていませんので、そろそろお出ましになるのではと」

「夜更けに訪ねるのは体裁が悪いだろう」

「では明日の朝にでも？」

「朝はあわただしいから時間がとれない」

「じゃあ、今夜いらっしゃればいいでしょう」

「だから夜は体裁が――」

「以前はたびたび夜に訪ねていらっしゃったじゃないですか」

返答に窮し、天凱は朱筆を置いて蓋碗《がいわん》を引き寄せた。茶はとうに冷めている。

件の晩から美凰を訪ねていない。あんなことをして、いったいどんな顔で会いに行けばいいのだろう。風月画の妖気にあてられた結果とはいえ、軽挙妄動だった。恥ずべき行いだった。謝罪しなければならないが、なにから詫《わ》びればいいのかわからない。弁解の糸口さえ見つからず、公務を言い訳にして彼女を避けている。

――妖物は俺の本音を引き出しただけだ。

心にもないことを口走ったわけではない。急かされたように吐露した恋情も鬱屈も、すべて胸裏から生じたものだ。さりとて、本音を打ち明けたところでどうなるわけでもないこともわかっている。天凱は皇帝で、美凰は皇太后。血のつながりはなくても甥と叔母の関係だ。身を焼くような想いを打ちあけても、その先はない。この感情に展望はない。無意味なのだ、なにもかも。

——それに……美凰はいまだ叔父上を想っている。

天凱にとって美凰は初恋の相手だが、美凰にとってはそうではない。彼女の初恋の相手は雪峰だ。少女時代の美凰が抱いた純真な恋慕は雪峰の残酷な裏切りを経験してからも途切れず、ふたりが幽明境《ゆうめいさかい》を異《こと》にしたあとも息づいている。

雪峰を想いつづける美凰にしてみれば、天凱が投げつけてきた激情は迷惑以外の何物でもなかっただろう。現に、彼女は当惑していたではないか。あきれていたではないか。長年、弟のように思っていた男に、筋違いな熱情をぶつけられて。

会いたくないわけではない。美凰の顔を見たい。声を聞きたい。互いの立場ゆえ、ふれることはかなわなくても、彼女のそばにいたい。ほんのわずかな時間でいいから、ともに過ごしたい。

会いたい気持ちは時とともにつのっていくが、同時に背筋が寒くなる。美凰の顔に、声色に、態度に、天凱を拒む気配がにじむのではないだろうか。嫌悪があらわれないだろうか。あるいはもっとひどいものが——恐怖がのぞきはしないだろうか。

彼女の表情やしぐさに自分への恐れを読みとったら、どれほど打ちのめされるだろうか。天凱は美凰を脅かしたいわけではないのだ。その逆なのだ。彼女に信頼され、必要とされたいのだ。そしてできれば、弟のような存在ではなく——。

「圭内侍監《けいないじかん》が御目通《おめどお》り願いたいそうです」

配下から耳打ちされた貪狼が言うので、「とおせ」と命じる。入室してきた鹿鳴は冷え冷えとした無表情であいさつし、配下に持たせていた食盒《おかもち》を貪狼に手渡した。

「皇太后さまが主上に夜食をさしあげるようにと」

「叔母上がお作りになったのか」

「はい。それからこちらも」

鹿鳴が文をさしだすので、貪狼を介して受け取る。文には美凰の手跡で、先日のことは気にするな、あれは妖気のしわざだったのだと記されていた。

情け深い美凰らしい気遣いの言葉が胸に突き刺さった。彼女ならそう言うだろう。弟のように思っている相手がすこしばかり取り乱して荒っぽい行為におよんでも、彼女はやさしい姉のように鷹揚にかまえて、過ちを水に流してくれるだろう。

いっそ怖がられたほうがよかったのかもしれない。寛大な心で、あの晩の出来事そのものをなかったことにされるよりは。

——あなたはどうあっても俺を男として見てくれないんだな。

わかりきっていたはずの事実があらためて天凱を打ちのめした。彼女にとっての男は雪峰だけなのだ。天凱はいつまで経っても弟のような存在でしかないのだ。

男として好きではないと、面と向かって引導をわたされるほうがいくらかましだ。男として見ることができないと言われるよりは。

「おまえはどうするつもりだ」

用事をすませて立ち去ろうとした鹿鳴を、天凱は叱責するように呼びとめた。

「なんのことです」

「おまえの元許婚の話だ。いまは金飛燕《きんひえん》と名乗っているのだったか」

鹿鳴は忠臣を多く輩出してきた名門荀《じゅん》家の嫡男だ。凶后の奸計で腐刑《ふけい》に処される前は微氏《びし》という許婚がいた。鹿鳴と破談になったあと、彼女が苦界に身を落とし、金飛燕と名乗って春をひさいでいることは白遠から聞いた。

「大兄の話では、悪い男に身請けされそうになっているとか。なぜ助けてやらないんだ。知らぬ相手ではない、一度は婚約した女人だろう。紅衣内侍省《こういないじしょう》の次官なのだから、名妓のひとりやふたり落籍《らくせき》するくらいの蓄えはあるはずだぞ」

「……奴才《わたくし》は宦官です」

「だからなんだ？　上級宦官には妻妾を持つ者が大勢いるぞ」

高位の宦官は妻帯のみならず、養子に家産を受け継がせることが許されている。

「貪狼に聞いたぞ。金飛燕はおまえに文を寄越したんだって？　身請けしてほしいから文を送ってきたのだろう。さもなければ、いまさら文など寄越すはずがない。旧情をたのんでおまえに頼ってきたんだ。なぜ彼女の気持ちにこたえてやらぬのか」

「主上は宦官の私生活も支配なさるおつもりですか」

「天子として言っているのではない。ひとりの男として忠告しているんだ」

鹿鳴に対して怒りにも似た感情がわいてくる。あるいは嫉妬かもしれない。その気になりさえすれば、鹿鳴は金飛燕を娶ることができるのだ。だれにはばかることなく、彼女を妻と呼ぶことができるのだ。天凱にはどれほど望んでもできないことが彼にはあまりにもたやすいのだ。己が作り出した障壁を越えさえすれば。

「奴才は男ではありません。子をなせないのですから妻を娶るなど詮無いことです」

鹿鳴が逃げるように視線をそらすので、「言い訳をするな」と天凱は玉案《つくえ》を叩いた。

「子をなすことができない男は宦官と呼ばれるが、それはあくまで身体的な特徴による呼称だ。男の肉体を失ったとき、おまえは心まで去勢されたのか？　蚕室《さんしつ》を出たとき、おまえの心は男のものではなくなっていたのか？　それとも宦官の衣をまとって生きるうちに、いつしか魂魄まで腐人《くされもの》になりさがったか？」

「……主上」

「怖気《おじけ》づいている場合ではない。のんきに逡巡《しゅんじゅん》していられる時間はないんだ。未練があるならすみやかに行動しろ。恋しい女を二度も奪われるな」
「未練など……ありません。われわれの縁はとうに切れています」
「そうか。ならば、金飛燕がろくでなしに落籍され、むごたらしく痛めつけられても
おまえは平気なのだな」
「……ろくでなしというほどではないかと。評判のよくない人物だとは聞いています
が、裕福な海商で嫡妻もいないそうなので、身請けされれば女主として遇され――」
「周《しゅう》何某は海商じゃない。南方を荒らしまわっている海賊の頭目なんだぞ。そこかし
こで美女をさらっては乱暴にあつかって半死半生の目に遭わせ、用をなさなくなれば
廃物のように海に投げ捨てる下種野郎だ。そんなやつが金飛燕を大事にすると思う
か？　女主として遇されるだと？　周何某の素性を調べもせずに無責任なことを言う
な。事態はおまえが考えているよりも深刻だ。残忍な海賊に身請けされて幸せに暮ら
す未来など存在しない。圭鹿鳴、おまえは元許婚を死地に追いやろうとしているん
だ」
　鹿鳴の顔色が変わったのを、天凱は見逃さなかった。
「金飛燕はおまえが宦官であることを承知のうえで文を寄越した。彼女の真意を読み
解いてみるがいい。宦官という身分にこだわっているのはおまえだけではないのか。
金飛燕にとっては、そんなことはどうでもいいのではないのか」

「奴才は……」

「おまえは宦官であることを恥じているのではない。宦官として金飛燕と会うことを恐れているんだ。なぜだかわかるか？　おまえが彼女の前では男でいたいと心ひそかに願っているからだ」

「……その願いは、もはや永遠にかないません」

鹿鳴が深くうなだれるので、天凱は「下を向くな」と鞭打つように命じた。

「凶后は忌まわしい悪意によっておまえの肉体を傷つけたが、おまえの魂には一指もふれられていないはずだ。われわれの身体は寿命が尽きれば朽ちて跡形もなくなる。だが、魂魄は肉の器が滅びても消えない。魂魄があればこそ、いつか生まれかわることができる。それほどの力があるものを、おまえはまだ持っているじゃないか。にもかかわらず、己の願いすら叶えられないというのか。泣き言をこぼすな。おまえがみじめなのは去勢されたからではない。自分の心に従うことができないからだ」

「手厳しいお言葉でしたねえ」

鹿鳴の背中を見送ったあとで、貪狼がくるりとこちらを向いた。

「ま、奴才《わたし》には関係ない話ですけど。奴才はつねに心に従って生きておりますので」

言いながら交子《しへい》を手際よく数えている。本日分の賄賂《かせぎ》だろう。

「おまえに当てこすりを言ったつもりはない。先ほどの言葉は全部……自分自身に向けたものだ」

天凱は美凰の手跡を指でなぞった。紙面からぬくもりを感じられるはずはないのに。

――あなたが俺を求めてくれるなら、どんな罪を犯してもかまわない。

晟烏鏡《せいうきょう》を、玉座を、国を捨ててもいい。

そんな大それたことを考えて自嘲の笑みを浮かべる。愚かな夢だ。美凰は男としての天凱を求めたりしない。彼女には必要ないのだ。彼女にとって慕わしい男は、昔もいまもこれからも雪峰だけなのだから。

「朱歌蓮の件と似たような案件が多数見つかりました」

文泰が美凰に報告に来たのは、骸骨花婿の正体を暴いてから五日後のことだった。

「いずれの場合でも妓女が不慮の事故や唐突な自害、不審な病により死亡していますが、彼女たちには決まってしつこくつきまとっていた男がいたんです。遺体を調べてみたところ、朱歌蓮同様、瘴痕《しょうこん》が見られました」

「遺体を調べてきた？　墓荒らしでもしたのか？」

「してきましたぜ、と雷之が手柄顔で語る。

「妓女の亡骸なんざ、雑にあつかわれてどこに葬られたかも判然としねえことが多いんで、あちこち歩きまわって足が棒になっちまいましたぜ」

「ご苦労だったな」

「あいにく、すべての亡骸を見つけることはできませんでしたが。ここ三月のあいだに葬られた遺体のうち、墓所が特定できた者だけを調べました」

文泰がさしだした文書には、死んだ妓女の名と死亡した日時、遺体が確認できたか否か、彼女につきまとっていた男の素性などが記されていた。

「亡骸が確認できた者だけで二十七人もいるのか……」

どうりで花街の陰の気が強くなるわけだ。

「妓女にしつこくつきまとってた野郎はそろいもそろって妓女の死の二、三日前に行方をくらましてますぜ。死体も見つからねえし、足取りもつかめねえ」

「男の持ち物に風月画はあったか？」

「全員から回収はできませんでしたが、いくつか見つかりました」

文泰が雷之に持たせていた画軸を一幅ずつ玉案《つくえ》にひろげていく。全部で十。どれも花嫁姿の妓女が描かれており、焼け焦げたようなにおいがする。高牙と星羽にさわらせてみると、やはり骸骨花婿が出現した。

「こいつらが妓女を殺したのかよ」

高牙は心底から軽蔑したふうに顔をしかめた。

「ふられたことを怨んで女を殺す男なんざ、虫けらより価値のねえ連中だぜ」

同感だが、美凰にはそれ以上に気になることがあった。

──裏に凶后がいるのではないか。

凶后が明器《めいき》として従えていた強力な花妖《かよう》が妃嬪を孕ませていた事件は記憶にあたらしい。花妖は妃嬪の胎を借りて、処刑された際に損壊した己の軀《うつわ》を再生しようとしていた。この勾魂鬼《こうこんき》も凶后となんらかの関係があるのではないかと疑わずにはいられない。鬼道を操り、官民を脅かした凶后の明器は花妖だけではないはずだ。

天子の──亜堯《あぎよう》の膝元で二十八人の魂魄を食い荒らし、すくなくとも同数の妓女を殺しながら、今日まで尻尾をつかませなかった。それほどの妖物がどこかに潜伏している凶后と無関係とは思えないのだ。

朱歌蓮の舞衣を金飛燕にかえすため美凰が酔玉楼《すいぎよくろう》の正庁《おおひろま》に足を踏み入れたときには、すでにその騒動は起こっていた。三階右手側の走廊《そうろう》で、太りじしの男──金飛燕の身請けを申し出ている周何某《しゆう》が仮母《おかみ》や番頭と言い争っている。

「せっかく会いに来たのに、顔も見せぬとはどういうことか!?」

「飛燕は病で臥せっているのですわ。やつれた姿を周さまにお見せするわけにはいかないと申しておりますの。どうかあの子の女心をおくみになって……」

「かまうものか！　美女はやつれても美しかろう。ましてや私はいずれ夫になる男だ。臥せった姿を見せるのに、恥ずかしがることはあるまい」

「周さまは度量のひろい殿方ですから、病み衰えたあの子をご覧になっても御心変わりはなさらないでしょうが、女ならだれだって病床の姿を殿方に見られたくないものですわ。たとえ夫になるおかたでも……いいえ、夫になるおかたであればこそ、おしろいを塗らないおもてをお見せするわけにはいかないのです」

仮母はなんとかあきらめさせようとするが、周何某はなおも部屋に入りたがる。すると部屋のなかから烏角巾《うかくきん》をかぶった老人が出てきた。

「お入りになってはいけません。うつるやもしれませぬぞ」

「うつる病なのか⁉　もしや、見鬼病《けんきびょう》のようなものでは……」

「いえいえ、そこまで深刻なものではございません。つとめをやすんで養生すればじきに治ります。ただ、肌に発疹《ほっしん》が出ておりますので、周さまにうつしたくないと飛燕どのはおっしゃっています」

「それなら気にせずともよいと伝えよ。私は発疹ごときで飛燕を見限りはせぬ」

「飛燕どのが心配なさっているのは周さまの心変わりではなく、周さまの男ぶりがそこなわれることでございます」

「なに、私の男ぶりだと？」

好々爺《こうこうや》然とした老人は笑みまじりにうなずいた。

「飛燕どのは周さまの苦み走った雄々しい容貌が惚れ惚れするほどお好きだそうで。せっかくの精悍《せいかん》なお顔立ちが発疹でそこなわれては困ると」

「なんだって!? 飛燕は私の顔が好きなのか！」

周何某は小躍りせんばかりに喜び、怪訝そうに眉をひそめた。

「妙だな。そんなことはいままで言われたことがないぞ」

「いやだわ、周さまったら。女心がまったくおわかりでないのね。女というものは、好きな殿方の前ではなかなか素直になれないものですのよ。心からお慕いしているのに、いざお会いするとつれない態度をとってしまうのは、女らしい恥じらいが本音を覆い隠してしまうからですわ」

仮母がすかさずつけくわえると、周何某はにんまりして肉づきのよい顎を撫でた。

「そうだったのか！　飛燕め、いじらしいやつだ。私の顔に惚れ惚れしていたとは」

「飛燕が惚れこんでいる周さまのお顔に発疹がうつらぬよう、今夜はべつのお部屋に宴席をご用意いたしましたわ。飛燕の香妹《こうまい》たちが装いを凝らしてお待ちしております。実はあの子たちも周さまの男ぶりにくらくらしていますのよ。どうかあの子たちの純情をむげになさらないでくださいまし」

仮母におだてられて上機嫌になった周何某が別室に移動するのを見ながら階段をの

ぼり、美凰は烏角巾の老人に声をかけた。蒐官《しゅうかん》だと名乗り、状況を尋ねる。

「金飛燕の容体は？　深刻ではないと言っていたが、つとめに出られぬほどなら重病ではないのか」

「いいえ、重病というほどでは。大事をとってやすんでいらっしゃるだけです」

「発疹が出ているそうだが、どういう病なのだ？　鬼病のたぐいでないなら……」

そのとき、若い男が階段を駆けあがってきた。

「江《こう》先生！　急患です！　早くいらっしゃってください！」

老人は若い男に急かされ、あわてて階段を駆けおりていく。その背中を見送り、美凰は飛燕の部屋に入った。室内にはすえたようなにおいが立ちこめていた。飛燕が嘔《おう》吐《と》したらしく、下婢《げじょ》が桶《おけ》を持って出ていく。

「急に訪ねてきてすまない。具合が悪いとは知らなかったものだから」

「かまいませんわ。どうぞ」

飛燕は榻《ながいす》から立ちあがり、格子窓を開けた。秋の月とともに冷ややかな夜気が流れこんでくる。吐き気がおさまらないのか、飛燕は口もとに布をあてた。

「先ほどの老人は医者か？」

「このあたりでは腕利きと評判の市医《しい》ですわ。酔玉楼の主治医をなさっていますの。とてもやさしい先生なので、妓女たちにも慕われて……」

「重病ではないそうだが、顔色が悪いな。嘔気もひどいようだ。どんな病なのだ？」

飛燕は何事か言いかけて口をつぐんだ。陶器のような白肌に発疹は見当たらない。

「顔に発疹が出ていると医者は言っていたが、周何某を追い払う方便だったようだな」

「……周さまのお相手ができる気分ではありませんから」

うつむく飛燕は化粧をしたばかりに見えた。黒髪を結いあげ、金歩揺《きんほよう》をさし、あでやかな襦裙を着こんでいる。あきらかに病人の恰好ではない。おそらく、ふだんどおりつとめに出るつもりだったのだろう。問題が持ちあがるまでは。

「身ごもったのか？」

気詰まりな沈黙から事情が察せられた。

「そういうことは……よくあるのだろうな。妓楼《ここ》では」

「妓女たちはみな気をつけていますわ。身ごもると仕事ができなくなるので」

「もし身ごもったらどうするんだ？」

「堕胎します。産むという選択肢はありませんわ。お母さんが……楼《みせ》が許してくれません」

売れっ妓のなかには産む者もいるが、例外的な措置だという。

「父親はまさか……周何某か？」

「いいえ、それはありえません。あのかたとは床入りしていませんから」

馴染み客のだれかだろうが、はっきりとはわからないと飛燕は言った。

「長年、このつとめをしておりますが、わたくしは運よく懐妊しませんでした。おかしな話ですわね。身ごもらないのが幸運だなんて……。でも、花街ではそうなんです。世間の常識とは逆ですの」

何度も身ごもり、そのたびに堕胎する者もすくなくない。

「そなたも……堕胎するのか」

「……まだ決めていません。江先生は早いほうがいいとおっしゃっているのですが、決心がつかなくて」

飛燕が立ったままでいるので榻に座るよう促す。

「件の想い人から返事は来たか？」

美凰は格子窓を閉めた。身重の婦人が冷たい風にあたるのはよくない。

「先日、受け取りました」

「色よい返事だったか？」

「夢かしらと思うほどに。あのかたもわたくしのことをずっと忘れずにいてくださったと……。わたくしが苦界に身を落としていると知って同情してくださいました」

「そなたを身請けすると？」

美凰がとなりに座ると、飛燕は涙まじりにうなずいた。

「わたくしを妻に迎えたいとおっしゃってくださって……。こんな生業をしているわたくしでもいいと……」

「しかし、懐妊がわかってしまった」

「……どんな寛仁大度《かんじんたいど》なかたでも、ほかの殿方の子を身ごもった女を娶ってはくださらないでしょうね」

面と向かって責められでもしたように、飛燕は深くうなだれる。

「そんなことはあきらかなのに、決心がつかないのです。こんなかたちとはいえ、身ごもった子を流すことは……うしろめたくて。でも、あのかたに堕胎を求められればそうせざるを得ませんわ。決断するなら早くすべきなんです。あのかたに求められる前にそうするのがいちばんよいのでしょう。なのに、わたくし……」

さめざめと涙を流す飛燕を見ていられなくて、美凰は彼女の手を握った。

「早まるな。決断は急ぐべきではない」

「ですが……」

「心配するな。私が鹿鳴と話をつけよう」

「……どうしてあのかたの名をご存じなのです？」

「気を悪くしないでほしいのだが、そなたの事情はひととおり調べさせてもらった。そなただけでなく、朱歌蓮の周辺にいた者たちのこともな」

禁台《えいだい》では事件の関係者の身辺を調べあげることになっていると説明する。

「懐妊のことは、そなたからは話しづらいだろう。私から鹿鳴に話そう」

「そんなことをお願いしたら、ご迷惑では……」

「かまわぬ。こんな話を聞いてほうっておくほうが、気分が悪い」

飛燕は驚いたふうに目を見開き、涙ながらに「ありがとうございます」と言う。すこしやわらいだその表情に安堵した直後、美凰はぱっと手を離した。

「すまない。他意はないのだ。そなたを不憫に思ったので、つい……」

「謝らないでください。女同士なのですから」

「……なぜ女同士だと？」

「はじめてお会いしたときにわかりましたわ」

なにか襤褸《ぼろ》を出しただろうかと首をひねっていると、飛燕がくすりと笑った。

「ごめんなさい。嘘をつきましたわ。はじめてお会いしたときには騙されましたが、いま確信しました。あなたは女人ですね？　わたくしの境遇を慮《おもんぱか》ってくださるのは、同性のよしみでしょう」

「……そうかもしれぬな」

おなじ女として飛燕の苦衷は察するにあまりある。

「ひょっとして、あなたも――ですか？」

「私も、とは？」

「想い人がいらっしゃるの？」

返答が喉につまり、美凰は逃げるように視線をそらした。

「とにかく、鹿鳴の件は私に任せてくれ。悪いようにはしないから」


朱歌蓮の舞衣をかえして部屋を出ると、走廊の隅で下婢《げじょ》たちが話しこんでいた。

「またなの？」

「そう、またなくなってたの。こないだ、あたらしいものを用意したばかりなのに」

「やあねえ、やっぱりだれかが盗んでるんだわ。飛燕姐さんの身につけてるものなら高く売れるでしょうし」

「襪《しとうず》（靴下）だものね。素肌にふれるものだから……」

「金飛燕の襪が盗まれたのか？」

美凰が歩み寄ると、下婢たちはしきりにうなずいた。

「今回がはじめてじゃありません。何度もですよ」

「妓楼では妓女の持ち物がしょっちゅうなくなるんです。お客さんが勝手に持ち帰ったり、手癖の悪い幇間《ほうかん》や奴僕《げなん》がこっそり持ち出したり。売れっ妓の手回り品はしょっちゅうなくなりますよ。なくなった品物をならべて店をひらけるくらい」

「『店をひらけるくらい』どころか、実際にひらいてるんですよ。妓女の手回り品をあつかう物売りがいるって噂です。お客や雇い人はそういう連中に妓楼の品物を持ちこんで銀子をもらうんです。素肌にふれるものならとりわけ高値で売れるそうですよ」

妓楼も盗みには目を光らせているのだが、なにせ人の出入りが多い場所だから防ぎきれないのだ。

「肌にふれるものに高値がつくなら、襪も狙われやすいのだろうな？」

「内衣《したぎ》ほどじゃありませんが、よく盗まれます。でも、飛燕姐さんの場合は内衣より襪のほうが頻繁に盗まれるんです。きっと足の痣《あざ》のせいでしょうね」

「痣？」

「飛燕姐さんの足首には燕みたいな模様の痣があるんですよ。生まれつきなんですって。つがいの燕みたいな痣だから、縁起がいいって仮母《おかみ》は売り物にしてますよ」

つがいの燕は男女のこまやかな愛情をあらわす吉祥文様だ。

「足首を見られるのは馴染みのお客さんだけでしょ？　だからせめて襪だけでも欲しいって人がいるんだと思います。高値といっても玉代《ぎよくだい》よりは安いはずですからね」

「ほんと男の人の気持ちってわからないわ。襪ってただの布よ？　飛燕姐さんが履いてたって布以上のものじゃないのに、高い値段で買うなんて馬鹿みたい」

「布以上のものなのよ、そういう人にとっては。ほら、襪だっていろいろな使いかたがあるでしょ？　飛燕姐さんのにおいが残ってるかもしれないし……」

「やだ、気持ち悪い！」

盗人を思い思いに罵る下婢たちの前で美凰は考えこんだ。

――次に狙われるのは金飛燕かもしれない。

下婢たちが言うように、襪を欲しがる者がほんとうに渇《かっ》しているのは飛燕自身だ。そのなみなみならぬ執着心に危機感をおぼえずにはいられない。

「盗人の足取りをたどりたいので、襪に細工をしてもよいか？」

美凰は飛燕の許可を得て、彼女が履いていた襪に鬼火で文様を焼きつけた。こうしておけば、盗まれた襪がだれの手にわたるのか判明する。

――かならず被害を未然に防がなければ。

飛燕を次の犠牲者にするわけにはいかない。鹿鳴には二度とふたたび失ってほしくないのだ。彼の人生に欠くべからざるものを。

戯蝶巷《ぎちょうこう》から皇宮に戻ると、美凰は天凱が政務をとっている昊極宮《こうきょくきゅう》へ向かった。用件は捜査の進捗の報告および鹿鳴と飛燕についての相談だが、それくらいのことなら直接会わなくても人を遣わせばすむ。他人を介さずあえてこちらから出向くのは、天凱が寿鳳宮《じゅほうきゅう》を訪ねてこないからだ。

――頻繁に会わないほうがよいと言ったのは私だが。

天凱が風月画の妖気にあてられて混乱した晩から、かれこれ十日は過ぎている。逆に言えば十日しか経っていないのだが、一年くらい会っていないような気がする。

――妙な感じだ。昨年までは天凱がいない生活がふつうだったのに。

羈祅宮《きょうきゅう》で暮らしていたころは、そばにいるのは明器《めいき》と婢僕《めしつかい》だけだったし、雪峰の命令で定期的に美凰の様子を探りにきていた蒐官以外、外部の者とはかかわらなかった。紅閨《こうけい》の変《へん》が起こるまではつねに大勢の人びとが周囲にいる暮らしをしていたから、はじめのうちこそ戸惑ったが、慣れてしまえば静かな毎日は心地よかった。天凱を思い出すこともあったけれども、それは遠くで聞こえる鳥のさえずりのような懐旧の情にすぎず、いま美凰の胸を騒がせている焦燥にも似た感情とは異なっていた。

なにかが変わったのだ。一年前とは。天凱とたった十日、顔を合わせていないだけで、急き立てられたように会いに行ってしまうくらいには。

――天凱は……私を疎《うと》んじているのだろうか？

会いに来ないのは例の件で気まずいからではなくて、美凰を嫌いになったからだろうか。会うたびに美凰が夜伽について苦言を呈するのでうんざりしたのだろうか。美凰とて好き好んで小言を言っているわけではないが、天凱があまりに疎ましく思うようなら、すこしはひかえたほうがいいかもしれない。天凱をわずらわせたくはないし、いやな気分にさせたくもない。それに……彼に嫌われたくもない。

――醜聞は避けなければならないが、仲違いしなければならない理由はない。幼なじみとして打ち解けた関係でいたいと思う。ときどき昔の話をして、なつかしさを共有できるような。天凱もおなじ気持ちでいてくれればいいのだが……。

重苦しい気分を引きずるように回廊を歩いていく。

「だれかと思えば義姉上《あねうえ》じゃないか」

前方から茶化すような声が聞こえて、美凰はいつの間にかふせていたおもてをあげた。派手な胡服《こふく》をだらしなく着くずした男がこちらへやってくる。身位に見合った龍袍《ほう》をまとわず、参内した貴人がかぶっているはずの展脚幞頭《てんきゃくぼくとう》もかぶらず、胡人《こじん》風に髪を編み、無数の飾りを垂らした革帯《かくたい》を締めた奇抜な出で立《た》ちは、天子の叔父のものとは到底思われないが、彼――恭徳王《きょうとくおう》・司馬義流《しばぎりゅう》の無作法はいまにはじまったことではない。凶后時代にも身位に合わない恰好で参内していたので儀礼にうるさい大官たちは眉をひそめていたが、当の凶后が義流の奇をてらった身なりを面白がっていたので、彼の不行儀があらたまることはなかった。

「皇太后らしい服装も似合うが、その姿も美しいな」

義流は揖礼《ゆうれい》もせず、無遠慮な目つきで上から下まで美凰をながめまわした。

「蒐官の官服を着ているのになぜ哀家《わらわ》だと？」

「わかるとも。義姉上は巫山神女《ふざんしんにょ》と見まがう美姫だからな。どんなに身をやつしていても、光り輝く天賦の美貌が見る者の目を射貫く」

義流は雪峰よりも野性味のある顔立ちに下卑た笑みを浮かべた。

「なにが天賦の美貌だ。素鵲鏡《そじゃくきょう》に哀家の願いを写したのだろう」

男性皇族が持って生まれる素鵲鏡は、天子が持つ晟烏鏡《せいうきょう》にはおよばないものの特殊な術をあやつることができる。持ち主の力の度合いや資質などに影響されるので、術の内容はさまざまだ。白遠の場合は己の姿を自在につくりかえる変化《へんげ》の術。義流の場合は人の心に浮かんだ願いを読みとる心眼《しんがん》の術。義流がいともたやすく凶后に取り入ることができたのも心眼の術のおかげである。

「睨むなよ、義姉上。しょうがないだろ、俺の素鵲鏡にはこんな使い道しかないんだ」

「皇宮の外に出ればもっと有意義な使い道が見つかるぞ。市井を歩いて民の願いを読みとり、主上に奏上すればよい。万民の暮らしになにが足りないのか、彼らがなにを望んでいるのかはっきりすれば、政道を正す一助となろう」

「かんべんしてくれ。そんな道義的な使いかたは性に合わない。俺が好むのはもっと個人的なことさ。たとえば――つらい片恋に苦しむご婦人を助けてやるとか」

「色恋相談でも受けているのか。ご立派なことだが、皇叔《こうしゅく》ともあろう者がなさねばならぬほどの仕事ではなかろう。宗室に生まれたからには天下万民のために――」

義流がいきなり距離をつめてきたので、美凰はつづきを打ち切った。

「天凱との仲をとりもってやろうか」

「なんだって？」

「まあ、俺の出る幕はないかもしれないが。以前、天凱の心《なか》をのぞいたが、あいつは義姉上――あんたを欲しがってるぞ」

美凰が返答に窮すると、義流は周囲をはばかるように声を落とした。

「迂遠な言いかたじゃ、うぶな義姉上には通じないかな？　もっとわかりやすく言おうか。あんたを龍床に招きたがってるんだ。ああ、これじゃ上品すぎる。あけすけに言っちまおう。義姉上の柔肌をたっぷり楽しみたいと思ってるんだよ。驚くようなことじゃないだろ？　男が好きな女を抱きたくなるのはふつうのことだ。とりわけ壮健な若い男は精力が有り余ってるから、ちょっとしたことで火のような衝動に駆られるものさ。春情をもよおした男が自制心を働かせるのにどれほど苦労するか、女のあんたには想像もできないだろうな。あいつは涙ぐましい努力をしてるよ。必死に情欲を殺して、なにも感じていないようにふるまっている。ほんとうはあんたを閨に連れこんでひねもす抱いていたいのにな。不憫なやつだよ。こんなに近くにいるのに、恋しくてたまらない女を抱き寄せて口づけすることもできないとは」

「……馬鹿なことを。天凱がそのような考えを抱くはずが――」

「当人に尋ねれば『ありえない』と答えるだろ。口が裂けても言えないからな。『俺は叔母である劉美凰に恋着していて、夜ごと情を交わす夢を見る』なんてことは」

本音を隠しているのはあいつだけじゃない、と義流は茶化すように笑う。

「義姉上もおなじだろ？　あんたはあいつにとくべつな情を抱いている。そしてそれは単なる幼なじみに向けた感情じゃない」

「……なにが言いたいのだ」

「あんたはあいつのものになりたがってるってことさ。あいつに嫁いでおけばよかったと後悔してるだろう。無理もないよな？　先帝ではなく天凱に嫁いでいれば、あんたは廃妃にならずにすんだはずだ。天凱はあんたをそれこそ翡翠のように大事にしただろう。あんたは夫に愛され、子を産み、世間並みのあたたかい家庭を築いて、令嬢時代に夢見ていたとおりの人生を歩んだだろう」

一瞬だけ心をよぎった。天凱の皇后になっていた未来が。

「だが、あんたはまちがえた。天凱以外の相手を恋い、そのせいで辛酸をなめた。悔やんでも悔やみきれないよな？　己の愚かな選択を怨まずにはいられないだろうよ」

反駁しようとした舌は無様にもつれた。

「妃嬪たちがうらやましくてたまらないんだよな？　あの女たちは天凱の持ち物だ。

あいつに愛され、子を産むために後宮にいる。本来はあんたのものだった役目を妃嬪たちが奪ったわけだ。あんたは皇太后だ。けっして龍床に侍らぬ女だ。妃嬪とおなじように後宮で暮らしながら、あてがわれた役柄はまるきりちがう。妃嬪があいつの子を孕み、母親になる喜びにひたっているときに、あんたは寒々しい孤閨《こけい》で、だれにも愛されない身体を丸めて眠りにつく。毎晩ひとりで眠り、毎朝ひとりで目覚める。そんなことが延々とつづくんだ。あんたにかけられた封印《のろい》がとけるまで」

孤独は毒だぞ、と義流は睦言《むつごと》のようにささやく。

「平気なふりをしていても、知らず知らずのうちに心身を蝕まれていく。もう限界が来てるんじゃないか？　令嬢時代の夢に身をゆだねたいんじゃないか？　この際、そうしちまえよ。あんたはさんざんひどい目に遭ってきた。それを罪の報いだと世人は言うが、ここまでの報いを受けるほどあんたの罪は重くないはずだ。俺に言わせれば、あんたは過剰に罰せられたんだよ。先帝の私怨によってな。ともあれ、もうすんだ話さ。紅閨の変から十年が過ぎた。そろそろ解放されてもいいころだろう。罪人の衣を脱いで、ひとりの女として生きてみてはどうだ？」

強がらずに好きな男を頼れよ。心配するな。天凱は絶対にあんたを拒みはしない。あんたが腕のなかに飛びこんでくるのを待ち望んでいるんだからな。思い切って一歩踏み出してみろ。すがっていいんだ。泣き言をもらしていいんだ。ひとりで闘わなくていいんだ。天凱があんたを守ってくれる。ありとあらゆる苦しみから。

義流の口説が甘い感傷をともなって胸にしみこんでいくのをとめられない。

「口さがない連中のことは放っておけ。内乱？　不義密通？　道ならぬ仲？　くだらないね。あんたはもともと天凱の皇后になるはずだったんだ。それを横からかっさらったのは先帝じゃないか。凶后が命じた？　ああそうだとも、だれもが知ってる。だが、だれが命じたことだろうが結果はおなじさ。先帝はあんたを娶った。甥の妻になるはずだった女を盗んだ。罪があるとすれば先帝のほうだ。なにを遠慮する必要がある？　引け目に思うことがある？　悪いのは凶后だ。先帝だ。あんたじゃない」

内乱だなんだと騒ぎたてるやつらは凶后の代わりにあんたを攻撃しているにすぎない。凶后にぶつけられなかった怨みをあんたにぶつけてるんだ。要するに八つ当たりだ。やつらの憂さ晴らしに付き合ってやる義理はない。連中に非難されたら「黙れ」と言ってやれ。自分はおまえたちの奴婢じゃない、自分の生きかたは自分で決めると。あんただって世間並みのものを望んでいいんだ。夫を、子を、未来を望んでいいんだ。いつまでも罪を背負わなくていいんだ。赦されていいんだよ。

美凰が心の奥底で聞きたいと願っている台詞を、義流はつづけざまに吐く。

「自分の気持ちに素直になれよ。欲しいものに手をのばすのは罪じゃない。ましてやあんたが欲しがってるのは平凡な幸せだ。桁外れの贅沢をしたいわけじゃない。千年の栄誉を求めてるわけでもない。ただひとりの女として人並みの人生をおくりたいだけだろ。そんなことすら許されないって？　凶后の姪に生まれたせいで？　理不尽じゃないか。なんであんたがそんな目に遭わなきゃならないんだ？　おかしいだろ。あんたより罪深いやつなんかいくらでもいるのに、あんたほど不合理なさだめを課せられてるやつはいない。腹が立たないか？　なんで自分だけがこんな仕打ちを受けなきゃならないんだと思わないか？　憤れよ。理不尽を諾々と受け入れるなよ。天命に逆らって、欲しいものをつかんでみせろよ。あんたにも幸せを望む資格は――」

　義流が言葉を打ち切ったのは、美凰の背後から足音が近づいてきたからだ。ふりかえると、天凱がこちらへやってくるところだった。ひどく険しい顔つきで。

「叔母上、叔父上。こんなところで立ち話をなさらず、亭《あずまや》にお入りになっては？　茶を用意させますよ」

　天凱はにこやかに義流を見たが、目は笑っていない。

「気遣いはありがたいが、話はすんだ」

　では、と義流はぞんざいな揖礼をして立ち去る。

「いったいなにを話していたんだ？」

　詰問めいた口調で尋ねられ、美凰はわれ知らず目を泳がせた。

「たいしたことじゃない。戯言《たわごと》だ」

天凱は不審そうに表情をくもらせたが、かさねて問いはせず、ふたりきりで話をしたいので鏡殿《きょうでん》に入らないかと言った。美凰はうなずき、こちらにさしだされた彼の手をつかむ。とたん、でたらめに色を混ぜ合わせたように視界がくずれた。

鏡殿は晟烏鏡がつくりだす、外界から切り離された異空間だ。中央を極彩色の回廊がとおっており、左右にはさまざまな景物が映し出される。今日は右手側に錦繍の山々、左手側にはにおいやかな菊の園がひろがっていた。

「先日のことを謝りたい。……ほんとうにすまなかった」

「あらたまってなにを言うかと思えば、そのことか。それなら気にするな。風月画の妖気にあてられたせいだ。そなたは悪くない」

「いや、俺が悪いんだ」

美凰の声をかき消すように、低い声音が響いた。

「あの晩、あなたに言ったことは……すべて事実だ」

「……事実？」

「あなたは俺の初恋の相手だと言っただろう。俺はあなたを姉のように慕っていたのではなく、あなたの夫に——劉美凰の最初で最後の男になりたかったんだと。あの言葉は本心から生じたものだ。妖気にあてられて口走った世迷言《よまいごと》なんかじゃない」

回廊の途中で立ちどまり、天凱は錦繍のかなたをながめた。

「子どものころ、未来の皇后だとあなたを紹介されて冗談じゃないと思った。勝手に妻を決められているのが気に食わなかったし、凶后の姪であるあなたに反感をおぼえていた。だが、あなたの人となりを知るうちに悪感情は薄れていった。そしてすこしずつ惹かれていったんだ。翡翠公主と呼ばれていたあなたに」

「……そなたはいつも文句を言っていたぞ。私のように口うるさい女はいやだ、もっと物静かな女人を皇后にしたいと――」

「本心を語る勇気がなかったんだ。あなたには弟あつかいされていたからな」

「当時、そなたはほんの子どもで……」

「あなたと出会ったときは八つだったな。別れたときは九つだった。笄礼《けいれい》をすませていたあなたが異性として意識する年齢ではなかった。……そんなことは百も承知だ。それでもあなたに惹かれていたんだ。俺はあなたをひとりの女人として見ていた。近い将来、自分の妻になる人だと。たとえあなたが俺を男として見てくれなくても」

「……それは恋情というより『あこがれ』ではないか？　幼いころに身近にいる年上の異性を好ましく思うのはよくあることだ。だれだって一度は経験する。そなたも本気で私を恋うていたのではなく、淡いあこがれを抱いて――」

「頭から否定しなくてもいいじゃないか」

視線をこちらに向けずに、天凱は苦笑した。

「俺があなたに恋い焦がれていたのはそんなに奇天烈なことか？」

「……私は非馬公主だったから。凶后が暴政をしいて官民を虐げていたことも知らず、凶后の庇護下で際限のない贅沢を貪っていた。己の罪を自覚することさえなく、のうのうと生きていた私に、だれかに恋情を寄せられる資格など――」

「あなたに〝恋情を寄せられる資格〟があるかどうかなんて、俺には関係ない。俺はあなたに恋をした。それだけのことだ」

天凱はきっぱりと言い切り、ふっと笑う。

「安心してくれ。全部、過去の話だ。時がすべてを洗い流してしまったんだろう。いまはもう、あのころ感じていた恋情は、この胸にはない。例の風月画は俺の記憶を掘り起こしたんだろうな。そのせいで先日は取り乱してしまった。妖気のしわざと片づけてしまえばそれまでだが、俺にも付け入られる隙があった」

すまない、と頭をさげられてたじろいだ。その行為に、ではない。胸底から生じた情動にうろたえたのだ。狼狽をごまかすため、美凰はぎこちなく微笑した。

「妖気は人の心を惑わすものだ。そなたは亜堯だが、人にはちがいない。きっと疲れていたのだろう。即位以来、事件がつづいているからな」

「妖物に魅入られるとは、よほど参っていたんだろうな」

「そうだとも。そなたは自分をこき使うから。すこしはやすまなければだめだぞ」

笑顔を保ちながら、美凰は乱れる心を必死でおさえつけようとしていた。

——なぜだ。

天凱が「過去の話」だと断言した瞬間、音を立てて胸がきしんだ。本来なら安堵しなければならないのに。天凱が自分などに思いわずらっていないと知り、愁眉をひらくところなのに。どういうわけか落胆したのだ。あきらかに失望したのだ。

彼が「あのころ感じていた恋情は、この胸にはない」と言ったから。

美凰にはあるのに。あのころとはちがう想いが。

戯蝶巷《ぎちょうこう》、薬舗《やくほ》通りのはずれには見事な楓林《ふうりん》がある。婚礼衣装をまとったような楓《ふう》樹《じゅ》が思い思いに紅蓮の枝をひろげたその場所で、鹿鳴は彼女を待っていた。

待ち人の名は金飛燕。けれどもそれは鹿鳴が知る彼女の名ではない。本姓は微《び》、名は玥《げつ》、幼名は小燕《しょうえん》。鹿鳴が権門荀《じゅん》家の嫡男、黎暁《れいぎょう》であったころの許婚だ。

最後に会ったのは十八年前のこと。黎暁は十六で、小燕は十二だった。記憶のなかの彼女は内院《なかにわ》を駆けまわって遊んでいた、あどけない少女のままだ。凶后に陥れられて黎暁が宦官になったあと、小燕は良家に嫁いだと人づてに聞いた。幸福に暮らしているのだろうと思っていたのに、まさか妓女になっていたとは。

貪狼を介して受け取った文によれば、黎暁との婚約が破棄されたのち、小燕は道観に入って女道士になりたいと父親に訴えたそうだ。むろん、微家の当主がそんなことを許すはずがない。いったいどこの父親が手塩にかけて育てた娘の一生を道観の内側で空費させようとするだろうか。懇願は退けられ、小燕は良家の青年と婚約し、十五になったら婚礼をあげることになった。

『あなた以外のかたにはどうしても嫁ぎたくなかったのです』

婚礼当日、小燕は顔かたちが似ている下婢《げじょ》と入れかわった。下婢に花嫁衣装を着せ、自分は下婢の衣を着て花嫁行列にくわわったのだ。花婿の邸へ向かう道すがらにぎやかな花嫁行列から離れて雑踏にまぎれ、行方をくらましたらしい。

花嫁が小燕でないことは、実家から付き従ってきた婢僕《めしつかい》にはすぐにわかったはずだが、嫁ぎ先で騒動が起こることはなかった。微家の面目をつぶすことを恐れてみなが口をつぐみ、事態をまるくおさめるため下婢を小燕として遇したのだろう。

『女道士になるつもりでしたから、道観を目指して歩きました。けれどその途中で、おなじ年ごろの少女とぶつかったのです。彼女は男に追われていました。わたくしはとっさに彼女を物陰に引き入れ、事情を聴いたのです』

少女を追っていたのは女衒《ぜげん》だった。飲んだくれの父親が酒代欲しさに娘を売りはらったために、彼女は妓楼へ連れていかれるところだったのだ。

『あの子には二世を誓った青年がいました。父親が結婚を許してくれないので、駆け落ちするつもりだったそうです。落ち合う約束をした場所に行かなければならないのに、薄情な父親に売られ、花街に連れていかれることになったと泣いていました』

小燕は憐れな少女に同情した。そして事もあろうに、彼女と入れかわったのだ。

『女衒がわたくしたちを見つけ出し、あの子を腕ずくで連れ去ろうとしました。泣き叫ぶあの子を見ていられなくて、わたくしが身代わりになると申し出たのです』

女衒は小燕を見て舌なめずりしたにちがいない。彼女は幼き日の嫦娥《じようが》を思わせるたぐいまれな美貌の持ち主だったのだ。

かくて小燕は行きずりの少女の身代わりとして娼門《しようもん》をくぐり、色を売って世をわたり、いまや名妓と呼ばれるまでになった。

――なんて愚かなことを。

文を読んでいる途中で怒りがこみあげてきた。微家の当主がさだめたとおり良家に嫁いでいれば知らずにすんだ苦労を、小燕はみずから進んで経験したのだ。よりにもよって女人にとってもっとも大切な貞節を売りはらい、彼女の色香を嗅ぎつけて入れ代わり立ち代わりやってくる嫖客《ひようかく》を無垢な柔肌でもてなしたのだ。

小燕はけっして婦徳をおろそかにする娘ではなかった。黎暁が知る限り、だれよりも貞潔な少女だった。世間が卑しむ生業とは無縁の人生をおくるはずだったのに、どうしてそこまで身を持ちくずしたのかと憤りさえした。

しかし、彼女の手跡を目で追っていくうちに怒りはべつのものにすりかわった。

『宦官は妓女を娶ることがあると女街から聞きました。ですからわたくし、ひょっとしたらあなたがいつか、わたくしを迎えに来てくださるかもしれないと思って……』

その文言を読んだとき、「どうかしている」と吐き捨てずにはいられなかった。宦官に娶られることを望むなど、正気の沙汰とは思われない。彼女は人生を棒にふったのだ。腐人《くされもの》に身を落とした黎暁と再会する、ただそれだけのために。

――なんて愚かな。

つぶやいた声が震えた。信じられなかった。腐刑《ふけい》を受け、男ではなくなってしまった黎暁を、小燕がいまもなお慕ってくれているなんて。

しとやかな筆跡から彼女の真情を感じ取りつつも、身請けしてほしいという申し出になかなか返信できなかったのは、金飛燕となった小燕と再会するのが恐ろしかったからだ。彼女の生業を蔑んでいるからではない。彼女の目に自分がどう映るのか、考えただけで悪寒がしたからだ。宦官となった自分を小燕の視線にさらしたくなかった。現在の姿を見せることで、彼女のなかに在る、まだ男であったころの黎暁の記憶を塗りかえたくなかった。小燕の前では男のままでいたかったのだ。

返信すべきか、沈黙すべきか、ぐずぐずと逡巡していたところを今上に叱責された。雷に打たれたかのようだった。知らなかったのだ。小燕を身請けしようとしている男が女人を手荒にあつかう残虐な海賊だとは。そんな男に落籍されたら彼女はどうなってしまうのか。おぞましい未来が代わる代わる脳裏を駆けめぐって、鹿鳴は急かされたように筆を握った。小燕を死地に追いやるわけにはいかない。彼女には安全な場所で暮らしてほしい。人並みの男ではない鹿鳴に彼女を幸せにすることができるとは思えないが、すくなくとも残忍な輩から遠ざけてやることはできる。

文を出し、返事を待つあいだ、小燕と暮らす自分を幾度となく心に思い描いた。毎日あいさつを交わし、食卓をかこみ、たわいない会話を積みかさねて、移り変わる季節をともにながめる。なにげなくとなりを見やったときに小燕の姿があったなら、味気ない日常はどれほど華やぐだろうか。

われにもなく胸が躍った。あれほど逡巡していたのが嘘のように、彼女を迎え入れるための支度にとりかかった。邸に小燕の部屋を用意し、婦人用の調度を手配し、気の利く侍女を雇い入れた。彼女が心地よく暮らせるよう考えをめぐらせた。

そんなおりだった。小燕が客の子を身ごもっているという話を美凰から聞かされたのは。横ざまに殴りつけられたような衝撃を受け、鹿鳴は呆然自失した。ついで狼狽する己を愚かしく思った。彼女は紅灯の巷に身を置いているのだ。春をひさいでいるのだ。身ごもることもあるだろう。驚くような話ではない。

元許婚――いまも想いを残している女人が他人の子を身ごもったと聞いたら、まっとうな男なら嫉妬するだろうか。自分以外の男に肌身を許したことに憤り、ふしだらな女だと軽蔑するだろうか。

あいにく、鹿鳴は〝まっとうな男〟ではない。嫉妬する資格もなければ、彼女を軽蔑する資格もないのだ。

嵐のような激情が過ぎ去ると、鹿鳴はふたたび筆をとった。文にはこう書いた。身ごもっていてもかまわないから私のもとに来てほしい、と。

懐妊していればなおのこと小燕を突き放せない。鹿鳴に見放されたら、彼女はいったいどうすればいいのだろうか。花街ではしばしば堕胎が行われると噂で耳にしているが、その行為が母体にとって危険きわまりないものであるということは鹿鳴も承知している。小燕の肉体が傷つけられることは望まない。彼女にはいつまでも健やかでいてほしいのだ。たとえ、嫖客の子を身に宿していても。

後宮に勤めているから身重の婦人の世話には慣れている。小燕が安心してお産にのぞめるよう、環境をととのえてやることもできるだろう。

赤子はふたりの子として育てればよい。世間では上級宦官が養子をとることも頻繁に行われているのだから、けっして不自然な成り行きではない。

落籍の前に会う約束をしたのは、一日も早く小燕と再会したかったからだ。さりとて妓楼では会いたくなかった。鹿鳴が会いたいのは戯蝶巷に妓名をとどろかせる金飛燕ではない。鹿鳴の——黎暁の妻になるはずだった、微小燕なのだ。

はやる心をなだめようとして、鹿鳴は赤く色づいた梢《こずえ》を見るともなしにながめた。早く会いたいのに、そのときが来るのが恐ろしくもある。

——美しくなった。

貪狼から小燕の文をもらったあと、鹿鳴は花案《かあん》の行列を見に行った。小燕が金飛燕として登場すると聞いたからだ。華麗な嫦娥の衣装をまとい、熱狂する嫖客に艶然と微笑むその麗姿は記憶のなかにいる十二歳の少女の面影を残しておらず、別人にしか見えなかった。ほんとうに彼女なのだろうかといぶかったほどだ。

けれども文に残された筆跡はまちがいなく小燕のものだと断言できた。その事実を嚙みしめていると、会いたいという気持ちをおさえられなくなった。

けっして小説で描かれるような熱烈な恋をしていたわけではない。婚約した際、黎暁は十歳で、小燕は六歳だった。世間の若い男女がそうであるように、互いの両親が決めた結婚だった。恋を語るには小燕は幼すぎたし、黎暁は科挙のための勉学で頭がいっぱいだった。それでも許婚として顔を合わせる機会が増えるごとに、彼女を未来の妻として意識するようになった。黎暁が書房《しょさい》にこもって経籍《けいせき》を読みふけっていると、小燕が茶菓を持ってきたものだ。料理が苦手な彼女が不格好な甜点心《おかし》をおずおずとさしだすのを見ると、春の木漏れ日に包まれたような心地よいぬくもりを感じた。あどけない許婚の愛らしい気遣いがこそばゆくも心にしみた。

なればこそ、彼女との別れは骨身にこたえた。もう二度と会うことはあるまいとあきらめていた。また、小燕に合わせる顔もなかった。黎暁は——鹿鳴はもう男ではない。いったいどんな顔をして彼女と会えばいいのだろうか。いっそ男であったころの黎暁を彼女が知らなければ、なんのこだわりもなく会うことができただろう。しかし、小燕は知っているのだ。腐刑を受ける前の——彼女の許婚だった黎暁を。

　記憶のなかの少女にわが身の恥をさらしたくないという想いは、いまだ棘のように胸に刺さったままだ。ひょっとすると、会うべきではないのかもしれない。なにかべつの方法で彼女を助けるべきなのかもしれない。楓林へ向かう道すがら、軒車《くるま》に揺られている最中でさえ迷いがくすぶっていた。こうして楓樹の妖艶な枝ぶりの下に立ち、小燕を待っているまさにこの瞬間ですら、ここにいるべきか否か、判断しかねている。いよいよそのときが来たら、どのように声をかければいいのか。いや、声をかける前にどのような表情をするべきなのか。

　——幻滅されなければいいが……。

　嫖客には宦官もいるから、小燕は見慣れているだろう。だからいまの黎暁を見て驚くということはないはずだ。とはいえ、彼女のなかでも黎暁は昔のままだろうから、現在の姿を目の当たりにしてどんな感情を抱くのかは——。

いつの間にかうなだれていた鹿鳴の背後で、おずおずと落ち葉を踏む音がした。

「……黎暁さま？」

秋風にさらわれそうなか細い声が、鹿鳴が一人前の男だったころの字《あざな》をつむいだ。

「荀黎暁さま……ですよね？」

ああ、そうだ。十八年前、前途洋々たる新進士として杏園《きょうえん》の宴にのぞんだ鹿鳴はそう呼ばれていた。あのころは荀黎暁と呼ばれるのがあたりまえだった。

男の肉体を持って生きることも至極当然のことだった。夢にも思わなかったのだ。一年と経たないうちにそれらをふたつながら失うことになるとは。

――だめだ、こんな身体では。

恥が全身を駆けめぐる。かくも醜く汚らわしい肉体で、どうして小燕に会おうなどと考えたのだ。彼女の眼前に姿をさらそうなどと考えたのだ。耐えられるはずがないのに。こちらを見る彼女のまなざしに、ほんのすこしでも蔑みの色を見出してしまったら……きっと耐えられない。生きていけない。寸刻たりとも。

ここにいてはいけない。逃げなければ。彼女の視界から消えなければ。

ほとんど無意識のうちに、鹿鳴は立ち去ろうとした。

「黎暁さま！」

玲瓏《れいろう》たる声音に呼びとめられて立ちどまる。なぜか動けなかった。これ以上、彼女の視界に姿をさらすわけにはいかないのに。

足音が近づいてくる。それは鹿鳴を追い抜き、鹿鳴の真正面でとまった。視線の先に立つ婦人は縫い取りのない胡桃色《くるみいろ》の襦裙をまとい、帷帽《いぼう》をかぶっている。帷帽から垂れた羅《うすもの》を透かして見える面輪には薄化粧がほどこされており、息をのむほどに麗しかったが、花案の行列で見た名妓・金飛燕の圧倒的な色香は感じられなかった。

「わたくしが小燕ですわ。あなたの許婚だった……」

小燕は帷帽をはずした。紅葉に濾《こ》された秋陽のなかに、その花顔があらわになる。

「黎暁さまでしょう？　どうして返事をしてくださらないのですか？」

彼女が一歩前に踏み出したので、鹿鳴は反射的にあとずさった。恐ろしかったのだ。小燕の目を見ることが。

「……やはり軽蔑していらっしゃるのですね。わたくしがこんな生業をしているから」

ちがう、そういうわけじゃない、と言おうとしたが、喉が麻痺《まひ》している。

「自分がどれほど愚かな道を歩んできたのか、人に指摘されるまでもなく自分自身がいちばんよくわかっています。どうかしていますわね。あなた以外のかたに嫁ぎたくないばかりに親を謀り、娼門をくぐるなんて。幾度となく客をとってきた、こんな汚らわしい身体で、あなたに嫁ぎたいなんて……」

声を震わせつつ、小燕はこちらを見あげた。

「あなたがわたくしを軽蔑なさるのも無理はありませんわ。だれが好き好んで使い古しの女を娶るでしょう。ましてや他人の子を宿した女を……。道理はわきまえていますが、あなたをお慕いする心をおさえられず、ぶしつけにも文を出しました。さぞやご迷惑だったでしょうね。とうに縁が切れたはずの元許婚に身請けしてほしいなどと頼まれて……。色よい返信をくださったのは、わたくしを憐れんでくださったからでしょう。あなたのやさしさにつけこむような真似をしたことをお詫びいたします」

小燕は頭の重みに耐えかねるというように、首《こうべ》を垂れた。

「あたたかい文でいたわってくださった、そのご厚意に感謝いたします。今日はわざわざこんなところにまで足を運んでくださり、なんとお礼を申しあげてよいか……。あなたにふたたびお目にかかることができるなんて、ほんとうに夢のようですわ。けれど、夢はかならずさめるものです。あなたをわずらわせるのはもうやめます。金輪際、文はお送りしません。今日限り、わたくしのことは忘れてください」

どうかお元気で、と言い置いて小燕はきびすをかえす。鹿鳴がその細腕をつかんだのはほとんど無意識の行動だった。

「これからどうするつもりだ。身重なのに」

「出家しますわ。わたくしのような境遇の女人を受け入れる道観があるそうですから。いくらか喜捨すれば、むげにはあつかわれないでしょう」

「借金は？　まだ残っているのだろう？」

妓女は借金で妓楼に縛られている。完済するまで妓籍《ぎせき》からは抜けられないはずだ。

「長年勤めていますから、貯えがあります。身のまわりのものを処分すれば、それなりの金高にはなるでしょう。この齢《とし》ですし、これ以上勤めていても若いころのようには稼げませんから、お母さんもすこしは情けをかけてくれるはずですわ」

「君が道観に入ったと聞いたら、君を身請けしようとしている周《しゅう》という男が追いかけてくるかもしれない。大金を貢いだのに女人を思いどおりにできないと逆上する男はいる。その男がそういう輩なら、君の身が危険だ」

急くように言いながら、己に疑問を抱かずにはいられなかった。小燕は悪漢に身請けされそうになり、追いつめられて鹿鳴を頼ってきたのだ。それなのに鹿鳴は――黎暁は彼女を見捨てて立ち去ろうとした。逃げようとしたのだ。満身にこびりついた恥辱から。愚かしいことだ。どこへ逃げても、わが身から逃げられはしないのに。

「周の正体は海賊だと聞いている。女人をむごたらしくあつかう残忍な男だと。そんなやつが逆上したらなにをするかわからない。もしかしたら君を――」

「もし襲われたら自害しますわ。もう二度と……愛していない殿方に身を任せたくありませんから」

どうか笑ってください、と小燕は涙声で言った。

「とうに操をなくした女にも矜持《きょうじ》はあるのです。愛しいかたに再会したあとではかの殿方に肌身を許したくないと思うくらいには……。いまさらそんなことをしたって、この身体にこびりついた賤しさが洗い落とされるわけではないのに……」

さめざめと泣く小燕を黎暁はおそるおそる抱き寄せた。玻璃《はり》細工にふれるように。

「なにも心配するな。これからは私が君を守る」

「……ご迷惑でしょう？　蒐官《しゅうかん》さまからあなたは妻妾をお持ちでないとうかがいましたが、もし意中のかたがいらっしゃるなら、わたくしの存在がそのかたとの関係にひびを入れるきっかけになってしまいませんか？」

「意中の人か……そんな女人は」

いない、と言おうとして声がつまる。

――忘れられなかった。

この十八年、かつて言い交わした少女を思い出さない日はなかった。

小燕が良家に嫁いだという噂を耳にして安堵しつつも、かすかな怨みが胸を刺した。彼女が自分に操を立てて独り身を貫くことを心のどこかで期待していたのだ。それは狭量な男の――男だった者の手前勝手な感傷にすぎないが、小燕と結ばれる未来を自覚していた以上に待ち望んでいたことの証左でもある。歳月が彼女の記憶を洗い流してしまわなかったのは、やはり情が残っていたからだろう。

「意中の人はいる」

腕のなかで小燕が身を強張《こわば》らせた。

「彼女の幼名は小燕という」

黎暁は白い頬にそっと指先を這わせ、涙を拭う。

「さっきは逃げようとしてすまなかった。宦官となったわが身を君の視線にさらすことが恐ろしかったんだ。私はもう男ではない。世間の男がするようなかたちで君を愛すことはできない。だからきっと……これでよかったんだ。もちろん君が強いられてきた苦労は察するに余りあるが、君がこうして私のもとに戻ってきてくれたことは僥《ぎょう》倖《こう》にちがいない。そのうえ君は身ごもっている」

「……黎暁さま、わたくし」

「非難しているのではない。喜んでいるんだ」

胸に満ちた情感に逆らえず、黎暁は小燕の顔をのぞきこんだ。

「天も味なことをなさる。いずれ夫婦になる私たちに子を授けてくださるとは」

蚕室から出たとき、自分は一生、妻も子も持てないのだと絶望した。知らなかったのだ。十八年の歳月を経たのち、失った未来を取り戻すことができるなんて。

「そうだ、君にかえさなければならないものがある」

黎暁は懐から女物の佩玉《はいぎょく》を取り出した。つがいの燕をかたどったそれは、婚約が成立したおりに黎暁が小燕に贈った定情物《ていじょうぶつ》だ。小燕はいつもこの佩玉を身につけていたが、蚕室に入る黎暁を見送る際に帯からはずした。

「これをわたくしの代わりにおそばに置いてください」

大きな瞳に涙をいっぱいためて佩玉をさしだした彼女が眼裏《まなうら》に焼きついている。

「本来在るべき場所に戻ったな」

佩玉を小燕の帯にくくりつけると、知らず知らずのうちに口もとがほころんでいた。もう二度と嘆くことなどないという気がする。黎暁の伴侶として生まれた女人がこうして戻ってきてくれたのだから。

「圭内侍監《けいないじかん》は金飛燕を身請けするそうですよ」

例によって寿鳳宮を訪ねてきた宋祥妃が菊花糕《きっかこう》を頬張りつつ切り出した。

「ささやかながら婚礼もあげるとか。金飛燕は身ごもっているので今年じゅうにはすませてしまいたいらしく、婚礼衣装の支度を急がせているんですって」

それはよかった、と微笑んで、美凰は蓋碗《がいわん》をかたむけた。

「鹿鳴が許婚と別れなければならなかったのも、もとはと言えば私の不用意な発言のせいだ。こんなことで埋め合わせができるとは思えぬが、すこしでも良い方向に向かいそうで安堵した。婚礼をあげるなら、なにか祝いをせねばならぬな。……でも、私が贈り物などすれば鹿鳴にいやな思いをさせるだろうか」

鹿鳴が宮刑《きゅうけい》を受けることになったのは、新進士が招かれた杏園《きょうえん》の宴で美凰が彼を花婿に指名したからなのだ。当時、美凰は八つで、結婚を夢見る年齢でもなかった。凶后に「新進士のなかでだれを夫にしたいか」と尋ねられ、たまたま目についた若者を戯れに指さしただけだったが、凶后はその者を宦官にして美凰の側仕えにするつもりだった。偶然、美凰の目にとまったばかりに、名門荀《じゅん》家の嫡男として将来を嘱望《しょくぼう》されていた荀黎暁《れいぎょう》は男の肉体を奪われ、圭鹿鳴という宦官になってしまったのだ。誇り高き荀氏一門の主は息子が腐人《くされもの》に身を落とした事実を受け入れられず、憤死した。鹿鳴は敬愛する父親の死に目にも会えず、一族からは絶縁され、孤独と屈辱にさいなまれる日々をおくってきた。彼が味わった惨苦の元凶は美凰なのだから、軽々に結婚祝いなどを贈れば、かえって不快感を抱かせてしまうかもしれない。

「ご心配なら、圭内侍監ではなく金飛燕に贈り物をなさればいいんじゃないですか？　圭内侍監も愛妻に贈られたものなら拒めないでしょう」

「名案だな。そなたもたまにはよいことを言う」

「たまにはってなんですか。つねにいいことを言ってるんですけど、私」

不平そうに唇をとがらせる宋祥妃に笑って、菊花糕を一切れとって口に運ぶ。

「想い合うふたりが結ばれる。これほどすばらしいことはないな」

しみじみとつぶやいたあとで、舌先にざらざらとしたものを感じた。鹿鳴と飛燕の幸せを祈る気持ちでいっぱいのはずなのに、心のどこかが重く陰っている。

――私には縁のない話だ。

美凰が恋しい人と結ばれることはない。恋をすることが許されていないのだ。一生、罪を背負って生きていくしかない。皇太后として天凱の後宮を見守ることが美凰の使命だ。そこまで考えた瞬間、思考が空転しはじめる。天凱の後宮を見守るということは、彼が妃嬪を寵愛し、子をもうける様子をそばで見ているということだ。むろん、後宮をつつがなく運営していくのは皇太后のつとめで、美凰が後宮にいる理由なのだが、その事実を噛みしめるとなぜかとても苦い味がする。

――天凱からあんな話を聞いたからだろうか。

天凱は美凰が初恋の人だったと言っていた。それは幼少時代の記憶でいまはとくべつな情はないとも。思いがけない告白に美凰は動揺した。なにかひどく鋭利なもので無遠慮に胸裏をひっかかれたかのようで。

彼の純朴な想いに応えられなかったことへの申し訳なさと、いまや過去のものとなってしまった恋情を惜しむ気持ちがないまぜになっている。

――惜しむ？

天凱の初恋が叶わないまま終わったことを惜しむとは、いったいどういうことだろう。安堵すべきなのに。美凰のような罪深い女を恋うても不毛なのだから、彼が初恋を捨てたのは彼にとってよいことなのに。なぜか美凰は気落ちしているのだ。

まるで「いまもあなたを恋うている」と言ってほしかったみたいに。

「みんなそうなんですよ」

「ん？　なんだ？」

「想い合うふたりは絶対に結ばれるんです。そういうふうにできているんですよ」

「そうだろうか……」

鈍い返答をする美凰に、宋祥妃は大きくうなずいてみせる。

「圭内侍監も浄身《じょうしん》したときには、金飛燕との縁は切れたと思っていたわけでしょう。でも、十八年後にふたりは結ばれた。いろんな困難がふたりを引き離そうとしたけれど、結局のところ、なにものもふたりを引き離すことはできなかった。こうなることは十八年前から決まっていたんじゃないでしょうか？　きっと天の計らいですよ。互いに想い合っている限り、けっしてふたりの縁は切れないんです」

「まるで確信があるかのような口ぶりだな」

「ありますよ！　私だって、来世であのかたと結ばれることになっています。今生か、来世か、というちがいしかないんですよ。互いが強く想い合っていれば、かならずどこかで結ばれる――天がそのように計らってくださるんです」

宋祥妃は先帝が重用していた有能な蒐官《しゅうかん》と恋仲だった。彼は不幸にして妖鬼との戦いで深手を負ってしまい、鬼籍に入った。死に別れる前、ふたりは来世で結ばれることを誓い合った。金石のような誓約を胸に、宋祥妃は潑溂《はつらつ》と生きている。

「……そうだといいな」

だれもが愛し合う者と結ばれればいい。

どんなかたちでもいい、どれほど時間がかかってもいいから、ふたりの想いが実を結ぶ。そのように天がさだめてくれていることを願う。

――私にもいつかそんな日がくれば……。

そんなことを思うだけで罪を犯している気がする。けれど、心のどこかで願わずにはいられない。いつの日か赦されることがあったら、そのときは――。

夜更け。幾度、寝返りを打っても睡魔が訪れてくれず、美凰は寝床から出た。不寝番をしている眉珠には内院《なかにわ》を散歩してくると言い置いて臥室《しんしつ》をあとにする。回廊をわたって内院におりると、うらさびしげな金風に頬を撫でられた。丹桂《きんもくせい》の香りにやさしく鼻孔をくすぐられつつ、秋の月が照らす小径《こみち》をあてもなく歩いているうちに、なぜかむしょうに舞いたくなった。舞衣は金飛燕にかえしてしまったので手もとにない。また、舞にふさわしい衣装も持っていない。皇太后の常服は厚手の生地で裾が重く、飛びはねたり身をひるがえしたりするのに適していない。

眉珠に女官服を借りようか、と考え、そこまでするほどのことでもないと思いなおした。どうせ見物人がいるわけでもないのだ。眠れぬ夜の気慰み程度なら、夜着のままでいい。水袖《すいしゅう》をひるがえすように腕をふり、美凰は舞いはじめた。

この舞は『神女恋舞《しんにょれんぶ》』という。題材となったのは月に住む神女が人間に恋をするという伝説だ。月宮殿《げっきゅうでん》で嫦娥《じょうが》に仕えている神女は、あるとき主の使いで地上におりる。その際、見目麗しい若者を見かけ、一目で心奪われてしまう。恋の病にそそのかされ、神女はたびたび月宮殿を抜け出して若者に会いに行く。なんとかして青年と近づきになろうとあの手この手で声をかけるのだが、若者は不幸にして人間である。人の目では神女の姿を見ることができないので、彼女に気づかない。

叶わぬ恋に苦しむ神女を憐れんだ嫦娥は彼女にある術をかける。それは「舞っているあいだだけ、恋しい相手の瞳に映ることができる」というものだった。

神女はさっそく地上におりて、若者の眼前で舞を披露する。神女が舞うと若者は彼女の姿を見られるようになり、彼もまた神々しく美しい彼女に恋い焦がれる。

ふたりは一瞬で心を通わせるのだが、舞い終わると神女の姿はふたたび若者の目に映らなくなってしまう。若者に見てもらうには神女は舞いつづけなければならない。見ることができても、若者は神女にふれられない。神女が舞いつづけているあいだ、ふたりは愛おしげな視線をかわすが、互いにのばした手は虚空をつかむだけ。伝説は恋物語の結末を明確に語っていない。宋祥妃が言うように、ふたりはいつかどこかで結ばれたのだろうか。

くるりと身をひるがえし、美凰はおもてをあげた。視線の先に天凱がいないことに落胆する。ついでそのことに驚く。なぜ天凱がいると思ったのか。もう深更なのだ。天凱は妃嬪と甘い夜を過ごしているだろう。あるいは政務に熱中して寝る時間を遅らせているかもしれない。いずれにせよ、ここにいないことだけはたしかだ。それなのに、どうして彼がいるかもしれないと一瞬でも思ったのだろうか。

――恭徳王《きようとくおう》が妙なことを言うからだ。

恭徳王・司馬義流《しばぎりゆう》。心眼の術を自在に操る天子の叔父が美凰の胸裏にしまいこまれた願いを読みとり、毒々しい甘言をささやいたせいで心が乱れている。

――私は……望みなど抱いてはいけないのに。

もし天凱に嫁いでいたら、と考えてしまう。美凰は皇后となって鸞晶宮《らんしようきゆう》に住んだだろう。毎晩ではないとしても、天凱は鸞晶宮に通ってきてくれただろう。夫婦で睦まじく語らい、あたたかい褥で眠っただろう。ほどなくして美凰は身ごもり、天凱は喜んでくれただろう。赤子の名をなんにするか、ふたりで話し合っただろう。いよいよ産み月になって子が生まれたら、天凱は真っ先に産房《うぶや》を訪ねてきただろう。お産に耐えた美凰をねぎらってくれ、赤子を抱いて微笑みかけただろう。それからは毎日のようにふたりでならんで揺籃《ようらん》をのぞきこみ、飽きもせず乳飲み子の寝顔をながめただろう。あどけない吾子《あこ》の顔立ちに互いの面影を認めて、笑い合っただろう。

実現することのなかった未来、永遠にかたちを結ぶことのない夢が深く鋭く胸をえぐる。義流が指摘したとおり、美凰はまちがえたのだ。自分を憎んでいる男に恋い焦がれ、自分を恋慕してくれる男に背を向けた。過ちの報いがいまの状況だとしたら、自業自得だ。だれのせいにもできない。幸せな将来がこちらに手をのばしていたのに、その手をふりはらって断崖に通じる道を突き進んだのは美凰自身だから。

耐えなければならない。己が招いた災厄に。過去に戻ってやりなおしたいなどと、身勝手な後悔にさいなまれてはいけない。おとなしく刑に服し、孤独のうちに長い夜をやり過ごさなければならない。ぬくもりを求めてはいけない。慰めを期待してはいけない。だれかに頼ろうなどと思ってはいけない。ひとりで生きなければならない。人の妻にはなれない。人の親にもなれない。人並みのものを得られないからといって、怨みを抱いてはいけない。呪われた生こそが美凰に科せられた罰なのだから。

――私は、神女にはなれない。

美凰の舞を見つめる若者はいない。美凰にふれようとこちらに手をのばす者も、その手が虚空をつかんで肩を落とす者も、愛おしげなまなざしで想いを伝えようとする者も。舞っているあいだだけ恋に身をゆだねることすら、できないのだ。

水袖を解き放つようにふりあげた両手が固まった。力なく腕をおろし、美凰は月影の水底に立ち尽くす。だれもいない。孤独は毒だと義流は言ったが、たしかにそのとおりだ。美凰はすでに蝕まれている。この呪わしい身体のすみずみまで。

長息し、ひたいにかかった髪をかきあげる。わが身を嘆いていても、現実が変わるわけではない。くだらない物思いにふけるより、寝床に入って無理にでも眠るほうがいくらかましだ。そう思って臥室に戻ろうとした、まさにその瞬間――。

背後で月影が陰った。否、食いちぎられたといったほうがいい。それほど唐突に月光が塗りつぶされたのだ。禍々しい気配をただよわせた、巨大な翳《かげ》によって。

美凰は弾かれたようにふりかえった。直後、なにか鋭いもので横ざまになぎはらわれる。それが禽獣《けだもの》の鉤爪《かぎづめ》だと悟ったときには視界が真っ赤に染まっていた。

一撃で引き裂かれた横腹から血飛沫《ちしぶき》があがったのだ。同時に激痛に襲われたが、死の恐怖はみじんも感じない。感じるはずがない。美凰は死なないのだ。呪詛じみた害意が四肢を千々に引き裂こうとも。

――なぜこの者がここにいる!?

美凰は石ころのように地面に転がった。ふさがりはじめた傷にはかまわず、眼前に立ちはだかった物体をふりあおぐ。

それは一言で片づければ妖物だった。四本の脚で地面を這い、虱《しらみ》だらけの蓬髪《ほうはつ》をふり乱してぐるぐると首を回転させている。眼窩《がんか》からこぼれ落ちそうな血走った両眼、こめかみから突き出た角、でたらめに切り裂いたような口にびっしりとはえそろった猛獣の牙、真っ赤な口腔《こうこう》から吐き出される腐った肉の臭気――。

さりとて、その背丈は人間の男を一回り大きくした程度で、身体じゅうが鱗《うろこ》や毛皮に覆われているわけではない。ざらざらとした素肌には衣服の残骸と思《おぼ》しき布切れが張りつき、彼をかろうじて人間に準じた代物に見せている。

これは天凱の養父だ。いや、養父の残滓と呼ぶべきだろうか。市井で暮らしていた天凱を玉座に担ぎあげる際、凶后は彼の養父を捕らえ、その軀《うつわ》から魂魄を抜き取った。養父の魂魄を人質にして天凱を意のままに操ろうとしたのだ。軀を空にされただけならまだよかったかもしれない。凶后が軀に低級の妖鬼を押しこめ、両者をかたく結びつけたせいで、天凱は養父の軀を保つために妖鬼を養わなければならなくなった。

ふだん、養父は――その軀は複雑な術がかけられた地下牢に閉じこめられている。地下牢の外に出るはずはなく、ましてや後宮に侵入してくるはずはない。

――まさか、妃嬪の殿舎を荒らしてきたのでは……。

血の気が引く。これほど凶暴な妖物なのだ、妃嬪の殿舎に侵入すればどうなるか、想像しただけで怖気立つ。だが、騒動が起こっていたなら襲われる者たちの悲鳴が夜陰を引き裂いていたはずだ。つい先ほどまで後宮はひっそりと静まりかえっており、緊急事態が発生しているようには感じられなかった。

いったいどうやって地下牢を抜け出してきたのか。なんのために外に出たのか。どういう目的で寿鳳宮に侵入したのか。

疑問が次々に浮かんだが、考えている暇はない。美凰は黝弓《ゆうきゅう》を出そうとした。その瞬間、妖物の鉤爪が襲いかかり、尋常ではない力で後方に弾き飛ばされる。築山に背中を打ちつけられ、首を絞められたように息がつまった。死ななくても苦痛は感じる。全身の骨が砕ける感覚が呼吸を途切れさせた。

――こんなことには慣れていなければならないのに。

荊棘《けいきょく》奇案《きあん》でありとあらゆる痛みを味わった。痛めつけられることにはとっくに慣れていて、多少のことでは動じない。他人には涼しい顔でそう説明しているが、ほんとうは怖くてたまらない。死なないとわかっているのに……わかっているからこそ、苦痛への恐怖はよりいっそう強い。どんな苦しみにも終わりがないからだ。一瞬でなにも感じなくなればどれほど救われるだろう。しかし美凰の身体は何度破壊されても、たちまち元どおりになってしまう。際限のない苦患《くげん》が美凰を震えあがらせる。逃げたい。一刻も早くここから消えてしまいたい。自分に襲いかかってくるものから身を隠したい。痛めつけられたくない。ほんのすこしでも痛みを味わいたくない。

本心に身をゆだねそうになり、思いとどまる。ここで美凰が逃げ出したら、妖物は妃嬪の殿舎に侵入するかもしれない。美凰なら鋭い鉤爪がついた前脚で弾き飛ばされても死なずにすむが、妃嬪たちはひとたまりもない。犠牲者が出てしまう。意図せずして凶后の暴虐に加担していた非馬《ひば》公主時代のように、またしても美凰のせいでだれかが死ぬのだ。それだけは避けなければ。もうだれも死なせたくないのだ。

激痛の残響をふりはらいつつ、美凰は黝弓を出現させた。翬飛矢《きひや》を射かけようとするが、妖物が飛びかかってくるので身をかわさなければならなくなる。ひとりでは手に負えない。明器《めいき》を呼ぼうとしたものの、彼らがそばにいないことを思い出す。勾魂《こうこん》鬼《き》探しのため戯蝶《ぎちょう》巷《こう》に行かせているのだ。

体勢をととのえて狙いをさだめようとした刹那、妖物の前脚が容赦なく黝弓をはらいのけた。衝撃に耐えられず、美凰は地面に投げ出される。

妖物は息つく暇もなく攻撃を仕掛けてくる。まるで怨みでもあるかのように執拗に鉤爪をふりおろしてくるので、翬飛矢をかまえることさえできない。鉤爪にえぐられる直前に飛びしさり、すんでのところで攻撃をかわす。そんなことをくりかえしているうちに息が切れ、動きが鈍くなっていく。

ふたたび黝弓を弾き飛ばされ、美凰は勢い余って倒れこんだ。どこを引き裂かれたのか、地面に鮮血が飛び散っている。

――天凱が来てくれたら。

助けを呼べたらいいのに。助けてほしいと言えたらいいのに。そんなことを言える立場ではないけれど。

ねっとりとした翳が覆いかぶさってくる。反射的に身をかわそうとしたが、間に合わない。気づけば、身体が宙に浮いていた。妖物が前脚で美凰をつかみあげたのだ。さながら小さな虫でもつまむように。

黝弓を出そうとして身じろぎしたが、両腕は身体の側面に張りつくように押さえつけられていてびくともしない。それでも必死で逃れようとするうちに異様な臭気がひたいにかかる。はっとしてそちらに顔を向けると、ぬらぬらと不気味な光沢を帯びた紅蓮の穴が目前に迫ってきていた。妖物が美凰を食おうとしているのだ。

――天凱が来てくれたら。

むせかえるような腐臭を浴びながら考えるのは天凱のことだった。「あなたの血が流れるのを見たくない」と彼は言った。美凰が不死身だと知っているのに、美凰のことを本心から案じてくれる。美凰に苦しんでほしくないと言ってくれる。もし彼がここにいたら、絶対に助けてくれるのに。美凰が責め苦を味わわずにすむよう、全力を尽くしてくれるのに。けれども彼はここにいない。いるはずがない。こんな夜更けに皇太后を訪ねる理由はない。だからあきらめて受け入れるしかないのだ。妖物の牙で身体を食いちぎられる痛酷《つうこく》に耐えなければ。たったひとりで。

襲い来る責め苦にそなえ、美凰はぎゅっと目をつぶった。次の瞬間、妖物の叫喚《きょうかん》が響きわたった。それが悲鳴だと悟ったときには美凰の身体は虚空に投げ出されていた。なにが起こったのか理解しようとしているうちに水面に叩きつけられる。どうやら池に落ちたらしいと他人事のように考えながら、なすすべもなく沈んでいく。水面に向かわなければと思うけれど、食いちぎられる恐怖から逃れられた安堵で四肢が弛緩していて力が入らない。

――このまま死ねたらいいのに。

生きて希望を見つけてほしいと天凱は言った。死ぬことに救いを見出さないでほしいと。彼が正しいことはわかる。美凰が苦しみを抱えたまま鬼籍に入らないよう、気遣ってくれていることも。厚意から出た言葉だと重々承知しているけれども、美凰はどうしようもなく生きているのがつらいのだ。これから先もひとりで耐えなければならないことが苦しいのだ。少女時代に抱いた夢を――恋しい人と結ばれて幸せに暮らすというささやかな望みを叶えられないことに打ちひしがれているのだ。

もう疲れてしまった。耐えることに。生きることに。罰を受けつづけることに。そろそろ終わりにしたいのだ。解放されたいのだ。そう願うことが罪だとしても。

いっそ意識を失いたくて、美凰は視界を放棄した。永遠の罰からは逃げられないと知っているけれど、毒のように骨身を蝕む現実をほんの寸刻でも手放したい。

「……美凰！」

聞こえるはずのない声が耳朶を打ち、美凰は長い眠りから覚めるときのように緩慢な動作でまぶたを開けた。とたん、まぶしい光に目を射られる。何度かまばたきをして、それが月光であると悟った。

いつの間にか、身体は水から引きあげられ、地面に横たえられている。心配そうにこちらをのぞきこんでいるのは、ずぶ濡れの天凱だった。

「養父が地下牢から逃げ出したと聞いて、急いで痕跡をたどってきたんだが……すまない、もっと早く駆けつけるべきだった」

もう大丈夫だ、と背後に一瞥を投げる。

「養父は捕らえた。二度とあなたを傷つけさせはしない」

美凰がそちらを見ると、光の網のなかで妖物がもがいていた。苛立ったふうに雄たけびをあげているが、堅牢《けんろう》な網目はびくともしない。

「怪我はないか」

天凱が必要のない問いを口にするので、美凰はわけもなく泣きたくなった。いや、泣いていたのかもしれない。頬を濡らしているものが髪から滴り落ちる水滴なのか涙なのか判別がつかない。

「どうした？　どこか痛むのか？」

美凰がしがみついたせいか、天凱は急くように尋ねた。まるで自分の身体が痛むかのように顔をしかめて。

大丈夫だ、と美凰は嘘をついた。ほんとうは胸が張り裂けそうに痛んでいたのに。

――遅すぎる。

かつて天凱は美凰を恋慕してくれていた。しかし、それはもはや過去の記憶。間に合わない。なにもかもが遅すぎる。いまごろになって想いを自覚しても。

天凱は美凰の夫になってくれない。美凰は彼の妻になれない。ふたりの道はけっして交わらない。これから先も――ずっと。

宴などの特殊な場合をのぞき、天凱は昊極殿《こうきょくでん》の自室で食事をとることにしている。

「お口に合いませんか？」

箸が止まっていたせいか、貪狼が声をかけてきた。

「最近、食が細っていらっしゃるので、太医《たいい》が案じていましたよ。毎日政務に励んでいらっしゃるのですから、しっかり召しあがらないと玉体《ぎょくたい》に障ります」

「わかっている」

「なにかお好みのものがあれば作らせましょうか」

「余計な手間はかけさせずともよい」

天凱は義務的に箸を動かした。あまり食欲がわかないのはたしかだ。一流の厨師《ちゅうし》が腕によりをかけてこしらえたであろう料理が味気なく感じる。

――美凰が作った料理のほうがうまかったな。

幼少時代を市井で過ごしたから宮廷料理に慣れないせいもあるが、美凰を迎えに行った日に食べた彼女の手料理はときおり思い出すほどに美味だった。もっともあれは、天凱のためにこしらえてくれたものではなかったが、素朴な味わいが気に入った。皇宮でも美凰はたまに甜点心《おかし》を作ってくれるが、もし先日のように食事も作ってくれたなら、頻繁に箸を置くことにはならないだろう。むろん、そんな仕事は彼女の領分ではない。皇太后は皇帝の食事をこしらえるために存在するわけではないのだ。

わかっている。天凱には彼女の手料理を食べる資格がない。

無理に頼めば友人として引き受けてくれるだろうが、そんなことをしても意味がない。天凱は彼女の夫として彼女が用意してくれた食卓につきたいのであって、友人としてその席に座っても満たされはしないのだ。

――美凰は怯《おび》えていただけだ。

池から救出した際、美凰は天凱にしがみついてきた。それは彼女らしからぬ行為で、天凱はすくなからず驚いた。美凰はほどなくして身体を離した。彼女のぬくもりが去ったことを残念に思ったけれども、抱き寄せることはできなかった。天凱は彼女の夫でも想い人でもない。幼なじみとはいえ、異性として好意を抱いているわけでもない相手に必要以上にさわられるのは不快だろう。

べつの懸念もあった。あれ以上そばにいれば、また間違いを犯してしまう気がしたのだ。あんなことは二度としないと誓ったのに、舌の根も乾かぬうちに誓いを破ってしまいそうになった。彼女が心もとなげな顔をしていたからだ。いまにも泣きそうな表情をしていたから慰めてやりたくなった。いや……美凰の恐怖心につけこんで自分の望みを叶えようとしたのかもしれない。

いずれにしても、それは裏切りにほかならなかった。

約束は約束だ。天凱は美凰に対して誠実でありたい。約束を破って彼女を失望させたくない。だから身体にふれることを避ける必要があった。

あれは正しい選択だった。なにもまちがえていない。約束は破っていないし、ひとりよがりな感情を押しつけて彼女を困らせることもしていない。

最善の選択をしたはずなのに、無視できないほどの苦い後味が残っている。

あのとき、美凰は天凱に頼ってくれていたのではないか。その感情は幼なじみのものではなく、天凱が彼女に向けるものに近かったのではないか。知らぬうちに彼女は心変わりしていたのではないか。先帝の存在は美凰のなかですこしずつ薄らいでおり、空いた場所に天凱を住まわせてくれているのではないか。

自分は逃すべきではない好機を逃してしまったのではないか。

愚劣な考えに囚われる己に辟易せずにはいられない。これは推測などではなく、単なる天凱の願望だ。そうであってほしいという邪な望みが見せる幻にすぎない。

考えることをやめようと箸を持ちなおしたときだった。紅衣内侍省《こういないじしょう》の首席内侍監《ないじかん》がやってきた。首席内侍監は禁花扇《きんかせん》をのせた盆をさしだす。夜伽の相手を選べというのだ。天凱は黙殺した。とてもそんな気分にはなれない。

「大官たちが早く世継ぎをと急かしていますよ」

退室する首席内侍監を見送り、貪狼が由ありげな視線を投げて寄越した。

「やつらは俺の顔を見るたびに世継ぎ世継ぎと繰り言ばかり。どうにかならぬものか」

「あれも仕事のうちなんですよ」

「仕事ならもっと重要なものがあるだろう。世継ぎを急かすことだけが大官のつとめなら、やつらは全員浄身《じょうしん》すべきだ。仮にも金榜《きんぼう》に名を掛けた廟堂《びょうどう》の顔役たちが政の諸問題をさしおいて後宮の事柄にばかりくちばしをいれるとは、嘆かわしい」

綺州《きしゅう》の蝗害《こうがい》からもあきらかなように、官僚の腐敗堕落は目も当てられない。廉潔の士がいないわけではないが、貪官汚吏《たんかんおり》の数が彼らを圧倒している。私利私欲を満たすことに余念がない奸物《かんぶつ》どもにとっては、皇帝が政に熱心なのは喜ばしいことではない。

むしろ皇帝には廟堂よりも後宮に力を入れてもらうほうが好都合なのだ。皇帝が後宮の美姫たちに夢中になっていれば彼らは安泰である。度重なる悪行をあばかれることなく、いままでどおり膏血《こうけつ》を絞り、私腹を肥やし、贅沢を貪り、権勢欲の赴くままに党争《とうそう》に明け暮れ、他者の地位や財産をかすめ取ることができる。

——だれもかれもが邪欲の虜《とりこ》だ。

官僚たちは己の欲望に衝《つ》き動かされている。慈しむべき民に塗炭の苦しみをなめさせながら悪びれもしない。それどころか王朝の行く末を憂える聖人君子の顔をして諫《かん》言《げん》するのだ。「天下太平のため、早くお世継ぎを」と。

憎々しい思いを嚙みつぶした直後、うしろめたさがこみあげてきた。

——他人を批判できる立場か、この俺が。

邪欲に囚われているのは天凱もおなじだ。天凱が見鬼病《けんきびょう》退治のために美凰を皇宮に呼びもどしたせいで、彼女は天凱と私通しているなどといわれのない非難にさらされている。美凰ほど貞潔な婦人はいないというのに。

彼女を羈袄宮《きようきゅう》から出すべきではなかった。そうしなければ見鬼病を駆逐できたかどうか怪しいものだが、美凰のことだけを考えるなら皇宮に呼びもどすべきではなかったのだ。あのまま羈袄宮で暮らしていれば、美凰は不埒な誹謗にさらされずにすんだし、天凱との付き合いかたにわずらわされることもなかったはずだ。

天凱だって彼女と再会しなければ、いまのように思いわずらうこともなかったはずではないか。すべてはあの日から動き出した。十年の時を経て美凰にふたたびめぐり会ったから、かくも懊悩《おうのう》しなければならないのだ。

──凶后を始末したら、美凰を解放しなければ。

凶后がどこかに潜伏している限り、美凰にほどこされた封印をとくことはできない。彼女が凶后に利用されることも考えられるし、凶后を排除するには凶后とおなじ力を持つ美凰の協力が不可欠だ。だからいまは解放できないが、いつかそのときが来れば決断しなければならない。彼女を陰陽の理から逸脱させた忌まわしい封印をとき、ひとりの人間に戻してやらなければならない。不死の身体でなくなり、皇太后の鳳冠《ほうかん》からも解き放たれたら、美凰は皇宮を──天凱のもとを去るだろう。

そうなれば彼女を理不尽な中傷にさらさずにすむと安堵する一方、離れがたい想いが頭をもたげる。

一度、皇宮を出て行けば、彼女は二度と戻ってこない。天凱に会いに来ることもないだろう。皇宮は彼女にとってなつかしむべき場所ではないし、天凱は古なじみ以上の存在ではなく、自分に怨憎を滾《たぎ》らせる者たちが暮らす場所に戻ってまで会いたいと思うほどの相手でもない。宮廷から遠く離れた土地で、彼女の前身をまったく知らない人びととあたらしい生活を営むのが美凰にとって最良の結末だ。

しかし天凱にとってはどうだろうか。彼女に会わなくなれば、この胸を締めつけている想いは消えるのだろうか。それとも緩慢な毒のように心身を蝕みつづけるのだろうか。死ぬまで美凰を忘れられないのだろうか。彼女を手放したことを悔やみながら死んだように生きるのだろうか。

憂患の味のする食事をつづけていると、どたどたと部屋に駆けこんでくる者がいた。禁台《えいだい》の次官、禁中丞《えいちゅうじょう》・阮雷之《げんらいし》だ。

「主上！　たいへんですぜ。例のかたがまた脱走して暴れてます」

例のかた、とは天凱の養父のことだ。

「また？　鍵をより厳重にしたはずだが……たしかなのか？」

「この目で見てきたところですぜ。捕まえようとしたんですが、取り逃がしちまって。奴《やっこ》さん、俺が張った結界を破って後宮のほうへ逃げていきましたぜ」

雷之の配下たちが追いかけているという。

「俺らでどうにかできる妖物じゃありませんぜ。主上にお出ましいただかねえと」

「すぐに行く」

あわただしく箸を置いて席を立つ。

――美凰の身になにかあったら。

血の気が引くのを感じ、同時に苦々しさを感じた。こんなときも真っ先に案じるのは美凰のことだ。後宮には三千の美姫が暮らしている。鬼道を操る美凰よりも、奇しき力など持たない妃嬪たちのほうが危険な状況に置かれているのに、天凱は不死の身である美凰をだれよりも案じてしまう。

——俺は天子失格だ。

帝位につくべきではなかった。亜堯《あぎょう》として生まれるべきではなかった。天下を、万民を、国を第一に憂えることができないのなら。

なぜ自分が亜堯に生まれてしまったのだろうか。天子の器などではないのに。

天凱が夕餉をとっているころ、美凰も寿鳳宮でひとりきりの食卓についていた。

「お口に合いませんか？」

箸が止まっていたせいか、給仕をしている眉珠が声をかけてきた。

「味つけがお気に召さないのなら、そうおっしゃってくださいませ。お好みの味にするよう尚食局《しょうしょくきょく》に申しつけておきますわ」

「味つけに問題はない。量が多いなと思っていたんだ」

鍋料理二品、大皿料理四品、汁物四品、肉料理三品、魚料理三品、冷菜三品、点心四品、粥三品。食後には甜点心四品、時果四品。

驚くべきことにこれは宴席料理ではなく、皇太后の日常の食事なのだ。

大きな食卓を埋め尽くす豪勢な美食の数々を見ているとげんなりする。どう考えても品数が多すぎるし、一品の量も多すぎて到底ひとりでは食べきれない。

以前、食膳を減らしてほしいと鹿鳴に頼んだことがある。

「私はこんなに食べない。そもそも不死なのだから数日食べなくても平気だ」

「皇太后さまはそうでしょうが、妃嬪はどうでしょうか」

「妃嬪のことは関係ないだろう。私の食膳を減らしてくれと言っているんだ。私のために用意される食材がもったいない。無駄をはぶくため、一日に一度か、数日に一度でかまわぬ。品数も半分、いや、数品あれば十分で……」

「皇太后さまは妃嬪を飢え死にさせるおつもりで？」

「妃嬪の話はしていないと言っているだろう。私の食膳を……」

おなじことです、と鹿鳴は冷ややかに応じた。

「皇太后さまの食膳を減らせば、その分、妃嬪の食膳も減らさなければなりません。後宮では序列がすべてです。自分より上位のかたが数日に一度しか食事を召しあがらないのに、下位の者が毎日食事をとることが許されるとでも？」

反論できなかった。鹿鳴が言っていることは正論だ。上位の者が倹約にいそしむなら、下位の者はさらに切りつめなければならなくなる。美凰が数皿の料理しか食べないなら、妃嬪の食膳はそれ以上にはできない。妃嬪より地位が下の者はもっと品数を減らされ、日々の食事にすらありつけないようになってしまう。

結局、高価な食材を使わないこと、季節外れの料理を出さないことを言いつけるのが精いっぱいだった。

凶后の庇護のもとで翡翠公主として豪奢な暮らしをしていたときは、贅を尽くした宮廷料理を見てもなんの罪悪感も抱かなかった。大耀《だいよう》は豊かな国だから庶民でさえ毎日御馳走を食べているという凶后の虚言を無邪気に信じていたのだ。食べきれない料理を婢僕《めしつかい》に下げわたすことで〝寛大さ〟を示し、己の〝つましさ〟を誇りさえしたけれども、いまではそれが偽善だと知っている。

皇宮から一歩外に出れば、物乞いをする痩せ細った老人や餓えた母親の腕のなかで泣き叫ぶ赤子が数えきれないほどいる。盗みを働いて弟妹を養う少年や、垂髫《おさげがみ》のままで色街に売られていく少女も。美凰が料理を下げわたしても彼らのもとには届かない。貴人が残した料理は絹の衣を着た側仕えが食べたり、富家や酒楼などに高値で売られたりして消費されるのであり、庶民の視界に入ることさえないのである。

現実を直視すると、舌がとろけるほどに美味であろう料理の一口一口が苦みをともなって喉につかえる。さりとて皇太后という立場にいるなら、分相応の食事をとらなければならない。皇太后より下位の者たちを餓えさせないために。

宮中はしきたりや規則でがんじがらめだ。食事ひとつ、思いどおりにはできない。

「主上は食膳を減らされたとうかがいましたわ」

「……天凱が？」

はい、と眉珠が苦笑まじりにうなずく。

「過内侍監《かないじかん》が嘆いていました。おかげで取り分が減ったと」

天子の食膳がらみの賄賂をとっていたが、料理の品数が減らされたので賄賂も削減されてしまったということだろう。

「銅臭宦官《どうしゅう》の取り分がいくらか減ったことはたいへんけっこうだが、天凱は壮健な男子であろう。食事を減らしたら体調に障りはしないか」

「食が細っていらっしゃるそうですので、玉体に悪い影響があるかもしれません」

「それはいけない。食欲が増す料理をこしらえるよう、御厨《ぎょちゅう》に命じておかねば」

「御厨の味つけは主上のお好みではないのでは？　食膳を減らされたのもそのせいかもしれませんわ」

「たしかに宮廷料理が苦手らしいが……」

「過内侍監が申すには、主上は皇太后さまの手料理なら完食なさるそうですわ。皇太后さまがときおり夜食などをお持ちになれば、主上はお喜びになるでしょう」

だめだ、と美凰は自分の言葉を嚙み砕くように言い放った。

「皇上《みかど》の食膳を用意するのは御厨の職分だ。皇太后の役目ではない」

「規則ではそうですが、たまの息抜きだと思えば……」

「宮廷ではみな、それぞれに責務を負っている。己の本分を逸脱した行為はつつしまねばならぬ。私が皇太后の立場を越えた行動をすれば、後宮の綱紀《こうき》が乱れる。紊乱《びんらん》は内廷《ないてい》だけにとどまらず、ゆくゆくは外廷《がいてい》に波及するだろう。曲がりなりにも国母《こくも》と呼ばれる者が無分別なふるまいで世を乱すわけにはいかぬ」

わが身に言い聞かせるように言って、美凰は無理に食事を再開した。

――天凱とは距離を置かなければ。

想いを自覚してから、いっそうその気持ちが強くなった。

彼のそばにいてはいけない。親しく付き合ってはいけない。会う回数を減らし、会話は最小限にしなければならない。皇帝と皇太后という距離感を保つために。

馴れ馴れしい態度をとるのをやめよう。昔のように微笑み合うのはやめよう。以前とは立場がちがうのだ。そばにいたら、なにかよくないことが起こるかもしれない。

衝動に任せてとんでもないことをしてしまうかもしれない。皇太后の本分を忘れて、この胸にわだかまった気持ちを彼にぶつけるかもしれない。無分別な行動をすれば天凱を困らせるだけでなく、醜聞になって彼にまで悪評が立ってしまうのに。

「そういえば、今夜は鹿鳴の姿を見ていないな」

憂悶《ゆうもん》を払いのけるように、美凰は話頭を転じた。

「圭内侍監は賜暇《しか》で皇宮を離れていますわ」

「賜暇？　なんの用事で……ああ、そうか。金飛燕を迎えに行く日だったな」

休暇を願い出た鹿鳴に許可を出したのは、ほかならぬ美凰である。

「身請け金の支払いをすませたときにそのまま連れて帰ろうとしたのですが、世話になった人たちに別れのあいさつをするため、あと数日待ってほしいと言われ……後日迎えに行くことになりました。つきましては休暇を賜りたいのですが」

鹿鳴が不平そうに事情を話したので、美凰は笑みを禁じえなかった。

「これからはそなたが金飛燕を独り占めするのだ。数日の猶予くらい我慢せよ。ところで婚礼はいつ行うのだ？」

「飛燕を迎えてから十日後に予定しています。そのころが吉日ということなので」

「婚礼後は六日ほど休みをやろう。夫婦水入らずで過ごしたいだろうから」

「ご厚意に衷心より感謝いたします」

金飛燕のおかげだろうか、鹿鳴の物言いにさほど棘を感じなくなった。愛する女人の存在が彼の内面になにがしかの変化をもたらしたらしい。

「生まれるのは男児かな、女児かな」

「気になりますか？」

「大いにな。あの気難しい鹿鳴が父親になるというのが面白い。いったいどんな顔でぐずる赤子をあやすのだろう？」

「案外、子煩悩になるのでは？　子守歌を口ずさんでいる姿が目に浮かびますわ」

その様子を想像し、美凰は軽く噴き出した。

「音楽の素養はなさそうだから下手だろうな。赤子をあやすどころか、ますますもって泣かせてしまう。音楽といえば、天凱も歌が下手だから……」

赤子をあやすのは不得手だろうと言いかけて口を閉ざす。近い将来、彼が腕に抱く赤子は美凰が産んだ子ではない。そんなあたりまえの事実が舌を重くする。

「男児でも女児でも、圭内侍監は大切になさるでしょう。十八年の年月を経てふたたびめぐり合った許婚がお腹《なか》を痛めて産む子なのですから」

ふたりにふりかかった数々の災難をもってしても、ふたりを結ぶ赤縄《せきじょう》を断つことはできなかった。ふたりが睦まじい夫婦になることは前世から決まっていたのかもしれない。……天凱と美凰が不縁であったのとはちがって。

鹿鳴の話題で談笑しながら食事をつづけていると、足もとで水音がした。ちゃぷちゃぷと水のなかをなにかが泳ぐような音が聞こえたかと思えば、

「美凰！　見つけたよ！」

絨毯《じゅうたん》の下から星羽がひょっこりと頭を出した。

「ぼくね、美凰がつけた目印をがんばって追いかけたの。あちこち遠回りするから疲

れちゃったけど、行き先をやっと突きとめたよ」

「勾魂鬼《こうこんき》の居場所がわかったのですか？」

眉珠が尋ねると、星羽は「ううん」と首を横にふる。

「ぼくが探してたのは勾魂鬼じゃなくて襪《とうず》だよ」

「襪？」

「金飛燕の襪が頻繁に盗まれて行方知れずになるので、行き先がわかるように目印をつけておいたのだ。――それで、どこに行っていたんだ？」

「立派なお邸だよ。とっても広くて、いっぱい部屋があったの。本がたくさん置いてある部屋を見つけたから、美凰が好きな本もあるかなぁ、あるならお土産に持って帰ろうかなぁと思って探してみたけど、変な本ばっかりだったから持ってこなかったよ。美凰は男の人や女の人の裸が描いてある本は好きじゃないでしょう？　それにあの絵、すごく変てこだった。身体のなかにね、いろんなものが入ってるんだ！」

話がわき道にそれていると指摘しようとしたとき、濃厚な脂粉のにおいが鼻先をかすめた。見上げれば、如霞が肘枕をして空中に寝転がっている。

「馬鹿だねえ、星羽ったら。美凰が尋ねてるのは襪泥棒のねぐらがどこにあるのかってことさ」

「で、どこにあるのだ？」

如霞の返答を聞いて、美凰は眉をくもらせた。

「やはりか」

「なんだ、見当がついてたのかい」

「以前、会ったときに妙な気配を感じたんだ。気のせいであってほしかったが」

「あいつ、女の襪に異様なくらい執着してるね。山ほどためこんでたよ。奥まった部屋の櫃《ひつ》のなかに一枚一枚、丁寧に折りたたんでしまってあった。多すぎてうんざりしたよ。えーっと、どれくらいだっけ。星羽、あんた数えてたね？」

うん、と星羽は誇らしげにぴょんと飛びはねる。

「九十九枚だったよ。ちゃんと数えたからまちがいないよ」

「……九十九枚だって？　そんなにたくさん狙われている女人がいるのか」

「狙われてる女の人？」

「襪の持ち主たちだ。その者の妄執の対象になっている恐れがある。危険がおよぶまえに策を講じなければ……」

「持ち主たち？　持ち主はひとりだよ。ね、如霞」

「そうさ。襪は全部、金飛燕のものだったよ」

「……九十九枚、すべてが金飛燕の持ち物だったというのか？」

如霞があくびまじりに首肯する。美凰は背筋が寒くなるのを感じた。

「例の風月画は持ってきたか？　やつの部屋にあっただろう？」

「それがなかったんだよ。あちこち捜したんだけどね、金飛燕の風月画はいくつかあったんだけど、妖気を帯びたものは見つからなかった」

「まだ手に入れていないのだろうか。それとも自邸以外に隠しているのか」

「あたしも怪しいと思ったんで、高牙にやつを追わせてるよ。風月画を配って回ってるっていう勾魂鬼と接触するところをおさえられるかもしれないからね」

九十九枚もの穢をためこんでいたからには、その者の飛燕への妄執はすさまじいものにちがいない。彼女に危険が迫っている。取りかえしのつかない事態になる前に、病的な妄念の持ち主を捕らえなければ。

天凱が寿鳳門《じゅほうもん》をくぐったとき、鬼胎《きたい》は現実のものとなっていた。あたかも先日の事件を再現するかのように、内院《なかにわ》で養父が——養父にとりついた妖物が暴れている。美凰はやつのむごたらしい鉤爪に翻弄され、小さな鞠《まり》のように地面を転がっていた。

天凱は手早く虚空に鏡文字で〈拿《とらえる》〉と書いた。晟烏鏡《せいうきょう》から生み出した光の網を放ち、妖物の動きを封じるためだ。

しかし、一足遅かった。そのときにはもう妖物は美凰をつかみ、巨大な口を開けていた。ここで光の網を放ったらふたりまとめて閉じこめてしまうことになる。やむをえず光の網をしまいこみ、棍《こん》のかたちをした化壁《かへき》を右手に出現させた。

化壁は晟烏鏡からつくりだした駆鬼《おにばらい》の呪物だ。ふだんは強い損傷を与えられる大刀《だいとう》を使うが、養父の肉体に傷をつけるわけにはいかないから、大刀の化壁は使えない。

忌まわしい牙がならんだ醜悪な口が美凰の身体を食いちぎる直前、棍を妖物の背中にふりおろす。妖物はけたたましい雄たけびをあげて美凰を手放した。

すかさず駆け寄り、彼女を抱きとめようとしたが、ふりむいた妖物の攻撃をかわすのに手間取っているうちに視界の端で美凰が池に落ちた。

美凰は不死なのだから溺れ死ぬことはない。そんなことはわかっているのに、天凱は肺腑《はいふ》を鷲摑《わしづか》みにされたように色を失った。

――息苦しさは感じるはずだ。

不死であればこそ、苦痛は耐えがたいものであるはず。一刻も早く助け出さなければ。彼女には苦しみを味わってほしくないのだ。もうこれ以上は。

脇腹に食らった棍の打撃で妖物がひるんだ隙に光の網を放って動きを封じる。輝く網目のなかで咆哮しながらもがく妖物を一瞥し、天凱は池に飛びこんだ。

暗い水の底に美凰が吸いこまれていくのを見てとり、脇目もふらず追いかける。冷たい水をかきわけてようやく彼女のそばに行き、無防備に投げ出された白い手をつかんだ瞬間、美凰の身体が爆《は》ぜた。

文字どおり、粉々に。手足がばらばらになったわけではない。無数の泡になったのだ。はじめから水泡《みなわ》でできていたかのように。

――美凰じゃない。

美凰は不死だが、肉体はたしかに存在しているのだから一瞬にして水泡になることなどありえない。これは彼女ではなく、彼女を模した人形《ひとがた》だったのだ。その証拠に、手をつかんだとき、美凰が帯びているはずの祲華《しんか》の気配を感じなかった。

――なんのためにこんなことを。

いかなる目的で妖物は美凰の偽物を使って天凱の注意をひきつけたのか。いや、そもそもあの妖物に策をろうすることなどできるのか。人語を解さず、姿を変えることもできず、ただ獣のように吠《ほ》えて暴れることしかできないのに。

平仄《ひようそく》が合わない。起こるはずのないことが起こっている。

天凱はすぐさま水面へ向かおうとした。池の外でほんとうはなにが起こっているのだろうか、おぞましい想像が次から次へと脳裏をかすめる。焼けつくような焦燥に駆り立てられて水面を目指していると、なにかが右足にからみついた。水草かと思い、力任せに払いのけようとすれば左足にもからみついてきて浮上する力を削《そ》ぐ。

苛立ちながら足もとを見おろし、天凱は息をのんだ。

水草ではない。人の手だ。逆に言えば手でしかない。腕の先に在るはずの肩や首や頭がない。胴体も下半身もない。男の手もあれば女の手もある。深い皺が刻まれた老人の手や小さくて頼りない童子の手も。生気のない無数の青白い手が水草のようにたゆたっている。ぞっとするほど禍々しい邪気を放ちながら。

――凶后時代の犠牲者たちの怨念だ。

非業の死を遂げた者たちの怨みは彼らの肉体が滅びたあともこの世に残ってしまう。彼らに供養してくれる子孫がいなければ怨憎はなおさら肥え太る。

死者が邪霊となって生者に禍事《まがごと》をもたらさぬよう、皇上《みかど》は孤魂野鬼《こんやき》を済度《さいど》することになっているが、先帝は病身であることを理由にほとんどその義務を果たさず、凶后が生み出した虐政の犠牲者たちを放置していたので――済度によって晟烏鏡を消耗することを恐れたのだろう――、天凱が重祚《ちょうそ》した際には天下のそこかしこに亡者たちの毒念が渦巻き、息がつまるほどだった。二度目の玉座にのぼって最初に着手しなければならなかった仕事は、凶后に虐殺された者たちの供養だったほどだ。

さりながら天凱も十分に彼らを救済しているとはいえない。見鬼病《けんきびょう》の流行や綺州《きしゅう》の蝗害《こうがい》で晟烏鏡の力を使わねばならなかったため、通常の倍以上の回数で行わなければならない済度を定例どおりの毎月一回程度ですませていた。

その結果がこれだ。

彼らは天凱を害そうとしているのではない。救いを求めているのだ。晟烏鏡の光に引き寄せられ、怨毒の淵《ふち》から這いあがろうとして必死で手をのばしているのだ。

——凶后のしわざだな。

あまたの軒轅《けんえん》で守られている後宮に多数の亡者の怨念を侵入させることなど、並みの妖物には不可能だ。長年、軒轅の内側に身を置きながら思いのままに鬼道を操り、官民のみならず皇族までも翻弄してきた希代の毒婦、凶后・劉瓔《りゅうえい》でなければ。

足にまとわりつく手を蹴りはらおうとしてためらう。すがりついてくる手が美凰のものに思えてならないのだ。彼女のそれとは似ても似つかないのに。

花影《かえい》では今日も死人花《ひがんばな》が咲き誇っている。

「そなたたちは文泰を捜して、金飛燕の安全を確保するよう伝えてくれ」

赤い花が左右を覆う園路《みち》を足早に進みつつ、美凰は如霞と星羽に指示した。

「文泰ってどっちだい？」

「どっちとはなんだ」

「あんたがよく部屋に呼んでる蒐官《しゅうかん》のうちのどっちかだろって訊いてるのさ」

「何度も会っているのにまだ顔と名が一致しないのか」

「宦官の顔と名はとんと頭に入らないんだよ。陽物がついてないせいだね。宝具《おたから》を切り落としちまった男には用がないから、おぼえる気がしないのさ」

煙管をくわえてだらだらと歩く如霞のとなりで、星羽がぴょんぴょん飛びはねる。

「ぼく、わかるよ！　背が高いほうだよね！」

「文泰も雷之も背格好はおなじだが」

「えっ、そうだっけ。じゃあ、髪が緑色のほう！」

「どちらも黒髪だ」

あれ、と星羽は首をひねっている。妖鬼になってから一定の年月が経つと人間の姿かたちにうとくなる。彼らにとって人とは「人」という生きものにすぎない。人と認識するだけで満足してしまい、それ以上の特徴を見分けようとはしないのだ。

「人相がわからないなら気配で捜せ。妓女の不審死が目立つようになってから、禁台《えいだい》は毎日、戯蝶巷《ぎちょうこう》に蒐官を遣わしている。今日は文泰が出ているはずだ。蒐官服を着て周囲を警戒しているから、すぐにわかるだろう」

ふたりを先に送り出し、美凰は高牙を呼んだ。明器が美凰からさほど離れていない場所にいれば、花影をとおして会話できる。

すでに戯蝶巷のそばに来ているから、襪泥棒《しとうず》を追跡中の高牙にも声が届くはず。何度か呼びかけると、興奮気味の返事が聞こえてきた。

「なんだよ。この忙しいときに」

「いまどこにいる？」

「勾欄《こうらん》通りだよ。あの野郎、花街をあちこち歩きまわってるんだ。あっちの勾欄、こっちの勾欄てな具合でふらふらしやがって、いい迷惑だぜ」

「勾魂鬼《こうこんき》と接触は？」

「いや、まだだ。それらしいやつとは会ってない」

「なぜあちこち移動しているんだ？　だれかを捜しているのか？」

「知らねえよ。本人に訊いてくれ」

ぞんざいな返答にあきれつつ死人花の園路をとおりぬけて花影を出る。

勾欄通りに入ると、いきなり人にぶつかった。花案《かあん》の晩ほどではないにしても、花街は相も変わらず混雑している。女人もいるが、派手な身なりから察するに妓女だろう。嫖客にともなわれて芝居見物に出かけているらしい妓女たちの騒がしさにのみこまれそうになりながら人込みをかきわけ、高牙の気配を頼りに先を急ぐ。

――見つけた。

その者はちょうど美凰の視線の先にいた。勾欄に吸いこまれていく人の流れに逆らって南のほうへ歩いていく。

妓女たちがまとう濃厚な香のにおいに辟易しながら、美凰は息を殺してあとを追った。高楼の軒に吊《つ》るされた紅の灯籠が人びとの横顔に甘ったるい光を投げかけている。灯光はときおり妓女の髻《もとどり》を飾る大ぶりの簪に反射して夜空からふり落とされた星のかけらのようにきらめき、頽廃的《たいはいてき》な閃光《せんこう》で美凰の目をくらませた。

危うく見失いそうになったとき、その者はふらりと路地裏に入った。急いで追いかける。徐々に喧騒《けんそう》が遠ざかっていく。紅灯の明かりが届かない地点まで来ると、その者のうしろ姿はふっと消えてしまった。蠟燭《ろうそく》の火が吹き消されたように。

「あいつ、どこに行きやがった？」

暗がりから飛び出してきた高牙がきょろきょろする。美凰は先刻まで件の人物が立っていた場所でかがみこみ、地面に落ちていたものを拾った。

「……どこにも行っていない」

手のひらにすっぽりおさまる紙切れを見おろし、思わず舌打ちをする。

「最初からいなかったんだ」

美凰たちは襪泥棒の偽物を追いかけていたのだ。一枚の紙片に描かれた尋ね人の姿絵が見せる幻に導かれて。

天凱が池から出たとき、待ちかまえていた妖物が襲いかかってきた。予想していた攻撃だったので難なく避けて背後にまわり、彼奴《きゃつ》の後頭部を棍で打ち据える。奇声をあげて倒れこむ妖物にさらなる打撃をくわえようとした瞬間、冷水を浴びたかのように背中が粟立《あわだ》った。反射的にふりむき、飛びかかってきたそれを薙《な》ぎ払う。

——なぜ二人いるんだ!?

月明かりの下、四つ足の妖物が二匹、虱だらけの蓬髪をふりまわしている。身体の大きさも爛々《らんらん》と光る目玉も黄ばんだ牙がならぶ醜怪な口も瓜二《うりふた》つ。養父の軀《うつわ》を乗っ取っている鬼《ばけもの》は一匹だけのはずなのに。思考をめぐらせる間もなく攻撃される。すんでのところで避けたが、もう一匹がうしろから飛びかかってくる。

相手が養父の肉体を持っているので強襲できない。いきおい受け身になる。

——どちらだ、本物は。

本物は一匹だけだ。どちらかは精巧につくられた偽物だ。

見極めようとしていると、背後から体当たりされて突き飛ばされる。角が刺さったらしく背中に激痛が走った。地面に片膝をつきつつも迅速に体勢をととのえたが、矢継ぎ早に攻撃を繰り出されるので、どちらが本物なのか見極める余裕がない。

息があがり、左胸がどくどくとせわしなく波打つ。

——怨念を祓ったせいだ。

池の底で救いを求めていた亡者たちをまとめて黄泉路《よみじ》へ送り出した。

そのせいで晟烏鏡《せいうきょう》を消耗してしまったのだ。こうなることはわかっていた。それでも彼らを九泉に送り出さずにはいられなかった。毒念に染まった魂魄をこの世にとどめておけば、美凰に悪影響がありそうで。

——どこまで増えるんだ。

攻撃をかわしながら棍をふりまわしているうちに、妖物は三匹になり、四匹になる。


「この部屋ともお別れね」

屏風《ついたて》のそばで立ちどまり、金飛燕は慣れ親しんだ室内を見まわした。名妓と呼ばれるようになってから、かれこれ十年、暮らしつづけた部屋だ。ここで泣いたことは数知れないが、笑ったことも多かった。いざ去るとなると離れがたいものだ。

「なにさびしそうな顔をしてるの、姐さん。これからは豪邸で暮らすんでしょ」

「そうよそうよ。奥方さまになるんだもの。こんな部屋、すぐに忘れるわ」

「圭内侍監《けいないじかん》のお邸は皇宮みたいに豪華らしいわね。姐さんのために素敵な部屋を用意してくださったんですって？　どんな内装なのかしら？」

「きっと金銀の飾りがきらめいているんだわ。格天井には玉《ぎょく》がちりばめられていて、床には翡翠が敷きつめられているの！」

「やあねえ、そんな部屋じゃ目がちかちかして落ちつかないわよ」

香妹《こうまい》たちがころころと笑うので、飛燕もつられて笑みをこぼした。

「姐さんったらずるいわぁ。豪邸で侍女たちにかしずかれて暮らすなんて」

「それに旦那さまはとびっきりの美男子だものね。さっき、ちらっと見たんだけど、びっくりしちゃったわ。二郎神《じろうしん》かと思ったわよ」

「私も見た！　上級宦官は美形だって聞くけど、ほんとうだわ。あんな人がそばにいたら、そこらの男なんか目に入らなくなるわよねえ」

黎暁《れいぎょう》は一階で飛燕がおりてくるのを待っている。香姐《こうしゃ》の身請けの旦那に興味津々の香妹たちは物陰から彼の姿を盗み見て、きゃっきゃとはしゃいでいた。

「恵まれすぎよ、姐さん。あたしたちにもすこしは福運をわけてよ」

「あなたたちだっていい人に落籍されるわよ。わたくしの香妹たちだもの、立派な貴公子の目にとまるはずだわ」

「姐さんの薫陶を受けてるんだから当然そうなるわよ。でも、ぼんやり待っていたって駄目だわ。いい獲物はこちらから狩りに行かなくちゃ。というわけで姐さんの婚礼には気合を入れて出席するわよ。圭内侍監のご友人たちとお近づきになる千載一遇の好機だもの。うんと色香をふりまいて何人かモノにしてやるわ」

この子ったら、と飛燕は鼻息荒く言い放つ香妹のひたいをつつく。

「これ、姐さんのじゃない？」

香妹のひとりが画軸《かけじく》を持ってきた。書案《ふづくえ》の上に置いてあったという。愛用していた調度はすでに黎暁の邸に運びこんでいる。今日は化粧具などの手回り品だけを持ち出すことになっていて、そのなかに画軸はふくまれていない。

「いいえ、わたくしのものじゃないわ。あなたたちの持ち物じゃないの？」

香妹たちは首を横にふる。

「変ね……。だれかが忘れていったのかしら」

いぶかしみつつ画軸をひらく。描かれていたのは婚礼衣装をまとった青年だった。

「ひょっとして、これが圭内侍監？」

「絶対ちがうわよ。圭内侍監ははっとするほど容姿端麗だもの。こんなうすぼんやりした顔立ちじゃないわ」

「そうよそうよ。切れ長の涼し気な目をしていて、鼻筋がすっととおっていて、引き締まった顎の持ち主だわ。片やこの人は、せいぜい並といったところよ」

香妹たちは画中の青年を舌鋒《ぜっぽう》鋭く批評する。むろん、青年は黎暁ではない。黎暁の姿絵を描かせたおぼえはないのだから、彼であるはずがない。

「お客の持ち物がまぎれこんだのかもしれないわ。あとでお母さんに聞いて――」

飛燕が画軸を閉じようとしたときだ。だれかに手をつかまれた。香妹かと思ってとなりに顔を向けた直後、甲高い悲鳴が耳をつんざく。

「姐さん……！　そ、それ！」

真っ青になった香妹が飛燕を指さす。香妹の視線をたどってなにげなく手もとを見おろし、飛燕は短く叫んだ。

飛燕の手首をつかんでいたのは人の手ではなかった。否、人の手らしく見えたが、人のものとは思われなかった。なぜならそれは不自然な場所からぬっとのびていたからだ。飛燕が持っている画軸の——絵のなかから。

飛燕はとっさに画軸を投げ捨てたが、不気味な手は手首をつかんで離さない。ふりはらおうとすればするほど強くつかまれる。

「じっとしてて姐さん！　取ってあげるから！」

香妹たちが画軸を反対側からつかんで力任せに引っ張る。しかし、手首は引きちぎられんばかりにつかまれたまま、びくともしない。

つかまれていないほうの手で画中の手を引きはがそうとしていると、なにかが出てきた。出てくるはずのないものが。

「迎えに来たよ」

画中から飛び出してきた青年のおもてが目の前にあった。満面の笑みを浮かべ、青年は興奮気味の上ずった声音でささやく。

「さあ、おいで。私の花嫁」

見る見るうちに青年の面貌が変わっていく。目もとや口もとに皺が刻まれ、皮膚がたるみ、頬にはしみがあらわれ、顎からは山羊《やぎ》鬚《ひげ》が長く垂れる。

飛燕は慄然とした。全身の血が凍りついたかのように。

「……江《こう》先生」

妓女たちに慕われる好々爺然とした市医《しい》がそこにいた。

人波をかきわけて大路を駆ける美凰の視界に炎が映りこんだ。

たちならぶ妓楼の一画が毒々しい紅蓮の絵筆で塗りつぶされているのだ。そこが酔《すい》玉楼《ぎょくろう》であることに気づいて、一足遅かったかと臍《ほぞ》を噬《か》む。

猛火に包まれた酔玉楼の前には黒山の人だかりができている。野次馬を押しのけて先に進むと、建物のなかから逃げてきたらしい人びとが呆然と立ち尽くし、あるいは地面にうずくまっていた。危険なので酔玉楼から離れるよう命じているのは蒐官たちだ。そのなかに文泰を見つけ、美凰は息せき切って駆け寄った。

「なにがあった？　なぜ酔玉楼が燃えている？」

「三階の一室から突然、火の手があがったんです。見る間に燃えひろがって、このとおり阿鼻叫喚ですよ」

「金飛燕はどうした？　保護したのか？」

「保護するため仮母《おかみ》に事情を説明していたときに炎上しはじめたんです」

「では、まだなかに……」

美凰は炎の山と化した酔玉楼をふりあおいだ。

「金飛燕だけではありません。圭内侍監もなかにいらっしゃいます」

「鹿鳴が？」

はい、と文泰は重くうなずく。

「火災が発生した際、圭内侍監は一階にいらっしゃったので屋外に避難するようお願いしたんですが、われわれの制止をふりきって三階へ……」

鬼《ばけもの》よ、と叫ぶ声が聞こえた。見れば、数名の妓女たちが泣き叫んでいる。

「画軸《かけじく》から鬼が出てきて姐さんの手をつかんだのよ！」

「鬼の手を払い落とそうとしていたら、いきなり画軸が燃えあがったの！　あちこちに飛び火して、あっという間に部屋じゅうが火の海になったわ！」

妓女たちは飛燕に追い払われるようなかたちで外に逃げてきたという。

「姐さんとあたしたちのあいだに火柱があがったのよ！　姐さんを連れ出そうとしたんだけど、近寄ることすらできなくて……」

「火の勢いがすさまじいんだもの！　姐さんのそばに行こうとすると火勢が強くなるの！　どうすることもできなくて、姐さんがあたしたちに逃げなさいって言うから、助けを呼ぼうと思ってあたしたちだけでおりてきたのよ！　だれかお願い、姐さんを助けて！　まだ三階の部屋にいるわ！」

妓女たちは口々に「姐さんを助けて」と叫ぶ。

「星羽」

美凰が呼びかけると、足もとの翳《かげ》から星羽がひょいと出てきた。

「雨を降らせてくれ」

「ええっ!? そんなこと無理だよ！」

「国じゅうに降らせろとは言っていない。酔玉楼の上空だけでいい。火を消すんだ」

なあんだ、と星羽は胸をなでおろす。

「それくらいならぼくにもできるよ。ちょっと待ってて！」

言うが早いか、ぴちゃんと水音を立てて姿を消す。

寸刻もしないうちに、ぱらぱらと雨粒が降ってきた。雨脚はしだいに強まり、雨雲もないのに車軸を流すような大雨になる。しかし雨に降られているのは酔玉楼の周辺だけだ。左右の妓楼には小雨すら降っていない。

「……っ」

火の粉をふくんだ熱風にあおられ、美凰は思わずあとずさった。

生きもののように蠢《うごめ》く猛火の手は雨に打たれて衰えるどころか、油でも注がれたかのようになおいっそう勢いを増していく。

「ぜんぜん消えないよ！　ふつうの火じゃないみたい！」

戻ってきた星羽が美凰の官服の裾にしがみついた。

「情火だからね。それもとびっきり激しいやつだ。水ごときじゃ消せないさ」

文泰らと協力して雇い人たちを人垣の外に連れ出していた如霞が美凰のかたわらに立った。美凰が偽の襪泥棒を追いかけているあいだ、如霞は一足先に酔玉楼に来て、雇い人たちの避難に手を貸していた。

「情火の源は情念だ。火元を断たない限り燃えつづけるよ」

「勾魂鬼《こうこんき》を捜さねばならぬ。やつを始末すれば怨鬼《えんき》の力は弱るはずだ」

「捜すっていったって相手は臆病者の勾魂鬼だよ。あたしたちが毎日、花街に通っても見つからなかったんだから」

「どうせ見つからねえって。捜すだけ無駄だぜ」

無駄無駄、と高牙は端から決めつけて大あくびをしている。

「見つからなかったのは怨鬼が事を起こす前や後だったからだ。怨鬼が情念を燃やしている最中なら見つけやすい」

怨鬼が宿願を果たそうとするとき、勾魂鬼はかならず彼のそばにいる。距離がひらくと怨鬼を操れなくなってしまうのだ。いままさに怨鬼は酔玉楼を炎上させて飛燕を炎の牢獄《ろうごく》に閉じこめているのだから、勾魂鬼はこの周辺に身を隠しているはず。

「手分けして勾魂鬼を捜してくれ。急がないと手遅れになる」

わかったよ、とあまり気乗りしないふうにうなずいて、如霞と高牙が姿を消す。星羽もあとにつづこうとしたので、美凰は呼びとめた。

「そなたは酔玉楼のなかに入り、鹿鳴と飛燕のそばに行け。溺鬼であるそなたが近くにいれば、ふたりは火に焼かれずにすむ」

「でも……なかに怨鬼がいるんだよね？　ぼくだけで大丈夫かな？」

「安心せよ。私もすぐに追いかける」

不安げな星羽の肩を叩いて送り出す。ついで𩨙弓《ゆうきゅう》を出現させ、鬼火の矢をつがえた。

青白い鏃が狙うは燃えさかる酔玉楼の上空。狙いをさだめて矢を放つ。夜風を切って虚空を貫いた鏃は目的の場所に達すると花火のように弾けた。砕け散った青い炎は細かい網目を編みながら前後左右に落ちていき、業火ごと酔玉楼をくるむ。

これで近隣への延焼は避けられる。虚空に呪符を貼りつけ野次馬たちを結界の外に追いやる文泰を横目に見ながら、美凰は酔玉楼に駆けこんだ。

――なんというすさまじさだ。

床や柱をぬらぬらとなめる炎熱から、穢泥棒――酔玉楼の主治医たる江《こう》医師がひそかに燃やしつづけてきた飛燕へのゆがんだ欲望が伝わってくる。それは恋情などというおだやかな代物ではない。すべてを焼き尽くそうとする妄執だ。

長きにわたり、たくみに隠されてきたが、彼女が鹿鳴に身請けされたことで発露したのだろう。恋人を奪われたような錯覚に陥っているのだろう。

飛燕に恋い焦がれるあまり、いつしか彼女が自分の所有物であるかのような妄念に囚われていたせいで。

——愚か者め。

恋しい者の肉体を滅ぼしたところで、心が手に入るわけではないのに。

——いいぞ、もっと追いつめてやれ！

築山の陰からその様子を盗み見、義流はわき起こる高揚で目を血走らせていた。視線の先では六匹の妖物が代わる代わる天凱に襲いかかっている。天凱は棍のかたちをした化璧《かへき》で応戦しているが、時間が経つにつれて動きが鈍っていく。反撃の合間に光の網を放っても妖物に避けられてしまうのは、霊力の源である晟烏《せいう》鏡《きょう》が消耗しているせいだろう。池の底で亡者を祓ってからやすむ間もなく妖物に襲われたので、力を回復することができなかったのだ。

六匹の妖物のなかに本物の養父がいるかもしれないと思えば強力な化璧は使えず、消極的な攻撃しかできないのでじりじりと追いつめられていく。

——もうすこしだ、もうすこし弱らせてからとどめを刺すぞ。

義流は手にした剣を握りしめた。鞘《さや》に鏤金《るきん》の昇り龍がきらめくそれは恭徳王府《きょうとくおうふ》の内院《なかにわ》から見つかったものだ。

この夏のことだ。花街を歩いていると、とある女に声をかけられた。異国風の出で立ちの女だった。黒い頭巾を目深にかぶって顔の下半分をおなじ色の薄絹で隠しており、わずかにのぞく素肌は抜けるように白く、彫りの深い目もとは星屑を散らしたような長いまつげに縁どられていた。西域《さいいき》出身の舞姫かと思えば、女は巫師《ふし》だと名乗り、義流を占いたいと申し出た。ちょうど博奕《ばくち》に負けてくさくさしていたので気散じに占わせてみると、女は神妙な面持ちで言った。

「あなたは天子になります」

それはけっこうなことだ、と義流は高笑いした。銀子を引き出すためのお追従だと思って受け流す義流に、女は家人の死を予言した。王府に戻ると女が言ったとおりの死因で家人が死んでいた。さらに女は義流の側妃が産む子の性別を的中させ、火災や落雷が起こる時刻など、さまざまな事象を言い当てた。

予言が次々に実現していくのを目の当たりにすると、女が持つ巫術《ふじゅつ》の才を認めないわけにはいかなくなった。

「今上は今年じゅうに崩御しますわ」

女は鈴がふれあうような美声で断言した。なぜ崩御するのかと尋ねると、女は「弑《しい》逆《ぎゃく》される」と言った。「だれに」と問えば、「あなたに」と答える。

「あなたは帝位だけでなく、亜堯《あぎょう》の力を今上から奪います」

どうやって、と義流は鼻先で笑った。

「口惜しいことに、俺の素鵲鏡《そじやくきよう》では天凱の晟烏鏡に勝てない。もっとも晟烏鏡とはそういうものだがな。素鵲鏡ごときに打ち破られはしないのだ」

「晟烏鏡を打ち破る武器を使えばよいでしょう」

そんな武器があるのかと問えば、女は妖艶に笑った。

「太宗《たいそう》皇帝が偽帝《ぎてい》・司馬標《しばひよう》を倒すのに用いた剣――あれを使えば晟烏鏡を一時的に無力化できます。剣で今上の肉体を制御し、その隙に亜堯の晟烏鏡を奪い取るのです。晟烏鏡を失った今上は木偶も同然。亜堯の力を手に入れたあなたこそが新帝です」

太宗が特殊な剣で偽帝を封じたという伝説は黴臭《かびくさ》い昔語りにすぎない。そんな都合のいい代物が存在するとすれば、市井でもてはやされる芝居のなかだけだろう。

「空想の産物を使って簒奪《さんだつ》しろというのか？」

「いいえ、空想の産物などではございませんわ。実在しています」

剣は玉座にふさわしい者のもとにもたらされる、と女はもっともらしく語った。

「いまはあなたの王府に在ります。あなたに見つけられるのを待っているのですわ。王府の内院の池にかかっている太鼓橋を壊してみなさい。石造りの橋のなかから剣が出てくるはずです。鞘をはらって剣身をあらわにすれば、磨きあげられた鏡面のような剣身には、剣の持ち主の名が――あなたの名が刻まれていますわ」

半信半疑だったが、橋を壊すと果たして古びた剣が出てきた。剣身には義流の名がしかと刻まれている。

ここまで来ると、義流も女を信用する気になってきた。女がいかさま師だったとしても、先々代の恭徳王が造らせた太鼓橋のなかに剣を仕込むことはできまい。

「剣は手に入ったが、どうやって天凱に近づけばいいんだ？　あいつのことだ、こんなものを持って近づけば返り討ちに遭うだろう」

献策いたしましょう、と女は花のような吐息をまじえてささやいた。

――まさか地下牢の妖物が天凱の養父だったとは。

天凱が地下牢に妖物を隠しているらしいという噂は耳にしていた。それが養父だと聞き、たしかにこれは使えると思った。

天凱は養父の肉体を傷つけられないから、どうしても攻撃が甘くなる。強力な化璧を使うわけにはいかないし、終始、手加減しなければならない。そこで養父の偽物をいくつか出して攪乱《かくらん》すれば、天凱の晟烏鏡は徐々に消耗する。力が削がれれば隙が生じる。亜堯とて人にはちがいない。晟烏鏡の力は無尽蔵ではないのだ。かならずどこかで力尽きる。その瞬間こそ、義流が宿願を果たすときだ。

――長丁場になるはずだったが、これで早期に決着をつけられる。

心眼《しんがん》の術で天凱の望みを読みとり、やつが叔母たる美凰を欲していることを知った。

天凱は美凰に恋い焦がれていた。いや、そんな弱々しい言葉では表現しきれないほど激しい恋情を抱いていた。その満たされぬ想いはほとんど飢渴《きかつ》といってもいいもので、天凱は邪恋にそそのかされて間違いを犯さぬよう自制していた。

ゆえに義流は甥に西域のからくりを贈ったのだ。音曲が流れているあいだ、舞い踊る美凰の姿が天凱の眼前に出現するよう細工をほどこして。

天凱はそれを一度だけ使ったものの、義流の仕掛けに勘づいたのか側仕えに命じて宝物庫にしまいこませたらしいが、動揺の残響を消し去ることはできなかったようだ。のちに衝動に駆られ、美凰に思いのたけを打ちあけるという愚を犯している。

一方で美凰にも同様の働きかけをした。回廊をわたっていた彼女に天凱と妃嬪が寄り添う幻を見せた。心眼の術で見てとったからだ。彼女もまた天凱に心惹かれていることを、心眼の術で見てとったからだ。心眼の術は他人の望みを透かして見るだけでなく、望みとは正反対の幻影を作り出すこともできる。もっともこちらは拙劣な術なので、美凰のように鬼道を操る者なら瞬時に見破ってもおかしくなかったが、心の奥底で恐れていた事態が眼前に出現したことにより狼狽したのか、美凰は義流の仕掛けに気づかず、天凱が妃嬪と睦み合っていると誤解して悋気《りんき》を起こした。

しかして義流は彼女がつとめて抑えこんでいる願いを読み、甘言をささやいた。美凰の心をかき乱し、邪恋に火がつくようそそのかしたのだ。

いまは互いに本心を押し殺しておのおのの役目に徹していても、時が経てば気がゆるみ、距離が縮まっていく。もとより惹かれ合っている男女なのだから、醜聞どおりにふたりが不義の関係になるのは時間の問題だ。

内乱の罪は天凱の心に罪悪感を生じさせ、晟烏鏡に傷をつける。いかな亜堯といえども、鏡面に罅が入れば力が弱まる。それまで待ってから件の剣を用いてやつの晟烏鏡を奪い取り、玉座を簒奪するつもりでいたが、状況は変わった。

地下牢の妖物が後宮に侵入し、美凰を襲ったからだ。この事件を利用せよと、女巫師は妙策を授けてくれた。

妖物との戦いで疲弊した天凱なら、素鵲鏡しか持たない義流でも制圧できる。義流には伝説の剣があるのだ。耀の歴史に燦然と輝く名君、太宗皇帝が邪悪なる暴君を打ち倒した際に用いたという、至尊《しそん》の武器が。

――俺を見くびってきた者どもに一矢報いてやる。

思えば義流は物心ついたころから軽んじられてきた。

先帝・敬宗《けいそう》同様、先々代皇帝・熹宗《きそう》の弟として生まれながら、身に宿した素鵲鏡がたいしたものではなかったために、名族出身であった母を落胆させた。

母は義流を疎んじ、抱きあげることはおろか、やさしく声をかけることすらしなかった。母方の一族も義流に期待を寄せることなく、母が二人目の皇子を身ごもることだけを願っていた。母が死産して落命すると、母方の一族との縁も切れた。後ろ盾を失ったために、凶后が支配する宮廷では恥を忍んでかの毒婦に媚《こ》びへつらわなければならなかった。凶后が皇宮を去ってからは先帝にいとわれ、冷遇された。廟堂《びょうどう》に居並ぶ大官たちはだれひとりとして義流の味方をしなかった。己の玉座を危ぶみ、猜疑心《さいぎしん》にさいなまれた先帝に殺意を向けられた際も、自身の死を偽装するよりほかに生きのびる道はなかった。

先帝の崩御後、大官たちがなすべきことは先帝の弟である義流を奉戴することだったのに、連中は廃帝となっていた天凱をふたたび玉座に押しあげた。

義流はいつも下目に見られ、ぞんざいにあつかわれてきた。積年の恨みを晴らさなければならない。与えられないなら、己自身の手で奪い取るまでだ。

「見つけたよ」

如霞の声が頭のなかで響き、美凰はいったん酔玉楼の外に出た。

「どこで？」

「薬舗《やくほ》通りのはずれに楓林があるだろ。あそこに身を隠してるよ」

聞き終わるや否や、炎上する酔玉楼に背を向けて駆け出す。人気《ひとけ》のないところまで来ると、胸もとの褘華《しんか》に手をあてて花影《かえい》に入った。

薬舗通りは酔玉楼がある妓楼通りの東の突き当たりからはじまるのでさほど距離はないが、大路は怪火を見物しようと集まった群衆でごったがえしている。雑踏《ひがんばな》に分け入って進んでいては楓林にたどりつくのに時間がかかってしまう。美凰は死人花《ひがんばな》が咲き乱れる園路《みち》を全速力でとおりぬけ、月明かりの下に飛び出した。

そこは目がくらむほど真っ赤だった。天高く枝をのばした楓樹が燃えるように色づき、夜空にかけられた深紅の網のように重くのしかかってくる。

紅蓮の視界に動くものが映った。小さな人影が楓林の奥へとこけつまろびつ駆けていく。美凰は黝弓《ゆうきゅう》を出して翬飛矢《きひや》で射貫こうとしたが、人影は不安定な動きで蛇行するので、なかなか狙いがさだまらない。

頭上を黒い影が横切った。妖虎の姿になった高牙が漆黒の毛皮をなびかせて跳躍したのだ。虚空を駆けおりてきた高牙に行く手を阻まれ、人影は勢い余って尻もちをついた。さあっと吹き抜けた夜風が赤々とした梢をざわめかせ、木漏れ日のような月光がかの者の横顔を照らし出す。

それはけっして麗しいとはいえない面輪だった。中年のようにも老年のようにも見える。これが件の勾魂鬼なら女なのだろうが、おしろい気はみじんもなく、白髪交じりの蓬髪はからまった針金のようにもたついて肩にかかっており、耳は烙鉄《やきごて》でも押しあてられたように焼きつぶされている。身にまとっているのは継ぎだらけの襤褸で、小柄な体形のわりに大きな足には草で編んだ粗末な鞋《くつ》を履いていた。豊麗な風月画からは想像もできない貧相な出で立ちに驚きつつ、美凰は翟飛矢をつがえた。

次の瞬間、勾魂鬼は懐から紙片を出してほうりなげた。夜風にさらわれて飛び散った無数の紙片には、なにやら絵が描かれている。

はらはらと散り落ちる紅の葉にまじって宙を舞う紙片に気をとられているうちに、眼前の光景が一変していた。地面いっぱいに小女が転がっていた。みな、大慌てで立ちあがり、蜘蛛《くも》の子を散らしたように逃げ出していく。

「なんだ、こいつら！　増えやがったぞ！」

高牙は片っ端から小女を捕らえていくが、いかんせん数が多すぎて対応しきれない。

「おい如霞！　黙って見てねえでおまえも手伝えよ！」

うるさいねえ、と楓樹の枝に腰かけていた如霞が大あくびをした。

「やる気が出ないんだよ。宝具《おたから》がついてないやつの相手なんて」

「つべこべ言ってねえでなんとかしろよ、蛇老婆子《ばばあ》！　あとからあとから湧いて出てきやがるぜ！　きりがねえ！」

「猫のくせに鼠も捕れないなんざ、とんだ笑い話だね。あー、やだやだ。年を食っちまうと猫も男も使い物になりゃしないんだから」

ふたりが口争いをしているうちに、小女たちの身体がふくらみはじめた。だれもかれもが鞠のようにふくらんでぱんと弾ける。破裂音がそこかしこで響いたかと思えば、一回り縮んだ小女が多数出現した。どうやら破裂すると増える仕組みらしい。そして増えるたびに身体が小さくなっていく。

「如霞！　勾魂鬼を外に出すな！　ひとりたりともだ！」

「面倒だねえ、まったく」

美凰が命じると、如霞は億劫そうに煙管をくわえた。

とたん、楓林の周りに蠢くものが集まってくる。黒光りのする鱗に覆われたそれらは蛇精《じゃせい》である如霞の化身たる蛇だ。

蛇たちは互いの身体をからませて太い縄を作り、上へ上へと積み重なっていく。蛇の縄で作られた高い壁が出現するまで瞬刻。如霞が宙を舞いながら蛇の壁に紫煙を吐きつけると、そこはおうとつのない完全な平面になる。勾魂鬼がどれほど肉体を小さくしても、壁をよじのぼることも隙間から逃げ出すことも不可能だ。

――本物はひとりだけだ。

この勾魂鬼は絵を使う。ばらまいた紙片はやつの自画像で、突然あらわれた大勢の小女はこちらの目をくらますためのまやかしだ。

美凰は小女たちのなかに分け入り、地面に手をあてた。空いた手で印を結び、呪をとなえる。暫時ののち、手のひらをあてた部分を起点にして地面にわっと鬼火が燃えひろがった。子猫ほどの大きさの小女たちは鬼火に焼かれ、またたく間に灰になる。突如あらわれた小女の群れはしょせん絵。燃やしてしまえば本物しか残らない。

「見つけたぞ！　ここだ！」

高牙が前脚で落ち葉を弾き飛ばす。ひとかたまりの楓葉《ふうよう》とともにほうりあげられたのは、鼠大にまで縮んだ小女。美凰が黝弓をかまえると、またしても小女は紙片をばらまいた。直後、突風が梢を渡り、真紅の葉がつややかな雨のように散る。

「美凰」

耳に馴染んだ声音がふり、美凰は目を見張った。

そこはもはや楓林ではなかった。赤い絹で飾り立てられた洞房《どうぼう》のなかだった。眼前に立っている青年は龍文が躍る華麗な婚礼衣装をまとった天凱だ。彼は誇らしげに、すこし気恥ずかしそうに破顔していた。その手には紅蓋頭《こうがいとう》が握られている。

「この日を何度夢に見たことか。いまもまだ夢のなかにいるみたいだ。信じられない。今夜からあなたを――妻と呼べるなんて」

美凰が身にまとっているのもまた、真紅の婚礼衣装だった。

――これは……現実じゃない。

ここは洞房ではない。天凱はいないし、美凰は婚礼衣装を着ていない。紛《まが》い物《もの》の光景だとわかっているのに、気づけば心揺らいでいた。

ふと思ってしまったのだ。これが現実であったら、と。

「となりに座ってもいいか？」

知らず知らずのうちにうなずこうとしていた自分にぞっとした。いかに精巧に作られていようと、絵は絵だ。拵《こしら》え物《もの》は本物にはなれない。画中に閉じこもっていても現実はなにひとつ変わらない。そうだ、ここは美凰がいるべき場所ではない。

いささかもためらわず、美凰は紛い物の天凱に鬼火を放った。真紅の婚礼衣装が、紅蓋頭を持つ手が、慕わしい笑顔が青い炎に包まれてあっという間に灰になる。

間髪をいれず翬飛矢をつがえる。ふたたび戻ってきた楓林のなかに勾魂鬼のうしろ姿をとらえ、背後からその眉間を射貫くまで、わずか一弾指《いちだんし》。けたたましい鬼《ばけもの》の絶叫が轟きわたるや、ひとりの女の記憶が美凰の胸に流れこんできた。

女はさる名家の生まれだった。その家では幾人もの妃嬪を輩出していた。娘たちがそろいもそろってたぐいまれな美女だったからだ。ところが、ときおり金砂にただの砂粒が混じるように不美人が生まれた。女――勾魂鬼になる前の彼女がそうだ。美しい姉妹たちのなかで彼女だけが異物だった。姉妹たちのような美貌を持たなかったばかりか、十人並みの容姿でさえなく、世間の人びとからは醜女と呼ばれていた。

女は自分の欠点をいやというほど自覚していたので――両親が幼いころから言い聞かせていたのだ――礼儀作法や琴棋書画《きんきしょが》、家政など、良家の嫁に求められる素養を身につけた。容姿の問題をほかの美点で覆い隠そうとしたのである。多年の努力が実ったのか、妙齢になると求婚者があらわれ、女は両親が選んだ相手と婚約した。

婚礼の日、女は花嫁衣装に身を包んで花婿の邸の門をくぐった。紅蓮の錦で飾り立てられた閨で胸をときめかせて花婿を待ったが、翌朝になっても花婿はやってこなかった。翌日も翌々日も、婚礼から三月が過ぎても彼女は処女妻のままだった。

「あんな醜い女と一晩過ごすなど、考えただけでぞっとする」

夫が妾《めかけ》相手にぼやいているのを耳にしてしまい、女は打ちのめされた。夫は女を妻として望んだのではなく、女の一族と縁続きになって得られる利益を望んだのだった。努力して身につけた素養など、なんの役にも立たなかった。夫は女訓書《じょくんしょ》など読んだこともない愚蒙《ぐもう》な妾を寵愛していた。なんとなれば彼女は見目麗しかったからだ。女がどれほど渇望しても得られないものを、妾は生まれながらに持っていた。

傷心を慰めようと、女は童女時代から好きだった絵画に没頭した。画筆を持って画中に飛びこめば、憂いはたちどころに吹き飛ぶ。筆先から生み出される世界では、なにもかもが思いのままだった。夫に見向きもされない醜婦が画中では天女のような美姫になり、星の数ほどの美男子を魅了して、あの手この手で求愛されるのだ。現実がつらければつらいほど、女は急くように画筆を動かした。

あるとき、婚家に出入りしていた若い画師が女の作品を見て惜しみなく褒めたたえた。これほどの才能を邸のなかに閉じこめておくのはもったいない、すばらしい絵画は世に送り出さなければならないと彼は熱弁をふるった。耳がとろけるような賛辞を聞いているうちに、女は若い画師に好意を抱いた。はじめは単なる同好の士へ向けたものだったが、それはしだいに色づき花ひらいて、胸を焦がす恋情になった。

駆け落ちしようと若い画師に誘われ、女は迷わず婚家を飛び出した。未練はなかった。あるはずもなかった。自分を愛してくれない夫になぜ後ろ髪をひかれるだろうか。熱心に愛をささやいてくれる男が目の前にいるのに。

ふたりは花街で暮らしはじめた。なぜならそこが絵を売るのに適した場所だったからだ。女が描く風月画は飛ぶように売れた。妓女たちの婀娜っぽい流し目もにおいたつような柔肌もなまめかしいしぐさも、女の画筆はより魅力的に写しとったので、風月画の題材となった妓女には嫖客が殺到し、妓楼はうれしい悲鳴をあげた。ただし、女は表舞台に出なかった。実の親にすら醜いと言われた容貌を人前にさらしたくなかったのだ。女は裏方に徹し、風月画は若い画師の名でどんどん売り出した。若い画師はまたたく間に売れっ子になり、暮らし向きは派手になった。

稼ぎが増えるにつれて、若い画師は悪遊びにのめりこんでいった。同時に女への言葉つきや態度がぞんざいになり、ふたりで過ごす時間が極端に減った。ある日、若い画師の放蕩に業を煮やして、女は彼の行きつけの妓楼に出かけた。案のごとく若い画師は大勢の妓女を侍らせて酒宴に興じていた。文句のひとつも言ってやろうとまなじりをつりあげた女は、愛しい夫の哄笑《こうしょう》を聞いて凍りついた。

「あの女を抱くのは蛙を抱くようなものさ。毎度、吐き気をこらえるのに難渋してる。汚物をぶちまけたようなご面相が目に入ると、どうもな」

〝あの女〟が自分であることは、問うまでもないことだった。

「じゃあ抱かなけりゃいいだろって？　そうはいかねえよ。ときどき機嫌をとってやらねえと仕事をなまけるからな。嘔気をのみこんで抱いてやるのが夫のつとめさ。それにな、俺が相手にしねえとあいつ、なにを勘違いしたか、化粧だの髪型だのに凝りはじめるんだぜ。おいおい、かんべんしてくれよ。臙脂《べに》の色を変えてどうなるっていうんだ？　髪の結いかたを変えたらすこしは見られるようになるのかい？　牛糞《ぎゅうふん》をこねて目鼻をつけたような面が？」

妓女たちがどっと笑った。なかには「ひどいことを言うのねえ」とたしなめる者もいたが、その声色には耳をろうするほどの嘲笑がふくまれていた。

「あいつが身ごもったら？　心配ご無用、ちゃんと手は打ってある。まかりまちがって孕まねえように薬を飲ませてるのさ。考えてみろよ、あいつに子ができたらって。あの醜貌がそっくり子に受け継がれるんだぜ。ひとりだけでも耐えられねえのに、あんなのが増えちまったら飯を食うたびに吐いちまう」

若い画師が嘔吐する真似をして妓女たちを笑わせるので、女は妓楼を飛び出した。脇目もふらずに大路を駆けて家に帰り、烙鉄で両耳を焼きつぶした。もう二度と聞きたくなかったのだ。他人が無遠慮に放つ嘲りの声を。

女は若い画師と暮らした家を捨て、よその花街で風月画を描いた。思ったほど稼げなくなったのは腕が落ちたからではなく、自分自身の名で売り出さなければならなくなったからだ。妓女たちは醜い画師を嫌い、女に描かれることを避けた。女の筆致が流麗すぎて魔性を帯びて見えたので、美しさを吸いとられるという流言が飛び交ったのも女が妓女たちに疎んじられる原因のひとつだった。

かろうじて口を糊《のり》することができたのは、別人になりすまして描いた春宮画が人気を博したからだ。露命をつなぐため、女は自分の人生とはついぞ縁のなかった愛欲の世界を描きつづけた。しかし、そんな日々は唐突に終わる。暴走する軒車《くるま》にはね飛ばされ、女は瀕死《ひんし》の重傷を負った。一命をとりとめたものの、折れ曲がった両腕では思うように画筆を持てない。女の絵は売れなくなり、仕事を依頼する者も絶えた。仕事を得られなければ困窮するしかない。実家は政争に敗れて族滅《ぞくめつ》されており、女を憐れんで救いの手をさしのべてくれる者はいなかった。衆生を救うはずの寺観《じかん》すら一晩の宿を求めた女を門前払いした。女の骨相が不吉だという理由で。

女は泥水をすすり、木の根を食べて飢えをしのいだ。骨と皮ばかりになった身体を引きずって歩いていると、小石に蹴躓《けつまず》いて地面に倒れた。そこは楓林のなかだった。秋風にあおられてはらはらと散っていく紅の葉が女の視界をあざやかに染めあげた。一幅の絵のような景物に胸を揺さぶられ、女は最後の力をふり絞って空笑いした。滑稽だったのだ。この世はかくも美しいのに、なぜ自分は醜く生まれついてしまったのだろうか。天賦の画才など要らなかった。そんなものより人並みの容姿が欲しかった。男に吐き気をもよおさせない姿かたちに生まれたかった。

女は鬼籍に入り、走無常《そうむじょう》になった。はじめのうちは命じられるまま淡々と魂魄を回収していたが、とある青年との出会いが女を変えた。青年は人妻と道ならぬ恋に落ち、恋心がつのりすぎて彼女を殺《あや》めたうえ自害しようとしていた。女は青年から魂魄を奪い、走無常のおきてを破って食べた。それは得も言われぬ味わいで女を魅惑した。ひと口かじるごとに淫靡《いんび》な歓喜がわき起こるのだ。殺したいほど愛されるということがどれほど幸せなことなのか、追体験することができた。女は病みつきになった。男たちの魂魄を次々に貪り、他人が味わった恍惚《こうこつ》をわがものにした。その結果、追われる身となってしまう。女はもはや走無常ではなく、勾魂鬼になり果てていた。

地獄の捕吏から必死に逃げている最中、凶后が射た翟飛矢に貫かれたのは僥倖だった。凶后は女を嘲笑《あざわら》わなかった。女の作品を見て、まさしく画聖の筆致だと称賛した。女が好んで食べる男の魂魄の味を趣味がよいと言ってくれた。わらわも男の愛を独占するのが好きだと共感してくれた。

知己《ちき》を得たと思った。人だったころには求めても得られなかった理解者がとうとうあらわれたのだと。女は凶后のために喜んで働いた。女が描いた絵は高官たちを惑わし、凶后が大権を掌握するのに一役買った。

なにもかもうまくいっていたのに、紅閨の変がすべてを台無しにした。凶后の処刑により明器たちはばらばらになり、女はまたひとりぼっちになった。ようやく最近になって凶后と再会することができたのに、またしても離れ離れになってしまう。

悲嘆が野分のように胸のなかを駆け抜けたかと思うと、水面に滴ったひとしずくの墨が水に溶けて色彩を失うように、勾魂鬼の気配が薄らいでいく。それが完全に消滅するのを見届け、美凰はきびすをかえした。急いで酔玉楼に戻らなければ。妄念を滾らせる怨鬼が愛し合う者たちを焼き尽くす前に。

――しぶといやつだ。

剣の柄を握る手に力を入れ、義流は思わず舌打ちした。天凱は予想以上に持ちこたえている。すでに四匹の妖物を打ち倒した。光の網に捕らえられたそれらは奇声をあげてもがいているが、網目に傷をつけることすらできない。

――しょせんは紛い物だ。こんなものだろう。

天凱が相手にしている妖物どもは女巫師が作り出した模造品だ。もとより亜堯《あぎょう》を圧倒するほどの働きは期待できない。やつらの役割は天凱を疲弊させること。天凱が霊力を浪費し、疲労困憊になってくれれば、それで十分だ。

五四目の妖物が光の網に捕らえられ、残るは一匹となる。天凱は棍をふるって妖物を打ち倒そうとするが、妖物は危ういところで身をかわして一転攻勢に出る。

容赦なく繰り出された打撃から逃れるため、天凱は飛びしさる。薄雲が天を覆い、月影がさえぎられた。天凱の姿が夜陰にまぎれて見えなくなったが、ややあって月明かりがさし、妖物の腹部に棍を打ちこむ天凱が視界に入る。突き飛ばされた妖物は背後で待ちかまえていた光の網に捕らえられ、身動きできなくなった。

すべての妖物を制圧した天凱は肩で息をしながら地面に片膝をついた。棍を杖のようにして立ちあがろうとするが、勢い余って倒れこんでしまう。

剣の鞘をはらい、義流は足音を忍ばせて背後から近づいた。

――大耀《だいよう》の玉座は俺のものだ。

亜堯の力を手に入れて天下に君臨する。宿願を果たすときがとうとうやってきたのだ。はやる気持ちをおさえ、義流は天凱の背後で剣をふりあげた。

ごうごうと耳障りな軋《きし》り音をあげて炎上する酔玉楼の入り口に美凰は飛びこんでい

く。吹き抜けになった正庁《おおひろま》は火の海だった。

階段や柱は荒れくるう炎の絵筆に染められて真っ赤になり、二階や三階の回廊では猛獣のような火炎が格天井に食らいついている。

なぜだ、なぜだ、と人ならぬものの声が灼熱《しゃくねつ》の風を巻きあげてこだました。怨鬼となり果てた江医師が恨み言を吐いているのだ。

「金飛燕！　おまえは私のものなのに、なぜ酔玉楼を出ていこうとするのだ！　なぜ宦官に嫁ごうとするのだ！　おまえが愛しているのは私だ！　賤しい腐人《くされもの》などではない！　おまえは私に嫁ぎたいはずだ。私の妻になりたいはずだ。私たちは心を通わせている。私たちは結ばれるさだめなのだ！」

美凰、と三階右手側の回廊から星羽の声が降ってくる。見れば、星羽が大ぶりの水の傘をさしていた。その下で飛燕と鹿鳴が身を寄せ合っている。炎の雨が容赦なく降りそそぎ、傘を持つ星羽の身体がときおりふらつく。

――情念の核を探さなければ。

江医師を操る勾魂鬼は消滅したので、江医師の妖力は無尽蔵ではなくなった。しかしなおも勢いは衰えていない。自滅するまで待てば星羽が持ちこたえられず、飛燕と鹿鳴が道連れにされる恐れがある。すみやかに始末しなければならない。

「金飛燕はそなたのものではない」

美凰の言葉に逆上したのか、酔玉楼に充満した情念がうなり声をあげた。もはや人語をなしていないが、美凰の耳には「私のものだ」と言っているように聞こえる。

「そなたは邪執にとりつかれているのだ。そなたの想いはそなただけのもので、金飛燕の想いとはかさならぬ。恋情とは儚いものだ。変容しやすいものだ。相手の心を軽んじ、己が欲望を無理やり押しつけた時点で、恋情はもはや恋情と呼べる代物ではなくなっている。それは妄執だ。邪念だ。そなただけの呪詛なのだ」

ちがう、と情念が吠える。

「なにがちがうというのか。そなたは金飛燕の襪《しとうず》を盗んで集めていたな。なぜそんなことをした？　金飛燕がそなたに情をかけているのなら、盗む必要などなかろう。そなたが欲しいと言えば、金飛燕は喜んで持たせてくれただろう。なんとみじめなことか。そなたが手に入れられるのはせいぜい襪程度なのだ。金飛燕の心は手に入れられないのだ。手に入れるどころか、ふれることすらできぬのだ。指一本たりとも」

頭上に妖気を感じ、美凰は高い天井をふりあおぐ。大蛇のごとくとぐろを巻く炎のなかに骸骨花婿の姿が見える。情念を燃やし過ぎたせいで馬脚をあらわしたのだ。不気味な地鳴りをともなった奇声を発しながら、骸骨花婿が美凰目掛けて急降下してくる。ほの暗い眼窩から真っ赤な火を噴く怨鬼の成れの果てと対峙《たいじ》し、美凰は時を置かずに翬飛矢《きひや》を放った。炎を引き裂いた銀の鏃が骸骨花婿のひたいを打ち砕く。

鬼の叫喚が耳をつんざくと同時に、江医師の記憶が流れこんでくる。

記憶のなかの江医師はまだ若い。おそらく二十歳を越えたばかりの青年だ。太医の官服をまとっているから、かつては宮廷に仕えていたのだろう。上官らしい老齢の太医とともに後宮へ行き、江医師はある妃嬪を診察する。妃嬪は美しかった。江医師の心を一瞬で奪うほどに。そして妃嬪もまた彼に惹かれていく。細やかな配慮と誠実な働きぶりが彼女の心をとらえたのだ。

かくてふたりは道ならぬ恋に落ちてしまう。とはいえ、一方は後宮に仕える女人、一方は彼女に仕える医師である。必要以上にふれあうことはできず、ふたりが想いを交わすのはそっと視線を交わすときだけ。この恋に未来などない。どれほどふたりの恋情が純粋なものであろうが、世人は彼らの関係を不義と呼ぶだろう。

ふたりのひそやかな恋が皇帝に知られることを恐れ、妃嬪は江医師に別れを告げた。その際、彼女は愛用している襪を彼にわたした。自分の代わりに、そばに置いてほしいと言い添えて。

江医師は宮廷を去り、市井で仁術にたずさわる。両親に勧められるまま妻を娶り、世間並みに子をなしたが、妃嬪の面影を脳裏から消し去ることはできなかった。鬱々としながら歳月が過ぎた。くりかえされる四季がむなしさをつのらせた。

ある日、雷に打たれたような衝撃を受けた。酔玉楼の名妓、金飛燕と出会ったのだ。

彼女は彼が恋い焦がれてやまない妃嬪によく似ていた。いや、似ているなんてものではない。妃嬪そのものだった。出会ったころの彼女と寸分もたがわなかった。これは天命だ。天の導きによってふたりはふたたびめぐり会ったのだ。江医師は感動に胸を震わせ、銀子を貯めはじめた。むろん飛燕を身請けするためだ。あとすこしだった。あとすこし貯まれば彼女を妓楼から救ってやることができた。それなのに——。

悲哀まじりの怨憎を残して炎が衰えていく。視界は正常な色彩を取り戻した。そこにはつねと変わらぬ妓楼の内装があった。何事もなかったかのように。

「星羽！　ふたりは無事か？」

うん、と威勢のいい声が降ってきた。

「ふたりともぼくが守ったよ！　ぼく、役に立ったよね？」

星羽が水の傘を持って宙に飛びあがるので、傘から滴ったしずくが鹿鳴と飛燕にふりかかる。小雨に降られたようなかたちになり、ふたりは顔を見合わせて笑った。

——よかった、ほんとうに。

鹿鳴は二度も失わずにすんだのだと、美凰は胸をなでおろした。

無防備な天凱の背中に剣を突き立てようとした矢先、義流の足もとがくずれた。周囲の地面がどんどん上昇し、反対に義流は落下していく。

なにが起こったのかわからずに当惑していると、背後から衝撃に襲われる。われにかえったときには地面にうつぶせに倒れていた。身をよじっても手足が自由にならない。しびれているのだ。雷にでも打たれたかのように。

やっとのことで頭をよじって視線をあげ、まなじりが裂けんばかりに目を見開いた。視界に入ったのは二人の天凱だった。いや、二人であるはずがない。天凱はひとりだ。もうひとりは幻影か、さもなければ――。

「偽者はこちらですよ、叔父上」

左手側に立つ天凱がさっと扇子をひらいて、ぱたぱたとおもてをあおいだ。緩慢な風に撫でられ、その顔は水面にさざ波が立つように揺らめく。

――いつの間に……。

さざ波がおさまったあとにあらわれた白遠の顔貌を見て、はっと気づく。天凱が妖物を相手に棍をふりまわしている最中、一瞬だけ月光が陰った。あの刹那、天凱の姿をした白遠と、本物の天凱が入れかわったのだ。そして白遠が義流の注意を引きつけているあいだに天凱は義流の背後にまわったのだ。

まんまとしてやられた。ほんのすこし油断したばかりに。

「こんなことをなさるべきではなかった」

つい先ほどまで義流が握っていた剣を鞘におさめ、天凱はどこか痛ましげにこちらを見おろした。

「玉座には……人生を賭けてまで求めるほどの価値はありません」

そうだろうとも。労せずして皇位を手に入れた者にとっては。

されど、義流にとってはちがった。みなに軽んじられ、事あるごとに存在を無視されてきた落ちこぼれの皇族にとって、玉座は――燦然と輝く至宝だったのだ。


大耀王朝、盛徳《せいとく》元年秋。恭徳王による皇帝弑逆《しいぎゃく》は未遂に終わったが、その爪痕は深く残り、やがて天下を震撼《しんかん》させる悲劇を手繰り寄せてしまった。


「恭徳王に入れ知恵していた女巫師の正体は凶后だったらしいな！」

宗正寺《そうせいじ》そばの回廊で宗正少卿《しょうけい》・袁勇成《えんゆうせい》は夕日の照り返しに目を細めた。

「恭徳王をそそのかして主上を亡き者にしようとするなど、恐ろしいことだ。早く主上が凶后を退治してくださらないと、おちおち婚礼もあげられないな！」

ふうん、とかたわらに立つ皇城副使《こうじょうふくし》・孔綾貴《こうりょうき》は気のない返事をする。

「おい、『ふうん』じゃないだろう！『婚礼をあげる予定があるのかい？』って訊いてくれ！」

「訊かなくても知ってるよ。例の酒家の出戻り娘と結婚するんだろう？　その話はかれこれ三回は聞かされたよ」

「じゃあ、四回目だな！」

勇成はもったいぶった調子でふたりのなれそめから話しはじめた。料理を介して仲を深めていく過程をしつこいほどじっくりと話し、満を持して求婚したこと、彼女はなかなか返事をしてくれず気をもんだこと、彼女の両親が娘を官族に嫁がせることに難色を示していたこと、両親に認めてもらうために連日通いつめたこと、勇成の母親が酒家から嫁をもらうのに反対したこと、紆余曲折《うよきょくせつ》の末、縁談がまとまり、先日婚約をすませたことなど、綾貴にとっては至極どうでもいい話をとうとうと語る。

「まったく、君はのんきだね。主上が弑逆《しいぎゃく》されそうになったというのに」

綾貴があきれると、勇成は「おまえは心配性だなあ！」と呵々大笑《かかたいしょう》した。

「主上は亜堯《あぎょう》なのだぞ。邪謀など、一目で見抜いてしまわれるとわかっていた。なにも案じることなどなかったんだ。現に主上は恭徳王を捕縛なさり、万事まるくおさまった。きっとそのうち凶后も始末なさるだろう。凶后さえいなくなれば天下は太平！　安心して家庭を持てるというものだ！」

「へえ、家庭を持つことにずいぶん意気込んでいるんだね。その調子なら、主上より先に君が父親になりそうだな」

「なっ、なにを言うんだ！　俺たちの婚礼は年末だぞ。主上のほうが先にお世継ぎをもうけられるに決まっているだろう！」

勇成は真っ赤になって綾貴の肩を叩く。そうだ、今上は早く世継ぎをもうけるべきだ。天下太平には世継ぎが欠かせないのだから。

白遠が昊極殿《こうきょくでん》の書房《しょさい》に入ったとき、天凱は宗正少卿・袁勇成と皇城副使・孔綾貴から報告を受けていた。話の内容から察するに、恭徳王・司馬義流の件だ。

義流は現在、宗正寺の牢獄に収監されている。紅逆をくわだてたので妻子ともども極刑に処されるのが道理だが、天凱は破鏡《はきょう》したうえで幽閉することにした。

破鏡とは皇帝が素鵲鏡を割ることだ。破鏡された者は晟烏鏡を得られないので二度と玉座には近づけない。ただし、命を奪われるわけではないため、なんの霊力も持たないふつうの人間として生きていくことはできる。

「叔父殺しの汚名を着たくはないからな」

天凱はそう言ったが、実際には陰の気が増えることを避けるための措置だ。

凶后が依然として行方不明となっている以上、天下にはびこる陰の気を増やすのは得策ではない。鬼道を操る凶后に利用されるかもしれないからだ。

──今回も危ういところだったな。

あの晩、白遠はこっそり皇宮に入った。以前、火急の用があるときは使うようにと、天凱に秘密の通路を教えられていたのだ。

火急の用とはまさしく義流に関することで、彼に仕えている女巫師が凶后ではないかという疑惑だった。

一度見かけただけなので確証はなかったが、女巫師の気配が凶后のものと似ていた。くわしく調べるべきだと天凱に忠告しようとして皇宮に急いだ。

その道すがら、皇宮を出るところだった雷之と出くわした。天凱が妖物の群れに襲われて手こずっているので、花街にいる美凰に救援を求めようとしたのだ。雷之に事情を聴き、自分の手には負えないだろうと思いつつも現場に急行した。物陰に身を隠している義流を見て瞬時に状況を理解した。白遠は姿を変えて天凱になりすまし、月明かりが陰ったわずかな時間で天凱と入れかわった。

結果的にうまくいったものの、薄氷を踏む思いだった。白遠の素鵲鏡《そじやくきよう》は義流のそれよりも弱いので、こんな弥縫策《びほうさく》はたちどころに見破られる恐れがあった。義流が弑逆の興奮に酔って注意力を欠いていたおかげで、からくも成功したのだ。

「叔父上はおとなしくしているようだ。放心しているといったほうがいいかもしれぬが。とりあえず、これで本件は落着した」

勇成と綾貴が退室すると、天凱は椅子の背にもたれてひと息ついた。

宗人府の牢獄は牢獄とは名ばかりで、生活に必要な調度もそろっており、貴人の体面を保つには十分すぎるほど贅を尽くした環境だが、いくえにも結界が張られて外界から遮断されている。外に出ることはおろか、皇上《みかど》の許可なく外部から文や品物を持ちこむこともできない。破鏡されて素鵲鏡すら失った義流はこれから先の長い年月を皇族ならざる皇族としてそこで過ごすのだ。妻子も幽閉されているので孤独ではないとはいえ、野心家の彼にはなんの展望もなく無為に過ごす毎日ほど苦痛に満ちたものはないだろう。一日も早く義流が分不相応な野望から解放され、手もとに在る幸福に気づいて、おだやかな余生を送ることを祈るしかない。

「凶后はあいかわらず行方知れずか……どうもそれだけが気がかりだ」

「あの剣が残っていれば、凶后の足取りをたどる手掛かりになったかもしれないね」

剣は凶后がこしらえたものだとわかったが、明け方になると粉々に砕けて消えてしまった。これで凶后につながるものはなくなった。

「どんなかたちであれ、凶后はまた出てくるだろう。皇宮には美凰がいるからな」

「凶后は美凰を溺愛していたからね。いまも執着しているかもしれない。凶后を始末しない限り、美凰に平穏は訪れないな」

凶后はどこに潜伏しているのか。なにをたくらんでいるのか。さまざまな疑問が不気味な音色をともなって脳裏で鳴りひびく。

「今日は美凰に相談があって来たんだ」

胸にわだかまる疑懼《ぎく》の念を払おうとして、白遠はつとめてあかるく話頭を転じた。

「相談？　なんだ、それは」

「周何某のことさ。圭内侍監《けいないじかん》と金飛燕に打ち明けてもいいかなぁと」

飛燕を身請けしたがっていた裕福な海商——もとい残忍な海賊——周何某の正体は白遠だ。飛燕が鹿鳴に身請けされることを望んでいると知り、ふたりの仲を取り持つために変化の術を使って一芝居打ったのだ。

「君がうまく援護してくれたおかげで大成功だったよ。裕福な海商というだけじゃ、圭内侍監はなかなか決断してくれなかったからね」

「鹿鳴のようなやつは自分より相手を優先しがちだ。金飛燕にとって悪くない話なら自分は身を引く。だから大兄には〝残忍な海賊〟になってもらったのさ」

海商として飛燕に強引に迫ってもいっかな鹿鳴が動かないので、困り果てて天凱に相談したところ、天凱がこちらでなんとかすると言ったので一任したのだ。

「美凰なら戯蝶巷《ぎちょうこう》に出かけている。凶后が女巫師に化けて出没した場所に行ってみるそうだ」

女巫師は恭徳王府から姿を消したまま、足取りがつかめていない。

「凶后があらわれた場所をうろつくなんて危険じゃないのかい。なにかよからぬ妖気にあてられるかもしれないよ」

「文泰を随行させた。美凰には明器たちもついているから大丈夫だろう」

天凱は奏状《そうじょう》をひらいた。文面を目で追っているようだが、内容が頭に入らないのか、手に持った朱筆はいっこうに動き出さない。

「心配なら君が同行すればよかったのに」

「そんなことをしている暇はない。見てくれ、奏状が山積みだ」

「それくらい私が肩代わりしてあげるよ」

白遠が朱筆を受け取ろうとして手を出すと、天凱は疲れたふうに首を横にふった。

「大兄に頼ってばかりはいられない。自分の仕事くらい自分で片づけなければ」

弟の強張った横顔を見ていると心苦しくなる。

――たしかに天凱は皇帝に向いていないのかもしれない。

ひとりの女人に対する想いが強すぎるのは天子にとって致命的な欠点だ。その真正な恋情は彼自身を蝕むだけでなく、晟烏鏡《せいうきょう》を――国そのものを侵しかねない。

冬晴れの空の下、花街は平生どおりの喧騒を楽しんでいた。

「ここで女巫師が義流に声をかけたのか」

美凰は書坊《しょぼう》通りの中ほどで立ちどまった。風月画や春宮画を売る書坊が軒をつらねるこの通りで、義流は凶后が扮した女巫師に出会ったという。

「書坊通りには八卦見《はっけみ》がこぞって店を出しますからね。まぎれこむのに都合がよかったんでしょう」

となりに立つ文泰が見やった先には、奇抜な恰好をした八卦見たちが客の手相や人相を見たり、筮竹《ぜいちく》や銭を用いて占ったりしている。書坊の客の大半は書生だ。彼らは自分の将来に不安を抱いていることが多いので、八卦見の常客になりやすい。

「義流はなぜここをとおりかかったのだろう。如霞が言うには、頻繁に登楼する裕福な男は風月画の世話にならないらしいが」

「この通りの突き当たりに異国の珍品を取りあつかう店があるんですよ。恭徳王は一風変わった品物がお好きでしたので、その店に行く途中か、帰り道だったのでは」

「義流がここをとおることを凶后は知っていたわけだ」

凶后は義流の野心を利用して帝位を簒奪させようとした。さりとてそれは謀略の過程にすぎない。目的は簒奪ではなく、その先にあったはずだ。義流を傀儡《かいらい》として操り、皇太后時代のように権力をふるいたかったのだろうか。いずれ義流をも玉座から引きずりおろし、みずから皇位にのぼり、女帝となって天下に君臨する計画だったのか。

凶后がいったいなにをもくろんでいたのか、靄《もや》がかかったように見えてこない。

女巫師が店をひらいていたという箇所では老齢の八卦見が客の夢を占っていた。文泰と一緒にその周辺を調べてみたが、凶后の気配の残滓すら見当たらない。

――このあたりは何度かとおったのに、全然気づかなかった。

凶后が義流に声をかけたのは晩夏のころ。美凰がはじめて花街に足を踏み入れたのは初秋だったから、すこしばかり時期がずれている。さりながら美凰の禔華《しんか》がおなじ禔華の持ち主である凶后にまるきり反応しないはずはないので、どこかでなにかに感づいていなければおかしいのだが。

義流が足を運んだ店も見てみようと、文泰とならんで歩き出して寸刻もしないうちに、雷之が人込みを押しのけてこちらに駆けてきた。

「丘大夫《きゆうたいふ》！　ちょいとこっちに加勢してくださいよ！」

禜台《えいだい》は勾欄《こうらん》通りで起こった怪異事件を捜査しているのだが、例によって軍巡院《ぐんじゆんいん》が口をいれてきたのでもめているらしい。あちらは長官が出張っているので、こちらも禜大夫《えいたいふ》たる文泰を連れていかなければ押し切られてしまうと雷之は口早に語った。

「俺は皇太――」

文泰はちらりと美凰を見て、あわてて言いかえた。

「凶后捜しで忙しい。軍巡院くらい、禜中丞《えいちゆうじよう》たるおまえが追っ払え」

「それができりゃあ苦労はないんですって！　やつら、俺たちを無視してずかずかと入りこんできやがって現場を荒らしまわってるんですぜ。このままじゃ怪異の痕跡はきれいさっぱり消えちまいますぜ」

「そういうことなら加勢に行くがよかろう」

「……大丈夫ですか？　おひとりで」

文泰が心配そうに眉根を寄せるので、美凰は胸を叩いてみせた。

「子どもではないのだ。高牙たちもそばにいるし、なにかあっても自分で対処できる」

あとで落ち合う約束をしてふたりと別れる。あわただしく雑踏にまぎれていく彼らの背中を見送り、十数歩進んだところで美凰は立ちどまった。

――なぜ花街にいるのだ。

人波の向こうを天凱が歩いている。むろん皇帝の衣服は身に着けていない。簡素な袍に上衣《うわぎ》を羽織っているだけだ。

とりわけ目をひいたのは横顔に映った表情だった。天凱は笑っていた。心底楽しそうに。ひとりではない。紅柿色の襦裙をまとった美しい娘が彼のかたわらにいる。否、美醜までは見てとれない。こちらからは彼女のうしろ姿しか見えないので。

――あの簪は……。

可愛らしく結いあげられた黒髪には桃花をかたどった木製の簪がさされていた。天凱が手ずから作ったものだと直感した。美凰にくれたものとおなじ意匠だから。

美凰のそれは抽斗にしまわれたままだが、娘のそれはいままさに彼女の黒髪に花を添えている。ときどき、そっと髻《もとどり》にふれるしぐさは、彼女が天凱の贈り物をいたく気に入っていることを物語っていた。

見えない糸に手繰り寄せられるかのように、美凰は人込みを縫ってふたりを追いかけた。彼女はだれなのだろうか。ふたりはいつ知り合ったのだろうか。天凱はときおり市井に出かけて彼女と忍び合っていたのだろうか。あれほど妃嬪を召すのをいやがっていたのは、真情を捧げた相手がいるからなのだろうか。彼女を愛するがゆえにほかの女人と床をともにしたくないのだろうか。

疑念が渦巻いて胸がうずく。追いかけるべきではない。密偵の真似事などするべきではない。天凱がだれを愛そうが彼の自由ではないか。天凱は美凰の夫ではないのだ。夫になるかもしれない男でさえないのだ。美凰が彼の恋路に口出しできるとすれば皇太后の立場からであって、それ以外の立場からはなにも言えない。非難がましいことを口にする権限などない。たとえばそう、なぜ私ではなく、その女と一緒にいるのだとなじることは……けっして許されない。

ふたりは雑踏を避けて路地裏へ入っていく。美凰は追いかけようとして酔客にぶつかった。酔客が大声で文句を言っていたが、聞き流して先を急ぐ。裏通りは道幅が狭く、人とすれちがうのに難儀する。視界の端でふたりが角を右に曲がった。見失いそうになり、美凰は駆け足で追う。

とたん、壁にぶつかったかのように立ちどまる。晩秋の日ざしがまばらにしか落ちてこないその小路に、ふたりのうしろ姿は見当たらなかった。

ふいに寒気立った。背後から凍《い》てつく風に襲われたかのように。

反射的にふりかえると、天凱が立っていた。連れの娘はいない。彼がひとりであることに安堵してもよいはずなのに、美凰は身震いした。あとずさらずにはいられなかった。天凱が――彼の姿をした人物が放つ、烈火のごとき禍々しさに気おされて。

「迎えに来たぞ、翡翠」

長きにわたって天下を蹂躙《じゆうりん》した毒婦、凶后・劉瓔《りゆうえい》。美凰の伯母でもあるかの女は、天凱の顔で妖艶に微笑した。

「再会を喜ぼうではないか。愛しい愛しい――わが娘よ」

逢魔《おうま》が時《とき》。昼と夜が枕を交わすその時刻に天凱は花街の大路を駆けぬけていた。

「皇太后さまのお姿が見えません」

文泰から報告を受け、矢も盾もたまらず皇宮を飛び出してきた。

――一緒に行くべきだった。

完全な復活を遂げるため、凶后は軀《うつわ》を欲しがっている。美凰はかの女の姪で、凶后とおなじ禝華《しんか》なる奇しき力を持っているのだから、あたらしい軀としてこれ以上の人選はない。凶后は故意に自分の痕跡を残して美凰をおびきよせたのかもしれない。彼女を捕らえ、わがものとするため、ひそかに罠《わな》を仕掛けていたのかもしれない。

無視できないほどの懸念があったにもかかわらず、天凱は同行しなかった。

それは耀王朝の皇帝という立場からとった行動ではなく、ただの男による愚かな行いにすぎない。恐ろしかったのだ。美凰のそばにいるのが。彼女のとなりを歩き、声を聴き、横顔を盗み見、視線を交わすことが恐ろしくてたまらないのだ。渾身《こんしん》の力でかろうじておさえこんでいる情動が暴れだしそうで。

予期せぬ瞬間に、思いもよらないかたちで噴出したその激情は美凰を驚かせるばかりか、深く傷つけてしまいかねない。いや、かならず悪い結果になる。なぜなら美凰は天凱を夫になりうる男として、あるいは夫にしたい男として見ていないから。

距離を置かなければならない。天凱が手を伸ばしても届かない場所に、彼女はいなければならない。たとえ意図したことではないとしても、美凰の心に傷を負わせたくないのだ。彼女の唯一の男になれないなら、信頼できる幼なじみのままでいたい。もはや天凱が美凰の前で演じられる役柄はそれしかないのだから。

人込みをかきわけながら書坊通りを捜しまわっていると、路地裏のほうから禝華の気配を感じた。客引きをする八卦見のそばを走り抜け、天凱は路地裏に入った。花街の一角なのに紅灯がひとつもない石敷きの裏通りは、表通りの喧騒が嘘のように静まりかえっている。返り血のような残照がまばらに落ちる地面に黒い翳《かげ》がわだかまっているのを見つけた。慎重に近づくと、それが蒐官《しゅうかん》服を着た人物だとわかる。なんらかの拍子に幞頭《ぼくとう》が落ち、髻《もとどり》がくずれたのだろうか、長く豊かな髪は漆黒の血だまりのように地面にひろがり、細い手足は無防備に投げ出されていた。

「美凰！」

駆け寄って抱き起こす。彼女だと直感した。花の香気のような禯華のにおいがしたからだ。美凰はぐったりしていた。息がないのではと呼吸を確認し、意味のない行為だったと気づく。彼女は不死なのだから、意識を失っているだけだ。

何度か名を呼ぶと、美凰がのろのろとまぶたを開けた。

「なにがあった？　凶后に襲われたのか？」

ああ、と美凰は眠たげにうなずく。

「ここで出くわしたんだ。連れ去られそうになったが、なんとか追い払った」

「高牙たちは？　あなたを守っていたんじゃないのか？」

「呼ぼうとしたんだが、反応せぬのだ。凶后が細工していたのだろう」

「そうか。とにかくあなたが無事でよかった」

言葉よりも先に彼女を抱きしめ、天凱は安堵にひたった。美凰と再会できたというだけで、欲しいものをすべて手に入れたかのような心地がする。ほんとうはなにひとつ手に入れてなどいないのに。

「……すまない。他意はないんだ。あなたの無事を喜んだだけで」

はっとして身体を離す。不快な思いをさせていないか不安になったが、目を覚ましたばかりであるせいか、美凰はどこかぼんやりしていた。

「ここは冷える。早く帰ろう」

心やましさをふりはらうように天凱は立ちあがる。

「帰る？　どこへ？」

美凰はふしぎそうに首をかしげた。

「決まっているだろう。皇宮だ」

すこしためらって手をさしだす。美凰は天凱を見上げ、その手をつかんだ。

「ああ、帰ろう。……皇宮に」

本書のプロフィール

本書は書き下ろしです。

小学館文庫

廃妃《はいひ》は紅《あか》き月夜《つきよ》に舞《ま》う

耀帝後宮異史《ようていこうきゅういし》

著者　はるおかりの

二〇二四年五月七日　初版第一刷発行

発行人　庄野　樹

発行所　株式会社 小学館

〒一〇一-八〇〇一
東京都千代田区一ッ橋二-三-一
電話　編集〇三-三二三〇-五六一六
販売〇三-五二八一-三五五五

印刷所――大日本印刷株式会社

ISBN978-4-09-407353-9